ハヤカワ・ミステリ

陸 秋槎

雪が白いとき、かつそのときに限り

当且仅当雪是白的

陸《りく》 秋槎《しゅうさ》

稲村文吾訳

TOKYO
HAYAKAWA
BOOKS

A HAYAKAWA
POCKET MYSTERY BOOK

当且仅当雪是白的
陸 秋槎

Translated by
BUNGO INAMURA
First published 2019 in Japan by
HAYAKAWA PUBLISHING, INC.
This book is published in Japan by
direct arrangement with
NEW STAR PRESS CO., LTD.

装画／中村至宏
装幀／水戸部 功

雪が白いとき、かつそのときに限り

登場人物

馮露葵（ふう・ろき）……………二年生、生徒会長
顧千千（こ・せんせん）…………二年生、生徒会寮委員
薛采君（せつ・さいくん）………一年生、生徒会庶務
鄭逢時（てい・ほうし）…………一年生、生徒会庶務。薛采君の恋人
姚漱寒（よう・そうかん）………学校図書館司書
洪（こう）…………………………五年前の事件を担当した刑事

唐梨（とう・り）…………………五年前に死んだ寮生
陸英（りく・えい）………………唐梨のルームメイト
霍薇薇（かく・びび）……………陸英の友人
呉筱琴（ご・しょうきん）………霍薇薇のルームメイト
葉紹紈（よう・しょうがん）……五年前、事件当時の寮生
鄧（とう）…………………………地理教師

呉莞（ご・かん）…………………一年生。退寮処分を受ける
杜小園（と・しょうえん）………呉莞のルームメイト
晏茂林（あん・ぼうりん）………呉莞の交際相手
董恩存（とう・おんそん）}……三年生。寮生
謝春衣（しゃ・しゅんい）}
孟騰芳（もう・とうほう）………二年生。寮生

警備員
寮監のおばさん

具体的な例から始めよう。「雪は白い」という文を考えよう。この文が真であったり偽であったりするのは、どのような条件のもとであるか、という問いを立てる。真理に対する古典的な観点を基礎におくならば、雪が白いときにこの文は真であり、雪が白くないときに偽である、と答えるのは明瞭であると思われる。つまり、真理の定義がわれわれのこの観点に一致するためには、それは次の同値式を含意しなければならない。

文「雪は白い」が真であるのは、雪は白いときまたそのときに限る。

（アルフレッド・タルスキ「真理の意味論的観点と意味論の基礎」、飯田隆訳）

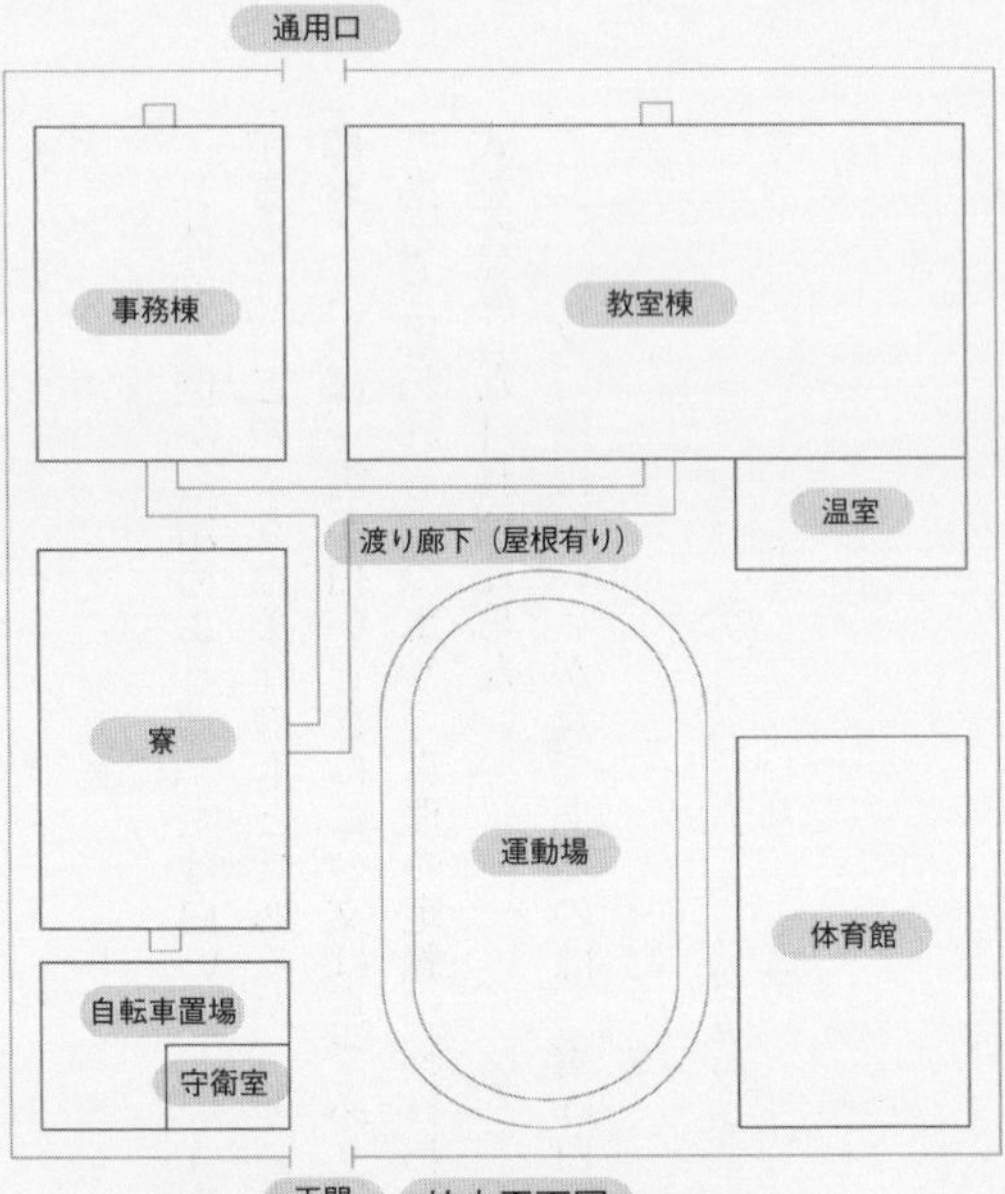
通用口
事務棟
教室棟
温室
渡り廊下（屋根有り）
寮
運動場
体育館
自転車置場
守衛室
正門

校内平面図

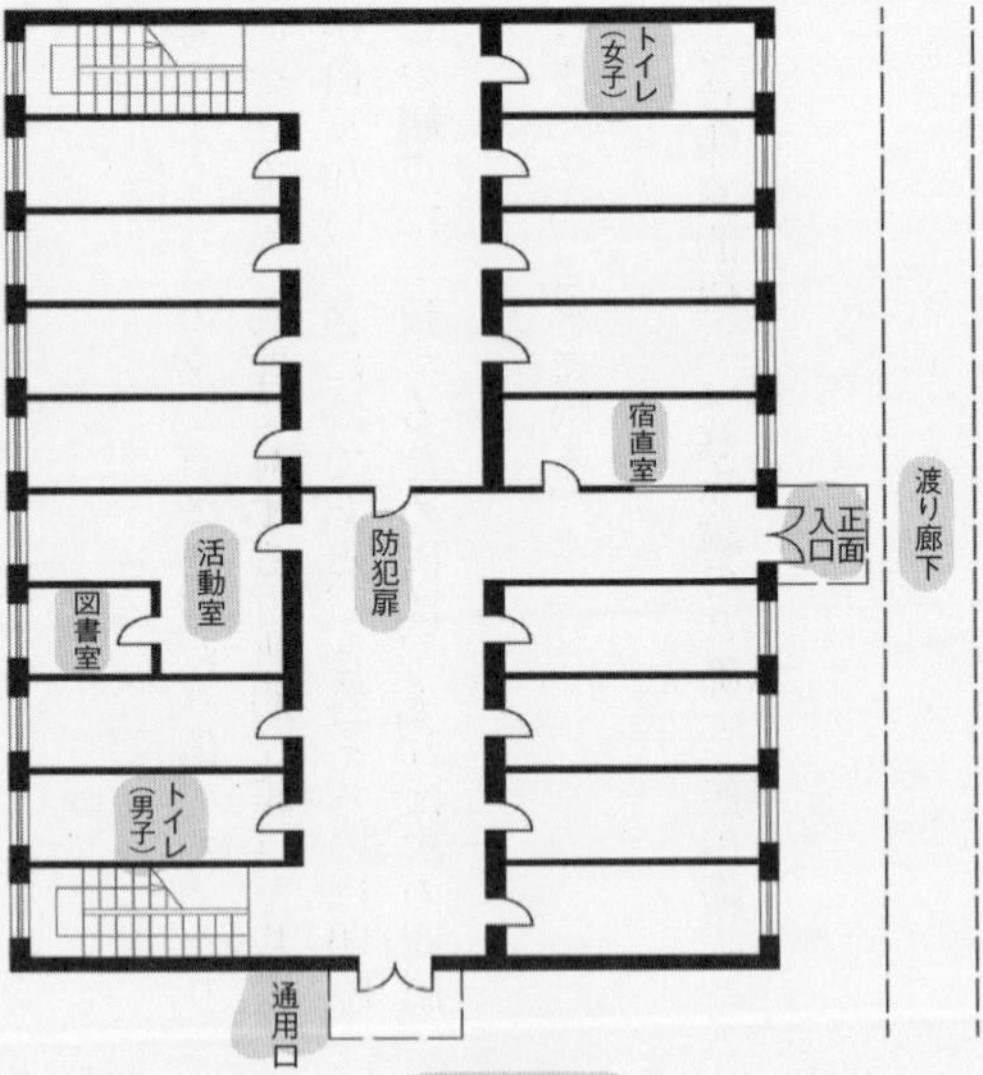
トイレ（女子）
宿直室
正面入口
渡り廊下
防犯扉
活動室
図書室
トイレ（男子）
通用口

寮平面図

序章

いまは彼女の生命に残された最後の数時間であり、たった十六年の生涯でもっとも苦しい時間でもある。

死の訪れがもうすこし早かったなら――こう言うのはあまりに酷薄というものだが、しかし事実ではある――その折りたたみナイフがもっと早く腹部に突きたっていたなら、彼女は多くの苦痛と屈辱を逃れられたかもしれない。裾がぎりぎりふくらはぎの半ばを隠すワンピースの寝間着を着て、裸足にスリッパをつっかけ、ひとりきりで、風雪のなか身を落ちつけられる場所を懸命に探すことにもならなかった。身体を縮こまらせ、凍えてしまいそうなすねとくるぶしをさすりつづけることにもならなかった。

ただ一つ幸運と言えるのは、寮の建物から閉めだされたときは雪がまだ降っておらず、純白ながらもいたく罪深い六角形の結晶が大地を覆いつくすよりも前だったことだ。一階の洗面所から窓をまたぎ越えたそのとき、彼女を迎えたのは骨に沁みいるように冷たい風だけだった。

その晩の風速を記憶している者はいないだろう。気象機関と彼女が、機械と皮膚で感知したのみだったとしてもおかしくはない。

ばん――背後の窓は音を立てて閉められた。風のうなりが耳をつんざき、クレセント錠の閉まる音を彼女は聞かなかった。しかし、その相手が窓の錠を閉めたのは間違いない。閉めだされた少女に背後を振りむく勇気はない。明るく、静かで、暖かな室内に潜んでいる相手が、自分の後ろ姿を見つめ、顔にいったいどんな表情を浮かべているのか、彼女は目にしようと思わなかったし、想像することさえも避けていた――陰険に横目をつかい、片方の口の端をうすく吊りあげているのか、それとも頬に手を当て、満足しながらも冷めた顔で眺めているのか。

ただ、自分にもはや居室棟に戻る機会がないことを、もはやそのかつての友人と顔を合わせる機会がないことを理解していたなら、そうだったなら、そのとき彼女は振りむくことにしただろう。

吹きつけてくる強風を前にして、彼女はしっかりと立つことすらできず、ただよろよろと歩を進める以外の選択はなかった。ここに一晩立っていたとしても、同室の相手が心変わりすることはない。足音は耳に届いていていないが、それでもいま相手はすでに立ちさっていて、より明るく、静かで、暖かい場所へと戻ってしまっただろうと想像はついた。

彼女もただちに逃れることに決めた。足を速めて、寮と事務棟、教室棟をつなぐ渡り廊下へと向かう。

渡り廊下には屋根が付いていて、最低限の明かりもある。容赦のない冷風は屋根を支える鉄柱のあいだを音を立て吹きすぎていく。自分の身体を抱きしめ、たびたび足を止めてふくらはぎをさすった。ほどなく、手の指もしだいに感覚が鈍っていき、必死にこすりあわせてもわずかな温もりも感じることができなかった。

どうすることもできず、両手を顔の前に上げてふう、ふうと息を吐きかければ、そのささやかな湯気はたちまち風に吹きちらされた。

冷風は袖に流れこみ、肌に沿ってにじり広がっていく。

教室棟なら、鍵のかかっていない空き教室が見つかるかもしれない――彼女は内心で考える――どんなにひどくても、窓の閉まる女子トイレはあるはず。

百メートルと離れていない先、前庭の反対側にガラスの温室がありはして、今年の初めに落成したばかりで、永遠に厳冬には触れることのない花々が植えられている。しかし自分がそんな花とは違っていて、同じような待遇を享受できるはずもないことはわかりきっていた。温室が生徒に開放されるのは昼休みと、放課後の二時間だけに限られ、それ以外の時間には鍵がかかっている。

最良の選択となるのは教室棟で、彼女はそこでこの一晩をしのぐ考えだった。

かじかんだ手を袖口に差しいれ、前腕をつかむが、そこもすでに熱を失ってしまっていて、さらに奥へ手を伸ばしていくしかなかった。肘を通りすぎ、二の腕に沿って上がっていくと、そのうち指は肩に触れた。だがそんなことをしても、望んだように指が温かさを感じることはなく、二の腕の冷えをつのらせるだけだった。ほとんど本能的に、力をこめて摩擦する——じ広げられるのを嫌がる袖口では糸がほつれていた——ただそこまで力をこめることもできなかった。さらに自分を痛めつけることになるのは間違いないからだ。

閉めだされるよりもまえ、彼女の腕のそこかしこにはすでに青あざが付いていた。ルームメイトの仕業だ。もう二人の同級生も、この暴力に関わっているかもしれない。確信はまったくない。なにせ、あの連中から暴力を受けることはあまりにも多かった。はじめは、ひとりひとりが自分になにをしたかを憶えていた。かならずしも目には目をと考えていたわけでもなく、身体が代わりに憶えてくれていた。しかし次第に彼女も鈍感に、連中と同じように鈍感になり、ついにはひとりひとりの受け持ちを区別できなくなっていた。まして、あちらはいつでも仲良しこよしの三人組で、こちらはいつでもひとりきりで、いつでも被害者の役を演じていて——たとえ今晩が、彼女の人生最後の夜になるとはいえ——彼女の運命が変わることは一切ない。

ようやく、教室棟の正面入口が眼前に近づいていた。鉄の扉の向こう側がいくらかでも暖かいとは一瞬たりとも期待していなかったが、すくなくとも、冷風を扉で閉めだすことはできる。片方の手を袖から出し、冷たく湿り気のある取っ手を握ると、やっとのことで温まりだしていた指はたちまちふたたび感覚を失った。しかし、鉄の扉は凍りついてしまったかのように、骨に沁みいるほどに冷たいうえに、どれだけ力を入れてもぴくりとも動かなかった。

——疑う余地はない。鍵がかかっている。取っ手の下にある鍵穴に視線が向いた。自分の身体が背後からの光をさえぎっていても、その底の見えない穴ははっきり視界に入っていた。鍵穴の向こうでなにかがこちらを窺っているのを感じて、思わず半歩あとじさる（さいわい錯覚でしかなかった）。

扉は彼女を、暴虐を尽くす冬の風とともに閉めだしている。

試しに裏口へ回ってみてもいいかも——しかし、その考えはすぐに打ち消した。あちらへ行くには教室棟と事務棟のあいだの狭い通路を通りぬける必要があって、そここそ間違いなくこの学校でいちばん風の勢いの強い場所なのだから。さっきその道の入口を通りがかったときにも、段違いの風をはっきりと感じていて、あれは人を地面に転がそうとでもいうような勢いだった。

選択肢はなく、もときた道を戻って事務棟に救いを求めることに決めた。さっき寮から、屋根のある（屋根しかない）渡り廊下を歩いてきたとき、事務棟の正面入口を通りがかってはいたが、そのときは身を寄せようとは考えていなかったのだ。

以前からの噂で、ある人嫌いの教員が、平日は自分の教科の準備室に泊まっているのだと聞いていた。彼が夜、寮へ水を汲みに来たのを見たという寮生もいる。事務棟に入って、その教員とはち合わせしないかが気がかりだった。現在は深夜零時を過ぎたばかりで、彼はまだ寝ていないかもしれない。とはいえこの段に至って、事務棟以外に彼女の行き場はなかった。

――いや、行き場ならあるかもしれない。

彼女は後ろを振りむき、強風のなか目を見開いて守衛室のほの暗い明かりを探した。思ったとおりそれは見つかったが、なのに彼女はすぐに視線を逸らした。宿直中の守衛に助けを求めるというずっと目のまえに横たわっていた選択肢、それだけはなにがあろうと選ぶことができなかった。助けを求めることで、目下の窮状から一時的に逃れるのは可能かもしれないが、さらに厳しい制裁を招くのは目に見えている。責め苦の頂点は去ったと彼女が思うそのたびに、連中はその行動で彼女に証明してみせた――自分たちは彼女よりはるかに想像力に富んでいて、しかも考えたことは実行に移すのだと。

風の音は腹の鳴る音をかき消してはくれたが、それでも明確な飢えを感じることを押しとどめてはくれなかった。胃は耐えがたいほどに灼けついている。食事を摂ったのはもう十二時間もまえのことだった。

あのことがあってから、彼女は学校の食堂で夕飯を口にしたことがなかった。食事の時間になるたび、連中と同じテーブルに座り、咀嚼し飲みくだす皆を見ているように強制された――実のところはっきりと見つめることも許されず、もし気づかれればかならずテーブルの下で数度蹴りつけられた。知りあいが通りがかって、なぜ夕飯を食べないのかと何気なく訊いてくる場合も、彼女は自らに強いた言い逃れを飽きることなく繰りかえすことになった。ダイエット。もう充分にやせ細っていたというのに。

飢えとともに、めまいも襲ってきている。彼女は足をもつれさせ、前進したいというのに扉のところへと後じさってしまい、それでも冷えきった鉄の扉に背中をあずける気にはなれなかった。

そのとき、まるで彼女をさらなる絶望へ押しやろうというかのように、一つの雪片が額へひらめいて、ちちょうど前髪のすき間に落ち入った。

冬に入ってから曇天が続き、とうとう今年の初雪を迎えたのだ。

たちまち、渡り廊下の明かりに照らされて黄土色の雪片が風に舞い、我が物顔でふるまいだす。こちらに向けて舞い落ちてくるうちに、視界のなかの雪片は本来の色彩に近づいていく。しかしその純白は、いまなによりも見たくないものだった。彼女は、なにかべつの色が自分の視界を埋めてくれることのほうを望んだ。枕カバーの萌葱色か（しじゅう涙に濡れてオリーブ色に変わっていたが）、シーツの空色か。

すくなくとも蒼白あたりに。純白だけは嫌だった。

それは傷口をアルコールで消毒する綿の色であり、身体をはたく濡れタオルの色であり、ひいては激しい疼痛を感じる脳に浮かんでくる色でもあった。

白が彼女に残すのはきまって不快な記憶で、いまこのときも例外ではない。

このままでは凍死するのも時間の問題だ――そう考えて、渡り廊下を通り事務棟へ向かう。

思いかえせば、彼女は天気に注意を向けなくなって久しかった。自分の学校生活はそれほどにせわしなく、教室棟と寮を行き来するばかりで、絶えず渡り廊下の天井の庇護を受けていた。ただし雨のなかを歩くよう強制されたときは別で、なんどかそうしたことはあった。

幸い――不幸中の幸いとして――あの連中のだれもいま周りにはおらず、渡り廊下の外へ押しだしてくる相手はだれもいなかった。ただ、屋根の下を歩いているとはいえ強風は片時も休まずに雪を足元へ吹きよせてくる。

南の土地の雪というのはあまり見栄えのしないもので、縮こまり氷の粒になってしまうか、もしくはべちゃりと広がった姿で一団一団がせっかちに落ちてくるかで、文人が描くような軽さ、風流さとはほど遠かった。地面に落ちると、最初のころはたちまち溶けさり、跡形もなく消えてしまうだけだったが、そうしているうちしだいに薄い氷が広がっていく。

スリッパを雪が襲い、左足側面のへりはすでにぐっしょりと濡れていた。綿のスリッパと言うとおりのものだ。材質は綿だったし、その色も漂白や染色を経ていない綿の、雪よりもわずかばかりくすんだ色を見せていたが、そこへ落ちた雪が融ければたちまちその場所はアスファルトの路面のように暗い灰色に染まる。履き心地のいいスリッパだったが、内側の余裕はほぼなく、それでも彼女はできるかぎり左の足先を右上へと向け、雪に濡れた場所を懸命に避けて、そのせいで歩く姿勢もたどたどしくなっていた。

事務棟のところへ戻るころには、スリッパの上にいくらかの氷の粒が残ってしまっていた。鉄の扉へ手を伸ばすまえに、扉のまえに敷かれたコンクリートの上で足踏みし、氷を振り落とそうとしたが、成果はごくわずかだった。彼女の頭上にはコンクリートで作られた庇があり、ほの暗い白熱灯がぽつんとぶらさがって、風の力で激しく揺れ、床に映しだされた彼女の影もともに震えていた——寒風のなかでひどくおののいている彼女自身よりもはるかに激しく。

扉の取っ手を握り、動かすと、今度は開いてくれた。耳を刺す音とともに、彼女のため逃げ場への扉が開く。顔を包んだのは、長年放置されていた一階の倉庫と廊下特有のかびくさいにおいだった。

扉を閉めた彼女は深く息をつき、そしてほこりを吸いこんだせいでなんども咳きこんだ。口を押さえて我慢する。準備室に泊まっている例の教師に気づかれるのは避けたかった。

一階はかびとほこりの楽園と化していて、どうみても長くとどまるには向かない。彼女は左側にある階段へ歩いていった。

二階へ通じる階段の踊り場の壁には、人の頭ほどの高さに小窓が開いていた。ガラスは汚れに覆われていて、そのうえほの白く水蒸気で曇っている。雪の降る光景を窓越しに見ることはできず、雪片がガラスに当たるそのときだけ屋外の天気を察することができた。窓にぶつかってきた雪片たちは、まずぼんやりとした輪郭を残し、あたかも夏の盛りにほんの一瞬留まっていく羽虫のようだった。いくらもしないうちその姿も染みひろがっていき、細々とした水の流れに姿を変えて、窓の下辺の枠に向けてすべり落ち、あるかなきかの跡のみを残していった。

　人の一生もこんなものでしかないんだ——もし数カ月まえに彼女がこれと同じ光景を見ていたなら、そう感慨を浮かべていてもおかしくはなかった。このところ、感傷にふける余裕は残っていなかった。同室の相手が眠ったあと、枕に突っ伏して声を殺し泣きじゃくるとき、彼女の心の奥にあれこれ後ろむきな考えが浮かぶのは当然だったが、それはこうした身に余る、高みから見るような人生への感慨であるはずがなかった。

　二階へたどりついて、彼女はいちばん近くの部屋へ歩いていき、ドアノブを回してみた。

　そこは生徒会室で、なかにはスペアキー一そろいがあり、学校じゅうのほぼすべての鍵を開けることができる。このことは、生徒会の持つ自治権のなによりの証明だと思われている。よって、人のいないときそこにはいつでも鍵がかかっていた。

　そのとおり、今日も例外ではなく、厳然と鍵がかかっている。

　生徒会室の向かいはトイレだが、それはどうにもならなかったときの選択肢で、いまはひとまず考えないことにする。

　横の部屋に向かったが、同じように鍵がかかっていた。その向かいは……彼女の期待は裏切られつづけ、とうとう廊下の突きあたりにある最後の部屋に来てしまった。

そこは地理準備室だった。地理の教師は全校で二人しかおらず、その部屋もひどく狭苦しいところだった。地理、地理――はたと気がつく。学校に泊まっていると噂される例の教師の担当教科は、たしか地理だった。今度はドアノブに手を伸ばすわけにはいかず、ドアの小窓に顔を寄せるしかない。なかに明かりはない――明日は土曜日だから、家へ帰ったのかもしれない。そう考えてほっと一息ついたとき、低くくぐもったいびきがドアの向こうから聞こえてきた。

噂は本当で、あの教師は実際に仕事部屋に泊まっているのだ。

音を聞きつけた彼女ははっと驚き、そのせいでバランスを崩して足がもつれ、左足に履いていた氷の付いたスリッパまでもが飛んでしまった。足の指を床に打ちつけたが、想像していたほどの痛みはない。ドアノブで体重を支え、危ういところで倒れずにすんだ。次の瞬間、彼女の呼吸と拍動はつかの間止まった。おそらく、この後に致命傷を負ったその瞬間を除けば、いまが彼女の一生でもっとも恐ろしく、耐えがたい時間だったろう――ドアが開いたのだ。

教師は眠るまえに、ドアに鍵をかけていなかった。

彼女はドアノブを握りしめ、同時によろめいて、ドアを十センチほど開けていた。動悸の激しさのあまり、そのすき間から部屋を窺うことはできない。暗闇のなかで、疲れに血走った二つの眼がこちらを睨みつけているのではないかと怖かった。

姿勢を立てなおし、ふたたび息を抑え、そろそろと部屋から出て、ドアを閉めながらわずかな音もたてないように気を配る。一連の動作を苦労しながらやりとげたあと、耳をドアに付けた――幸い、向こうが目を覚ました様子はなく、いびきはいまもゆるやかに耳に届いてくる。

しかし、その結果はほんとうに彼女にとって〝幸い〟と言えただろうか。もし部屋にいた地理教師を目覚めさせていたなら、その晩彼女が寒風のなかで孤独に死ぬこともなかっただろう。教師が介入することで、いじめの問題も解決に至ったかもしれない。彼女の運命を知ってしまうと、こうして仮定することは無念をつのらせることにしかならない。

ドアノブを握っていた手を放し、彼女はうす暗い廊下で脱げたスリッパを探しはじめた。コンクリートの床は三十数年前に敷かれ、いままで補修されたことがないらしく、でこぼこだらけで、まためったに掃除されないせいで大量の泥汚れが溜まっている。

床に裸足で立つ感覚は馴染みのないものではなかった。連中もふだん、彼女が裸足で床に立ち、非難の言葉を受けるよう強制するのが常だった。わずかに違うのは、自室の床はいつも自分が掃除を担当し、もしかがんで床をなぞってもちり一つつかないほどになっていなければ間違いなく同室の相手の叱責を受けること。だから、裸足で床を踏んでも悪心を覚えることはない

――すくなくとも、いまのような悪心は。

とはいえ、スリッパを履きなおしたあとも彼女は、トイレの手洗いのところへ行って左足をきれいに洗おうとはしなかった。死体が発見されたとき、彼女の足の裏は灰褐色の汚れに覆われていた。想像してみれば、彼女が左足を踏みだすたび、足を持ちあげたその瞬間、こびりついた汚れがスリッパを足の裏にぴったりと貼りつけて、まるでさきほど自分がどれだけ汚れきった場所に足を載せていたのかを言いきかせてくるかのようだったろう。きっと彼女も、できるだけ早くきれいに洗いたいと思っていたはずだ。しかし、そのうら寂しい雪の夜、彼女に選択の余地はなかった。この季節の水道水がどれだけ冷たいか（かろうじて凍りついていない程度だ）は重々承知していた。それに、学校のトイレにトイレットペーパーが設置されていないことも知っていて、洗ったあとにはなにを使って足の水滴を拭きとればいいのか。自分がまとっている、ただ一

つ身体を覆うものだろうか。ささやかな潔癖さゆえに、そのワンピースの寝間着まで氷の粒に覆わせることはとうていできなかった。

耐えるしかない――彼女はそう考えたが、耐えつづけても夜明けを迎えることはなかった。

ことによってはその命を落とすそのときにも、耐えつづけていればいずれ誤解は解け、暴力もいずれ終わるのだと考えていたせいで、彼女はいつまでもなんの助けも求めなかったのかもしれない。

その呼吸が止まるまで、あと二時間足らずしか残っていない。

続いて彼女は、三階でもすべてのドアノブを回してみて、近寄りがたい校長室にも挑んだが、結局収穫はなく終わった。ほんとうに皮肉なことに、鍵がかかっていない唯一の部屋ではぐっすりと眠っている人間がいるのだ。彼女のまえには最後に一つ、選択肢が残っていた――あまり望ましいとはいえないが、三階の廊下の突き当たりで引きかえした彼女は階段口のトイレへ歩いていく。

トイレの個室に閉じこめられたことは一度や二度では済まない。連中はそのための技術に精通していた――ドアにどう細工をすれば、内側から開かないようにできるのかを。そういったとき彼女は静かに待ち、ドアにもたれて外の物音へ慎重に耳を澄ませるしかなかった。彼女は向こうの足音を聞きわけることが得意で、そして連中も彼女の期待を裏切ることが得意だった。

同室の相手がいつものように靴をつっかけて歩いてくる音を聞いても、解放されるとは限らない。向こうは隣の個室に入り、レバーで水を流し、そして向きなおって去っていくかもしれない。さらにひどい場合にはバケツに水が注がれる音を聞くことになり、そのときできるのは背中をドアへさらにきつく押しつけ、自分の身体にかかる水が可能な限り少ないことを祈ることだけだった。

だから、トイレの個室で一晩を乗りきることも、彼女にとってはそれほど耐えがたいことではなかったかもしれない。

しかしこの祝福されざる夜には、あらゆることが予想したように簡単には進まなかった。

三階の女子トイレに足を踏みいれたとき、最初に感じたのは学校のトイレ特有の鼻を刺すにおいではなく、顔に吹きつけてくる風だった。見れば、西の壁にある三枚の窓が開けはなたれ、雪片を巻きこんだ冷風が絶えず流れてきていて、窓枠と窓辺の床は雪の溶けた水でびしょ濡れになっていた。

窓を閉めないと――寒さに身震いし、そちらへ歩いていって、床に溜まった水を慎重に避け、どうにか二枚の窓を閉める。しかし、最後の手前に開いた窓は思うように閉まってくれない。なにがいけないのかわからなかったが、窓の各部は触れるのをためらうほどに汚れていたこともあって、しばらく格闘したあと彼女は諦めることになった。

窓からいちばん近い個室は、どう考えてもとても寒い――無意識のまま、入口に近い個室に入っていく。明かりを点けようとは思わず、ドアを閉めると、なかは物が存在しないかのような闇に包まれた。掛け金を掛け、ふだんしているようにドアへもたれる。ドアと左右の仕切りの下方は床から七、八センチの距離が空いていて、そこから冷風が耐えず入りこみ、彼女のなかにも守られていない下腿とくるぶしを遠慮なく攻めてくる。とても放っておける寒さではなく、かがんでふくらはぎをさすればわずかばかり暖かくなってくれる――しかし頭を低く下げたせいで、鼻を突く塩酸のにおいは耐えがたいほどだった。

とうとう彼女は、ここを逃げだすことに決めた。

三階の廊下は、トイレよりはるかに暖かかった。

それからしばらくの時間を、彼女は廊下で過ごした。

このときになると眠気が強まりだしていたが、汚れた床に横たわって寝ることなどできない——床に座って休むことすら避けたかった。そのうえ、屋内とはいえここには空間を暖める設備などなにもなく、せいぜい冷蔵庫のなかよりもわずかばかり暖かいだけでしかなかった。眠気をこらえ、しまいにはときおり意図して青あざになった腕を押さえ、足踏みしたが、あまり大きな物音を立てることもできない。

暖かさを得るため最低限度の動きを続けていなければならず、なので彼女はゆっくりと往復を始め、突き当たり（つまりいちばん北）の窓から階段口のところに近い窓まで歩き、そこで折りかえして、シジフォスの神話めいた実りのない、しかし意味のある機械的な運動を続けた。あるとき窓辺を通りがかると、雪が止んでいることに気づいた。しかし雪が降っていたとしても彼女にとってはなんの違いもない。足を止め、窓の外の光景に目をやると、地面には銀のめっきをしたようにうっすらと積もった雪が広がっている。数秒後彼女は向きなおって、足を踏みだした。

最終的になにが彼女を一階へ戻るよう突き動かしたのか、そしてあの真っ暗で異臭の漂う廊下を通りぬけるようなにが彼女を責めたてたのかは知りようがない。それはすべての謎を解決するためのかなめの一点かもしれないし、たんなる偶然のなせるわざか、ふとした気の迷いだったのかもしれず、すべては闇に包まれている。

唯一揺るぎないものは、彼女が屍をさらすことになった場所と、その場の状況だけだった。

次の日の早朝、用務員は事務棟の裏口の外、コンクリートを敷いた空間のうえで彼女の死体を発見した。

司法解剖を経て推定された死亡時刻は午前三時から三時半のあいだで、そのときすでに雪は止んでいた。コンクリートの周辺の雪には一つの足跡も残っていなかった。これが殺人事件だとすると、犯人は犯行のあとに裏口から事務棟に入り、廊下を通って現場を離れるしかない。

しかし、その可能性も否定されていた。

裏口のドアは内外両側に閂《かんぬき》錠が取りつけられている。死体が発見されたとき、鉄製のドアの外にある錠は閉められた状態だった。それはまた、理屈でいえば犯行後の犯人が裏口から事務棟に入ったはずがないということでもあった。

死体が足跡のない雪と閂錠の掛かった鉄のドアに挟まれていたために、この事件は最終的に自殺として決着した。

しかしながら、自殺だとすると疑問点があまりに多いのも確かだった……

第一章　人間に臨むことは動物にも臨み

1

「先輩、そっちになにかありますか？」

階段を何段か先に上がっていた鄭逢時《ていほうし》がこちらを向いて訊いた。

「なんにも」顧千千《こせんせん》は向きなおり、真っ暗な廊下から視線を外して答えた。「ちょっと思いだしてただけ」

「まえに言ってた噂のことですか？」

「そう。例の子はそのあたりで襲われたんだよ」

「〝襲われた〟ってなんですか……殺人だって決まってもないのに」

「じゃあ警察の結論を信じてるの？」顧千千は顔を上げ、後輩であり部下である相手を見つめて訊く。「自殺かもしれないって？　ルームメイトに部屋から追いだされた女の子が、わざわざナイフを用意して自殺したってこと？」

「たしかに変な話ですけど」

「しかも使われたナイフはルームメイトの持ちものだったんだよ。そのときはワンピースの寝間着を一枚着ていただけなのに、ナイフをどこに隠して持ちだすの？　ポケットに入れる？　そんなのすぐにばれるよ」

「じゃあ先輩は、ルームメイトが犯人だと思うんですか？」

顧千千は首を振った。

「それも筋が通らない。ナイフはその人のものだとみんな知ってるのに、どうして現場から持ちかえらなかった？」

「そうか。だとすると、だれかがそのルームメイトに罪を着せようとしたのかも」

「もしかするとね。でもそうだとしても、やっぱり説明のつかないことがたくさんあるよ。だって罪を着せるつもりだったなら、どうして凶器には……」

そう言いかけて、そのあとの言葉をむりやり腹の奥へ飲みこんだ。なにか新しい結論を思いついたというわけではない。階上からドアの開く音が聞こえて、自分たち二人がいるのは事務棟で、階段を半ば占領して大声で会話をしていることにはたと気づいたのだ。きっとだれかの迷惑になる。

そう考えながら階段を上がり、足音を抑えるように心がける。いまの不注意を埋めあわせようとでもいうように。

そこに鮮烈な対比を添える別の足音が、踊り場のさらに上から聞こえる。足どりは落ちついているが、音を抑えようという気配はまったくなかった。革靴がコンクリートの階段を踏む、高く澄んだ音。

その足音を、顧千千はこれ以上ないほどに知りつくしていた。

「ここでおしゃべりしてないで、生徒会室に来なさい」

そう言うと、相手は顔を見せることもなくすぐに立ちさっていく。しかし足音がしだいに弱まり、やがて消えたあとも、階上からドアを閉める音は聞こえなかった。

「馮露葵《ふうろき》……」

顧千千はため息をつき、続けて階段を上がっていく。馮露葵とは知りあってもう一年以上になり、ほぼ毎日顔を合わせているが、友人と言いきることはできなかった。

初めて馮露葵と顔を合わせたときのことを、顧千千ははっきりと記憶している。十一月初め、一代まえの生徒会長が職を受けついでまもないころ（中国では九月が年度初めとなる）で、馮露葵も何人もいる庶務の一人でしかなかった。そして彼女が受けもった初めての重大な仕事は、顧千千にまつわるものだった——「あの子に勉強を教えなさい」。

おそらくは、この困難極まりない仕事を務めあげたために、馮露葵は早々と生徒会長の後任に内定したのだろう。

顧千千は、スポーツの特長生（特定の技能に秀でた生徒に入試の優遇措置を与える制度）としてこの学校に入ってきた。中学のとき、中長距離走の競技で頭角を現し、省クラスの大会のメダルをいくつも獲得していた。しかし高校に入ると、コーチは短距離に転向するよう勧め、長所である瞬発力を最大限に発揮できるのだと言った。なのに一カ月練習を続けても、思うような成績は得られない。それはかならず通る道筋なのだと言われはしたが、心のなかにはコーチの判断への疑いが強く残った。そして数々のプレッシャーと疑念、不満は、最悪の形で噴出することになった。

ある日の放課後の練習が終わったあと、同じように短距離を専門にしている上級生たちに成績を嘲笑された。顧千千は思わず言いかえした——そもそもコーチによって短距離に転向させられたから、こんなざまなのだと。そのとき上級生たちはなにも言わなかったが、あとになってこのことを告げ口した。つぎの日、コーチは陸上部の全員のまえで、そんなことを言ったのかと顧千千に尋ねた。言いのがれはできず、認めるしかなかった。コーチは、もしほんとうに自分の判断を信じないなら、いますぐにでも陸上部をやめなさい、と警告する。ほかのだれであってもただちに謝罪するだろう状況で、顧千千はこともなげに、わかりました、とだけ言って、それ以降すべての練習を欠席した。彼女を嘲笑し、コーチに告げ口した上級生たちもこの時点で事態の深刻さに気づき、次々とやってきて練習に戻るよう（命令口調で）懇願し、担任の教師も早いうちに謝るよう勧めてきた。しかし、コーチの判断が間違っていたと確信する彼女は、もはや自分の競技人生にもまったく希望を抱かなくなっていた。短距離の練習を続けてもまともな成績など得られるはずがなく、笑いものになるだけだと信じていたのだ。この先そんな屈辱を受けるのは嫌で、陸上競技に別れを告げることを望んでいた。

当時の顧千千が一つだけ考えに入れていなかったのが、スポーツ特長生という立場を失うのは、学校での居場所を失うに等しいということだった。

一週間後、彼女は望みどおりに陸上部から除籍となった。

生まれてはじめて大量の自由になる時間を手にしたことで、当時顧千千は生まれ変わりを迎えるのにも似た錯覚を起こしたが、ほどなくして、もっと耐えがたいさまざまな屈辱に対面しないといけないことを知った。これまで授業中に当ててくることのなかった教師が、頻繁に自分を立たせて問題に答えるように言い、そのせいで、答えられずに授業の終わりまで立ちつづけることになるのもしょっちゅうだった。あるとき、後ろに座っていた女子が抗議の声を上げた——「先生、顧千千を後ろに立たせられないんですか、邪魔になって黒板が見えないんです」。

クラス全体の足手まといとなり、同級生たちは毎日背後で彼女のことを話題にした——文字通り〝背後で〟、いつもわざと声を大きくし、まるで聞き漏らされてはいけないとでもいうようだった。

そのうち顧千千はふたたび逃げることを選んだ。絶えず仮病を使うようになり、保健室に身を隠して、布団を頭までかぶり、しだいに濁っていく空気を吸いながら、つかの間の静けさに浸った。そんな生活が二週間ほど続き、担任も彼女に退学を勧めることを考えはじめていた。

幸運なことに、保健室の彼女を引きとったのは退学通知を送られた両親ではなく、当時の生徒会長、桂姍《けいさん》姍《さん》で、最終的に彼女が学校に留まれるようにしたのは、手を貸すよう命じられた馮露葵だった。

――なんで私を助けてくれるの？

学校の近くに借りている馮露葵の部屋に初めて足を踏みいれたとき、顧千千はそう尋ねた。

――誤解しないでほしいけれど、あなたを助けようなんて気持ちはなくて、私は桂先輩に信用されたいだけだから。一つ質問するから、正直に答えて。スポーツに打ちこみはじめて、勉強しなくなったのはいつから？

――小学六年のときで、そのときは……

――そうか、わかった。その学年の勉強からやり直しましょう。

補習は半年余りかかり、毎週すくなくとも一回、だいたいは土曜日で、馮露葵の住んでいる部屋に行くことが多かった。そこは1DKの小ぶりな家で、ほとんどの時間顧千千は居間の食卓で自習し、区切りのいいところまで勉強が終わると馮露葵の部屋に入っていき、質問したり試験を受けたりした。部屋の内装はかなり簡素で、とても少女の自室とは思えない。それもかえって、彼女の印象には適っていた。髪を長く伸ばした馮露葵は、体育の授業のとき以外は束ねることなく、いつも自然に任せて下ろしている。顔立ちは美人のタイプだ。男子を思わせるところはとくにないのに、なぜか女子たちからかなり人気がある。王子さまめいた雰囲気でほかの女性を引きつけるでもなく、また庇護欲を誘うお姫さまというわけでもない。孤高にして神秘的な色をかすかにまとった馮露葵は、もし童話の登場人物になぞらえないといけないなら、ヒロインの願いを叶えるため手を貸す魔法使いのほうに近いかもしれない――顧千千も、彼女が魔法をかけ変身させたかぼちゃの馬車に乗ることで、〝学校生活〟という名の舞踏会に戻ってくることができたのだ。

一年生後半学期の期末試験で、顧千千の成績はクラスの平均並みに達し、補習もそれで終わりを告げた。

もし馮露葵が男子だったら、こんなに長期間の補習で、数百時間を二人きりで過ごして、私たちのあいだには恋の火花が散ったんだろうか――夏休みのある夜、暑さに眠れない顧千千はそんな浮わついたことを考えたこともあった。結論は当然、悲しく定まっている――馮露葵が男子だったとしても、きっといつまでたっても自分だけが一方的に想いを寄せて終わるだろう。現在も同様に、彼女のことはいちばんの友人だと内心思っているというのに、あちらは変わることなくそっけない態度で、事務的なやりとりが続いているだけだった。

――いったいいつになったら、あの子とほんとうの友達になれるんだろう。

その疑問を抱きながら、顧千千は生徒会室に入っていく。

馮露葵は入口の真向かい、細長い机の向こうに座っている。生徒会室には暖房があるので、ダブルボタンの黒いコートは脱いで、身軽な制服だけの姿になっている。この高校での女子の正式な服装だ。秋から冬には、寒がりの女子はジャージの長ズボンに穿きかえることが多い。それでも、外見に気を配る馮露葵がそうすることはなかった。胸の前を斜めに交差させた紺のジャンパースカートに、白い長袖のブラウスを合わせ、(顧千千の視界からは見えないが)膝下までのスカートとともに、白いニーソックスと、黒い革のブーツを履いている。

顧千千が着ているのは袖口がほつれたピンクのダウンジャケットで、白い細かな羽毛が裂け目からこぼれている。ダウンの下は、学校指定の緑の運動着の上下だ。ズボンの裾はよれて、黄褐色のハイキングシューズを半ば覆っている。靴の先がうっすら汚れていた。

部屋には一年生の生徒会庶務、薛采君《せっさいくん》もいて、馮露葵の左に座っていた。

もう一人、女子が背中を見せ、馮露葵の向かいに座っている。それがだれか、後ろ姿と髪の色で顧千千はすぐに気づいた。

「呉莞《ごかん》、なんでここにいるの？」

こちらに背を向けた少女が答えるよりもまえに、馮露葵が口を開いた。

「あなたのことを陳情に来たの」

「私を？」

それを聞いた呉莞がとうとうこらえきれずに立ちあがり、こちらを向いた。

「そうです、顧千千先輩、先輩と子分の鄭逢時が、向こうの話だけ聞いてあたしを退寮させたんですよ。生徒会長に会ってもらって、そのことを話すことにしたんです」

二年生になってから顧千千は学校の寮で暮らしはじめ、自然ななりゆきで寮委員に任命された。生徒会所属の寮生にのみ任せられる職だ。

いま連れてきた一年生の生徒会庶務、鄭逢時も寮生だ。生徒会に入ってこのかた、彼はずっと顧千千の補佐役を務めてきたが、そのことに不満たらたらだった
——次の生徒会長になるのを目標に入ってきたのに、いま生徒会で寮に住んでるのは僕だけで、そのうちきっと顧千千先輩の仕事を引きつぐことになりますよね。

先週、一年生の呉莞の退寮処分を決めたのも彼と顧千千の二人だ。その処分は学校側の承認を受けて今週から有効となり、彼女は校外からの登下校を強いられることになった。

罪名は〝いじめ、同室の生徒への脅迫〟だ。五年前の事件があって以来、学校はいじめに対しては厳格な態度で臨んでいた。退寮処分で済んだのは、寛大な処置だったと言うべきだろう。

呉莞本人はそう思っていないにしても。

「まだなにか弁解があるなら、ここで話せば」

「先輩に話すことなんてなにもないです。話さないと

いけないことはもう全部話したのに、ぜんぜん信じてくれなかったんだから。話は生徒会長にしてあります。もう帰らないと。先輩のおかげで、満員のバスに二時間乗らないと家に帰れないから」椅子を机の下に入れ、また馮露葵のほうを向く。「またじっくり考えてみてくれませんか。ほかの処分だったらいいんです、うちはほんとうに遠くて、外に家を借りるほど余裕もないし、間違ったことをしたのはよく理解しましたから……」

「しっかり検討しておく」

「じゃあ、帰ります」

そう言うと彼女は部屋を出ていき、顧千千には目を向けもしなかった。

鄭逢時が気を利かせてドアを閉める。

「あの子の処分を撤回しようと思ってるの？」

「ぜんぜん。私はただ」馮露葵は茶碗を手に取り、水を一口すすって続けた。「私が想像していたよりも礼儀正しかったなと思っているだけ。あなたから話を聞いたとき不良だって言うから、机に足を載せてくるのかと思ってた」

「演技がちょっと上手いだけだよ。ルームメイトの話だと、一時はとても打ちとけてたって。でも時間が経つにつれて、本性が露わになってきた」

「だから、そもそもまったく性格の違う二人が無理に一つの部屋に住まわされて、朝も夜も顔を合わせること自体が変なの」

「昔は四人が一部屋に住んでて、そのうち学校の近くに住宅がたくさん建って寮生がだんだん減ったから、二人一部屋になったんだって。あと先輩たちの話だと、例の有名な生徒会長は寮の建物を増築して、寮生が一人ずつ自分の部屋を持てるようにしようと提案したらしくて。でもそのころ学校にはそんな大工事をする予算はなくなってたから、その提案は結局取りやめにさせられたらしいよ」

「例の生徒会長ね……」

　感情を顔に出すことがめったにない馮露葵だが、これを聞いて苦笑いを浮かべる。

　いま顧千千が話に出したのは、開校以来もっとも伝説的な存在感を持つある生徒会長のことで、その名前こそ口伝えを経て何種類にも変化して伝わってしまっているが、彼女を取り巻く物語はおおよそありのままに語りつがれている。後輩たちはあだ名すら考える必要がなく、一言〝例の生徒会長〟とだけ言えば、だれでもたちまち反応が返ってくる。しかし彼女については、ひとつのあだ名がまぎれもなく轟いていた――ルネサンス生徒会長と。

　それは明らかに彼女を、レオ十世を代表とする〝ルネサンス教皇〟になぞらえたものだった。メディチ家出身のその教皇は、ミケランジェロやラファエロを支援したにとどまらず、教皇庁の貯えのすべてを使い尽くしたのだ。

　例の生徒会長も同様だった。教室棟の東にあるガラスの温室はその掛け声で建設されたもので、図書室の蔵書も彼女が設立したリクエスト制度によって十倍に拡充された。さらに彼女の提案で、毎年の創立記念日になると芸術祭を開催し、上海のオーケストラを呼んで屋外で演奏会を開き、廊下には現代の有名画家の作品を展示し、また市内で最大の劇場を借りきって、演劇部と合唱団が市民のまえで普段の練習の成果を発表できるようにした。ほかにも食堂の料理を改善し、寮を改修し、教室の視聴覚設備を更新した――それらの対価といえば、将来十年分の学校予算を半年の間に食いつぶしたことにすぎない。とうとう学校側はその無謀な夢の数々を許容していられなくなり、彼女からの提案を一律に却下しはじめ、最終的には教員全体を集めた会議で、生徒会長の任期内に彼女が自分の作った赤字を補塡できなかった場合、生徒会から学校への発議の提出を永久に認めず、今後はこの国の学生組織の大多数とおなじように形式上の存在に成り下がることになる、と決めた。幸い、十月の退任までに彼女は校友からの募金を集め、どうにか大量の金額を工面していた。しかし彼女は伝説になると同時に、学校ににらまれたために大学への推薦の資格を失っていた。その後五、六代の生徒会長たちは教訓を学びとり、もはや大胆な賭けに出る勇気は失っていた。

「その人の話はしないほうがいいかな。私も残念だとは思うけれど。もし寮が一人部屋になっていたら、私は寮に入っていたかもしれないから」

「馮先輩、どうして寮に入らなかったんですか？」鄭逢時が口を挟む。「外に家を借りて一人で住むの、かなりお金がかかるでしょう？　食事とかだって不便なはずだし。呉莞はいろいろ手を尽くしてでも寮に戻ろうとしてるのに、先輩はどうしてはなからその可能性を諦めたんですか？」

「いま申請しても間にあうよ」顧千千は急いでつけくわえる。「私も住みはじめたばっかりで、いまはまだ——」

彼女が〝ルームメイト〟の一言を口にするよりもまえに、馮露葵が言葉をさえぎった。

「ほかの人がいると眠れないの」

これは当然ほんとうの話だが、半分ほどしかほんとうとは言えない。正確には、だれにもわずらわされないときであっても馮露葵はなかなか寝つくことができなかった。孤高にして冷然とした印象を周囲に与えているのは、だいたいが睡眠不足のせいでしかない。ひどい不眠は、ほかにもさまざまな誤解を招いていた。薛采君は生徒会に入って以来、馮露葵の補佐役という位置にいる。彼女ははじめ、生徒会長のために紅茶やコーヒーを入れていたが、相手が一口だろうと飲んでいる場面を見ることは皆無だった。そのことで彼女はひどく悩み、自分が嫌われているのだと思いこんで、同時に生徒会に入った鄭逢時に相談を持ちかけていた

（これをきっかけに、二人が恋人になったことはまた別の話だ）。その後、鄭逢時が顧千千を通して馮露葵の不眠のことを聞き、ようやく誤解が解けたのだった。

「あなたたちは呉莞の件を話しに来たの？」

話の種になるのを好まない馮露葵は強引にここまでの話題を終わらせた。

「顧先輩は、会長に会いたかっただけですよ」

「そうなの？」馮露葵に、眼をまっすぐに見つめて訊かれる。顧千千はうろたえて視線を逸らし、しばらくさまよわせたあと、最後には壁にかかった赤地に金文字の旗に落ちつかせた。

「いや、私はほんとうに話す用事があったの。鄭逢時は彼女に会うためだけにわざわざ付いてきたんだけど」

馮露葵は本人のいないところで薛采君のことを話題にし、まるで成層圏の空気のように存在感が薄いのだと顧千千に話していた。それを聞きながら顧千千は、馮露葵は口数が多いほうではないけど、一言も発さなくてもその場の人たちに存在を気づかせられる、と内心考えていた。自分はというといろいろな場で、発言しつづけることでようやくうっすらと他人からの注目を得ている。

薛采君の場合はなお悪く、一言も発さなければまったく存在感はなく、そのうえだれにもまして言葉を惜しむのだ。

「采君、こっちでは頼みたい仕事はないから。彼氏とデートしてきなさい」

そうからかわれて、薛采君は顔を赤らめ、うつむいて、そっと恋人へ視線を向けたが、鄭逢時がまだ悠然と顧千千の横に立っていてこちらへ足を踏みだそうというつもりがないのを見て、内心いくらかいらだちを覚えた――私みたいな目立たない女子は、凛々しくてかっこいい顧先輩とは勝負にもならないし、この人は毎日顧先輩と仕事をしてて、そのうち私から離れていくんだ――と思う間に、今度は自分の心の狭さがひどく恥ずかしく思えて、顔はさらに紅潮し、おもわず首を振って、ショートヘアの毛先が何度も肩元を撫でた。

それを見ていた顧千千は深く息を吸いこむ。薛采君が自分に嫉妬を感じていることはとうに気づいていた。しかし客観的に言って、自分よりも年下で、ほとんど背は変わらないのに自分よりひょろりとした鄭逢時にはまったく興味を持っていなかった。もし中国の高校にもバレンタインデーにチョコを贈る習慣があったら、自分が女子たちから受けとる本命チョコはきっと鄭逢時の受けとる数より多いだろうと確信していた。

「それで、なんの件を私と話したいの?」

「生徒会が手を付けるべき仕事なのか、私にもわからないんだけど。でも私の仕事は寮生の悩みを解決することなんだから、このこともやっぱり深堀りしたほうがいいんだよね」

「とりあえずは話を聞かせて」

「呉芫のことともちょっと関わりがあるんだけど。五年前、寮に住んでた女子の一人がルームメイトと、もう二人の寮生にいじめられて、最終的に校内で自殺したんだ――すくなくとも警察は自殺だと認定した。死体が見つかったとき、その人が着てたのは空色の寝間着だけだったの。最近呉芫にいじめられてたあの女子も、青いワンピースの寝間着を着てるんだよ。ちょっとまえに何度か、あの子は呉芫に部屋から閉めだされて、一人で廊下を歩きまわっていて。それを、別の寮生が見て、五年前に自殺した女子のことを思いだしたというわけ。その女子の言い伝えはもともと、上の学年の寮生が新入りに話すお決まりの話なんだけど、そこに新しい目撃情報が加わったせいで、一気にいろいろな噂が飛びだしてきて。だいたいは、その女子の魂が寮の建物に封じられていて、胸に抱いた怨念を後輩にぶつけようとしてるって――要はばかばかしい話でしかないんだ。でも、その噂話のことを調べたおかげで、私たちは呉茺がルームメイトをいじめてたことに気づいたの」

「いまでは、噂はもう落ちついたんでしょう。みんなが見たのは幽霊ではなくて呉茺のルームメイトだと教えてあげたら、この件は一件落着になるんじゃない」

「たしかに、噂はひとまずなくなって、呉茺も寮を追いだされた。だけど、ほんとうにこれで充分なのかな？」

「ほかになにが必要だと思うの？」

「調査を続けてもいいのかも……」

「なにを調べるの？」

「五年前の事件を」顧千千はそう言うと、机の下の椅子を手前に引き、腰を下ろした。「なんだか落ちつい ていられないんだよ。寮生がよくわからない死に方をして、事件の周りにたくさんの謎が残ってるのに、寮委員の自分がなんにもできないなんて」

「あなたの任期に起きたことじゃないし、それに警察官でもないのに」

「それはたしかにそうだけど、スポーツをやってた人間はちょっとだけ負けず嫌いなの。それに、ひとつ残らずはっきりさせておかなかったら、これからもあれこれ噂が流れるんじゃない？」

「はっきりさせてもなにも変わらないで、例の女子は同じようにいろいろな言い伝えの種になるでしょうね。みんなはたんに寮生活がつまらないせいで、自分で自分を怖がらせるための怪談を作って、つまりはちょっとした刺激を求めたいだけなんだから。しかもそこに、こうやって手近な材料があったということ」

「わかった。この件はこれで終わりにする。生徒会の仕事とは一つも関係ないんだしね」

「そう、ほんとうに一つも関係ない」

「だったら、もし私が生徒会の一員としてじゃなく——」顧千千は、〝友達〟というあまりに重たくて輝かしい単語を口にすることはできなかった。「——顧千千として話がしたいと言ったら、馮露葵、私に協力してくれる？」

頼みを聞いた馮露葵はしばらく黙りこんだ。さまざまな利害を考量しているようでもあり、言葉を選んでいるかのようでもあったが、口にした結論はすこぶる単純明快だった。

「当時のことを話してみて、とても面白そうだから」

2

鄭逢時《ていほうし》が横に腰を下ろすと、顧千千《こせんせん》は事件について話しはじめる。

窓の向こうには消える気配のない暗雲が広がり、時間をかけてうっとうしく折りかさなった姿はいまにも地へ墜ちてきそうに重苦しかった。この数日で、北方の大地はもう積もった雪に覆われていて、冷気が長江を越え南下してくるのも時間の問題でしかない。天気のことを心配してか、もしくはたんに陰鬱な天気に興を削がれたのか、大多数の生徒は放課後すぐに帰宅していた。寮生も、校内をぶらついている姿はほとんどない。

「五年前、唐梨《とうり》っていう女子が、二年生になってからいくつかの誤解のせいでいじめに遭うようになったんだ。十二月初めのある土曜日の朝に、用務員の人が事務棟の裏口の外、コンクリートの上でその子の死体を見つけたの。身体の傷は一カ所だけ、左の腹にあった。凶器は折りたたみナイフで、死体といっしょに地面に落ちていて、あとでその子のルームメイトの私物だって確認された。そのルームメイトは中学のとき、かなり柄の良くない学校に通っていて、校内の不良との仲も付いてまわってたけど、本人は賢かったから入試ではうちに受かったんだって。一年生のときはそれなりにおとなしくしてたけど、二年生になってからろくでもない中学の友達との付きあいがまた始まって、学校で煙草を吸って処分を受けたこともあったんだ」

「死んだ女の子はどんな生徒だったの？」

「聞いた話だと」顧千千はすこし迷ってから口にする。「采君《さいくん》みたいに、手のかからない女の子だったって」

「手がかからないなんてことはないし、むしろ要領は悪いけど――その話は置いておいて、話を続けて」

顧千千は同情をこめて薛采君《せつさいくん》に視線をやり、その唇が震えているのに目を留め、そして話を続けた。

「いずれにせよ物静かな子で、そのせいでルームメイトに誤解されたんだろうね。付きあいのあった人も限られていて、ルームメイトともう二人の寮生以外には友達と言える相手はいなかった。その子を延々といじめることになったのもその三人だったの。新聞でもネットでもその人たちの名前は見つけられなかったけど、図書室に行って記録を見ればわかるよ」

「その人たちにはだれも殺人の容疑はかからなかったの？」

「全員にかかった。偶然だけど、死体が見つかった日は土曜日で、大多数の寮生はまえの晩に家へ帰ってたの。そのクラスだけ用があって、三人とも寮に泊まってたんだ。ひょっとするとほかの寮生たちが家に帰ってたからこそ、三人は人目をはばからずに唐梨へ手出しをして、居室棟から追いだそうって考えになったのかも」

「冬の夜に屋外に閉めだすなんて……ほんとうに残酷。夜の寮は戸締まりがしてあるんじゃないの、どうやって唐梨は外に出たの？」

「洗面所の窓からだって」

「窓に鉄格子はなかったの？」

「詳しいことはわからないな。当時の寮生に話を聞いてみたらわかるかも」

「その晩、ほかにだれか学校にはいたの」

「その子たちと同じクラスの男子二人も。あと一人、一年生の女子が、ほかの省から転校して間もないときで、授業の進度が違って土曜日に一人だけ補習を受ける必要があったから、やっぱり帰ってなかった。あとは守衛室の警備員さんと寮監のおばさん――そうだ、あと地理の鄧《とう》先生が、そのころちょっと家の事情があって学校の準備室に泊まってたって」

「そうか」

「事件のあった夜に、外部からの出入りの形跡はなかった。殺人だとしたら、犯人はこの人たちのなかにいるはずだよ」

「女子が四人、男子が二人、職員が二人、教師が一人」馮露葵《ふうろき》は目を閉じ、顧千千から聞きだした情報を確認する。「でも、警察は自殺だと認定した？」

「そうなんだよ、現場をめぐる状況を見ると、自殺の可能性のほうがいくらか大きいように見えるから」顧千千は説明する。「推理小説の用語を借りるなら、そのときの現場は二重の密室だったんだ――この言いかたはちょっと不正確かもしれなくて……」

うつむいて人差し指で唇を押さえ、ふさわしい言葉を探していると、横にいた鄭逢時に先を越された。

「――二つに分割された密室だったんです」そう口にする。「犯人が現場から離れるには二つの方法しかなくて、裏口を通って事務棟に入るか、もしくは教室棟と事務棟のあいだの通り道から立ちさるかです」

「でも、二つの可能性とも当時の状況にはあてはまらなかった」顧千千が話を引きついで、ふたたび説明していく。「その夜は雪が降って、事件が起きたときにはもう止んでたの。屋外を通って立ちさるなら、雪のうえに足跡が残るよね。でも雪のうえには発見者の足跡以外にはなにもなかった。事務棟に入って現場を離れるなら裏口を通らないといけないけど、これも無理」

「裏口のドアは内側に閂錠がかかっていて、犯人は開けられなかったからって？　とはいっても、犯人がなかに入ってから錠をかけた可能性だってあるし、べつにおかしいというわけじゃ——待って、事務棟の裏口は、まさか……」

「思いだしたみたいね、あの鉄のドアは内外両側に錠があるんだ。死体が発見されたときにかかっていたのは外側の錠だったの」

「だったらどうにもならないか。犯人がドアの内側に行ってから外側の錠をかけるのは無理だから」馮露葵は深く息を吸いこむ。「なにかトリックを使ったんでなければ」

「そうやってトリックを使ったなら、現場になにか痕跡が残ってるはずだよね。でも現場の具体的な状況は私もよく知らないから、やっぱり記録を見に行かないとわからないかも」

「とにかく、現場が密室状況だったから警察は自殺だと見なしたということ？」

「警察が決断を下した理由もわからないな」顧千千は苦笑する。「でもたぶんそうだろうね。でも露葵、私はどうしても、自殺というのも話が通らないような気がするんだ」

「さっき、鄭逢時と廊下で話していたのを聞いてたから、疑問というのがどこにあるかはだいたいわかる」

「疑問点は、例のナイフに集中してるんだ」

「あのときは途中までしか言わなかったでしょう」話をさえぎったのが自分なのはきれいに忘れているようだった。「そのナイフに、なにかあるべきものがなかったと言ってたけど、なんのことなの？」

「なかったのは指紋」顧千千は答える。「折りたたみナイフは死体の手のあたりに落ちてて、警察が調べてもまったく指紋は見つからなかった。自殺だとしたら、死体は手袋をしてなかったんだし、柄に指紋が付いてるはずでしょ？　そして他殺だとしたら、やっぱりおかしなところがいっぱい出てくる。ルームメイトが犯人だとすると、自分のナイフをそのまま置いていくとは思えないよね、間違いなく自分への疑いが増すんだから——でもだれかがその子に罪を着せようとして、わざわざ持ち物のナイフを使って唐梨を殺したなら、指紋をぬぐっておく必要がないし……」

「そこまで決めつけるのは無理でしょう、その推測は理屈先行すぎるから。そういえば、ナイフがなくなっているのにそのルームメイトが気づいたのはいつだったの？」

「それもよくわからない」

「でも、言いたいことはもうわかった——五年前に起きたこの事件は、自殺にも見えないし、他殺にも見えないということね。自殺と見なすなら、凶器をめぐるいくつかの疑問点を説明しないといけないし、他殺だと証明するには、密室状況に合理的な説明を与えないといけない。そして二つとも、いまのところの条件では不可能でしょう」

「だったら、やっぱりいま図書室に行って資料を調べるのがいいんじゃない？」

「まずは現場を見てみましょう、そっちのほうが近いから」そう言って、馮露葵は机に広げていたノートを閉じ、立ちあがると、ドアへまっすぐ歩いていく。ただ薛采君はなかなか動こうとせず、付いていくべきなのかと迷っていたが、鄭逢時と顧千千も立ちあがるのを見て、机の上のものを慌てて片づけた。ここまでの行動も馮露葵は目にとめていた――

「采君、戸締まりは忘れずに」

守衛室にあるスペアキーを別にして、生徒会室の鍵はもう二本あり、それぞれ馮露葵と薛采君が管理している。

薛采君がようやくドアに鍵をかけ、階段口まで来たときには、ほかの三人の姿はすでに見えなくなっていた。

一歩先を行く馮露葵は階段をすでに一階まで下りて、明かりのない廊下を速足で進んでいるところだった。

一階の廊下の左右に窓はなく、物置の防犯用の鉄のドアがいくつかあるだけだった。このあたりの部屋は以前からごみ置き場扱いされていて、中のものに盗まれるような値打ちがないことはだれでも知っていたが。並んだ物置の鍵は三本ずつあり、それぞれ守衛室と校長室、生徒会室に保管されている。

一階全体で屋内の明かりはたった三ヵ所、正面入口と裏口との内側、そして階段前に一つずつあるきりだった。ほかには二つの出入口の外側、庇の下に一つずつ電灯が設置されている。

事務棟の一階が学校から完全に見はなされていることは明白だった。雨季が来ると洪水に呑まれてしまうとでもいうように。

やがて、廊下の突きあたりにある鉄のドアが馮露葵の目に映る。そこは事務棟の裏口で、いまではめったに利用されることがない。廊下の光量がとにかくあまりにも少ないせいで、かなり近くまで来てようやく、歳月に呑まれ傷んでいるが、一度も修繕を受けていないその姿をはっきりと目におさめることができた。

壁に手を伸ばし探っているのは、頭上の明かりのスイッチを見つけようとしているのだった。白熱灯はぽつんと天井から下がり、二本の電線が絡みあわされ、暗闇へと伸びている。

残念なことに、ようやくスイッチを見つけて押してみても電球はまったく反応しない。

当てがはずれ、ふたたび暗闇のなかのドアへ視線を向けた。ドアと同じく取っ手も鉄製で、〝C〟の形が垂直にドアへ取りつけられている。閂錠が取っ手の上にあった。右手で錠を開けると、左手で取っ手の上方を握り、ドアを押しひらいた。

年季の入った蝶番は動くときぎいぎいと音をたてる。

数歩歩き出て、庇の電灯の真下に立った馮露葵は、うつむいて、かつてくだんの不幸な少女が倒れていた場所に視線を落とした。振りむきざまにドアを閉め、取っ手に右手を添えたまま左腕を水平まで上げる。木製の閂錠の右端を左手の指四本でつかみ、左へ動かすと、壁側の受け金具の穴にはまり、これでドアには錠がかかった。

そうしていると、ドアの向こうから顧千千と鄭逢時の足音が聞こえてきた。時間は庇の電灯が点ったばかりで、空はまだ暗闇に覆われてはおらず、頼りない自然光と人工の光をたよりに、馮露葵は錠をしげしげと眺めまわす。見ると木製の閂はすでにこころなしか傷んでいて、表面は亀裂と凹凸に覆われ、その色も鼠の皮のように暗くくすんでいた。

二人の足音がさらに近づいてきたので、馮露葵はまたドアを開けた。薛采君が裏口のところへやってきたのは、それから二分も経ってからのことだった。

それまでの間に、三人はすでに辺りをひととおり眺めまわしていた。

すこし先、塀をすぐ背にした場所に、葉をすっかり落とした銀杏の並木があった。隣接しているのは数本の八重桜の木で、空き地に無秩序に植えられている。その下には背の低い、細かい葉の植えこみがある。銀杏と桜は、それぞれの季節には一片の晴れ晴れしい色をうらぶれた庭に塗りひろげていたのだが、いまは来年の訪れを待っているところで、長い眠りについている。植え込みの細々した葉は尖った枝の先に残ってはいるが、くすんだ色をしていた。

暗雲のもと、あらゆるものが生気を失っている。

教室棟に近いところには、増築のときに掘られた池があった。事務棟からは十数メートル離れている。池の周囲にはつやのある卵型の石が敷かれていた。鉄の管が、唐突な感じで池に突き立っている。本来は噴水として動くものだが、この季節になっては使われていない。水面には薄氷が張っていた。

池の北側、五メートルほどのところが学校の裏門にあたる。暗紅色に錆びた金属の棒が、格子状に溶接されている。縦向きの棒の先端はすべて危険な錐形に削られていた。左右に開くこの鉄の門はめったに開けられることがなく、重厚な鎖を巻かれ、錠もかけられていた。

反対を向くと、学校の西側の塀があった。灰色の塀には植物の枯れたつるが這い、唯一塀の外から侵入してきたノウゼンカズラだけが、花の季節は過ぎているとはいえいくらかの生気を残していた。

塀の根元には暗紅色の苔の姿がある。

そして、一同は頭上の庇に視線を向けた。

庇はコンクリートでできていて、二本のコンクリートの柱で支えられている。その下部は――三人の見ている面は――石灰で白く塗られているが、いまではひどいまだらになっている。右手に短い鉄の管があり、庇から一センチほど突き出していて、直径も二、三センチほどだった。おそらくは排水管だろう。とはいえ雪が降ったときには、この小ぶりな排水管はきっと雪に埋もれてしまうはずだ。

庇の上には、二階の廊下の突き当たりとなる窓があった。

「犯人は柱を伝って庇のうえに上がって、二階の窓から事務棟に入ったんですかね？」鄭逢時はちょうど戸口にやってきた恋人には構わず、庇を支えているコンクリートの柱を指さして言った。

「そうしたらよじのぼったときの跡が残るでしょう。それに」馮露葵が言う。「あの窓は、そんなに簡単に開かないはずだけど。かなり古くなっていてずっとすきま風が入ってくるから、冬になったら学校で人を頼んで、ガムテープで廊下の北側の窓は目張りしてるの。去年はそうで、今年も同様だった」

「五年前もたぶん同じだっただろうね」

顧千千が言い、馮露葵はうなずいた。

鄭逢時に諦める様子はなく、歩を進めて、五年間残っているかもしれない手がかりを探しまわっている。

「そういえば、このあたりの物置の窓は開けられるんですか?」

ドアの左方にある物置の窓をひととおり調べながら鄭逢時は訊いた。

「たぶん無理」馮露葵が答えた。「学校が内側から窓枠に板を釘で打ちつけていて、きっとどれも開けることはできないと思う」

「ということは、機械的なトリックで閂を動かすのは無理か……」

左側を調べ終え、なんの成果もなかった鄭逢時はドアの右方へ足を向ける。十メートルほど歩いて建物の角までたどりつき、引き返そうとしたそのとき、待ちのぞんでいた〝新しい手がかり〟がふいに目にとまった。立っている場所からいちばん近い、西向きのガラス窓の左下に、いびつに割れた場所がある。

割れたところはラグビーボール型の穴になっていて、ふちは鋭利なのこぎり歯状のままで、ちょうど握りしめた拳を通せそうだった。手を伸ばして大きさを測ってみたいと思ったが、怪我をするのが怖い。近づいて屋内を覗くと、光量が少なすぎて手前側のものしか見えない。机や椅子のほかに、ラケットやダンベルといった運動器具がある。

急いで自分の発見を馮露葵に報告し、その窓のまえまで一同を連れてきた。

「いいことに気づいた」馮露葵は無表情のまま称賛する。「でも、この穴をどう使って門を閉めるの？」

「それはやっぱり、いちばん王道の方法ですよ——糸を使うんです」

「だったら、実行可能か確かめてみましょう。采君、物置の鍵を取ってきて。あとは例の生徒会長が置いていった釣り用具のバッグからテグスを出して、それも持ってきて」

馮露葵の命令を受け、薛采君は文句こそまったく言わなかったが、答えを返すこともなくすぐに身を翻して小走りに駆け、教室棟と事務棟のあいだの道を南に走っていく。

どうやら正面入口まで回り道をすることになってでも、一階の廊下をひとりで通るのは嫌なようだった。

「でもこの穴に希望を持ちすぎないようにしないと。ここは門から離れすぎてるから。それに、門で錠をかけるための動作は左向きの動きだけど、ここはドアの右側だから、操作するのはかなり難しいでしょうね。犯人にとってチャンスは一度きりで、そこまでの危険はたぶん冒さないはず」

そうは言いながらも、馮露葵はくだんの物置の入口に歩いていき、しばらく待っていると、鍵とテグスを手にした薛采君もドアのまえにやってきた。

「采君、ここを開けて入って、テグスを一本出して窓の穴に通して。顧千千、窓の外に行って受けとってくれるかな」

「僕はなにをしましょうか」鄭逢時が訊いた。

「裏口のあたりに残って、どうやってテグスを使って門を閉めるか考えていて」

すべては馮露葵の差配どおりに進んでいく。鄭逢時は顧千千からテグスを受けとり、すこし考えこんだ。庇を支える左のコンクリートの柱にテグスを回し、受け金具の穴に閂がはまった隙間へテグスを通したあと、閂の右端に引っかけて、ふたたび穴を通し、柱を回りこんだ。今度は顧千千にテグスを渡すことはせず、自分で糸を持って割れたガラスまで向かい、足の踏み場もない物置にいた薛采君へ渡した。

鄭逢時の合図で、薛采君がそっとテグスを引く。すかさず鄭逢時はドアのところまで急いで走っていき、自分の考えだしたトリックの実行を見守る構えだった。顧千千もすぐ後を付いていく。

しかし、閂はまったく動かなかった。

「変だな、考えてたのとぜんぜん違う」

「たぶん閂が受け金具に入ったときの隙間が狭すぎて、糸を引けないんでしょう」

「じゃあ、糸を金具に通さなかったら？」

「そうしたら力の働く方向がうまくいかなくなる。あなたはまず柱に糸を回した、ということは、糸を閂に引っかけたとき糸はドアと垂直になって、力が働く方向は当然垂直になる。糸を引いたらそのまま回収されて、閂を動かすことはないわけ」

「僕の負けですね」

「それに、あなたの〝トリック〟は一つとても大事な前提を見落としてるの」

「前提？」

「思いだしてみて、さっき私たちは、どうやってあの窓が割れた物置に入った？」

「どうやって……鍵を使って、ってことですか？」

「そう」馮露葵は答える。「物置の鍵は守衛室か、生徒会か校長先生のところから借りてくるしかない。容疑者のなかに生徒会役員がいたかは知らないけど、守衛室の警備員さんはいたでしょう」

「じゃあ、この〝トリック〟が成立するなら、容疑者の範囲を狭められるんですね？」

「もし成立するならその通り。あいにく、そうはいかないけど」

「そうですか」鄭逢時は長く息を吐く。

「私は新しい可能性を思いついてる。死体は庇の下で見つかったんでしょう？　だったら――」馮露葵は言う。「実際には犯行の時間の判断は難しかったということにならない？」

「でも検死の結果では……」

顧千千は言いかけたところを馮露葵にさえぎられた。

「唐梨の死んだ時間ではなく、犯行の時間のこと」

このとき薛采君はドアに鍵をかけなおし、庇の下へ戻ってきていた。三人そろって馮露葵の言葉をまえに困惑している。

「脇腹を刺されても、すぐに命を落とすことにはならないはず。もしかすると唐梨が刺されたときまだ雪は止んでいなくて、犯人は屋外のルートから現場を離れたということもありうるでしょう。唐梨が苦しみにもがいているうちに雪が止んだ。そして密室状況は生まれたの」

「その可能性は、たぶんないに等しいね。報道された情報だと、当日の夜に雪が止んだのは午前二時十五分あたりで、対して警察が推定した死亡時刻は三時から三時半のあいだなの。もしナイフが抜かれなくて止血の役目を果たしたとすれば、ありえない話でもないけど、でも死体が見つかったときナイフは唐梨の身体に刺さっていたんじゃなくて、地面に落ちてたんだ。その状況で、そんなに長く持ちこたえられたはずがない」

「それなら、あとはすごく退屈な説明しか残らないな」

「自殺よりも退屈な説明なんてないでしょ？」

「自殺より退屈な説明ならある」馮露葵は落胆したような雰囲気で、口調も心なしか重くなっている。「これならどう、唐梨はこの場所ではなく、廊下にいるときに襲われて、犯人は腹にナイフを刺したあと、一瞬まごついて手を離してしまった。唐梨も身体に刺さったナイフには触れず、反対方向へ駆けだして、ドアを開け、屋外に逃げて、錠をかけ、密室状況を作った。これは自殺よりも退屈な答えじゃない？」

「そうだったら、密室の謎は解けるか——たしかにすごく退屈だけど、でも現実が小説みたいによくできてることも期待できないし。変だな、こんな簡単明瞭な説明があるのに、警察はどうして殺人の方向で調べを進めないで、自殺として決着させたんだろう？」

「わからないでもない。だって、密室状況が生まれた理由を考えついたとしても、解決できない疑問点はまだあるから。さっきの私の説明が否定されたときの理由は、いま考えた解答を否定するのにも使えるんだから」

「どんな理由？」

「——ナイフは抜かれていなかった。犯行地点が廊下だとしたら、ナイフは屋外に落ちていたんだから、被害者が裏口から逃げだしたときには身体にナイフが刺さっていたということ。屋外に出て、自分からナイフを抜く理由はないはずでしょう？」

「人の脇腹をナイフで刺すのは、たぶん上向きの動作で、刺したときの傷口も上に向いてると思うから、ナイフはたぶん重力のせいで落ちたんだよ」

「でも外へ駆けだしたときにナイフは落ちなかった……」

「ナイフで刺されたら、傷口を手で押さえるものでしょ。だから一緒にナイフを支えることになって、落ちることはなくなる」顧千千は無意識に手ぶりを加え、右手で左の腹部を押さえた。「廊下の外に逃げてきて、錠をかけるのに手を離したとき、ナイフは地面に落ちた。この説明で充分筋は通らない？」

「筋は通る。でもそれだと、新しい問題が出てくるな」馮露葵は自虐的にも、またも自分の提示した答えを否定する。「傷口を手で押さえたなら、親指がナイフの柄に触れるのがふつうだし、それなら指紋が残ることになる——でも、あなたから聞いた情報では、そのナイフから警察はだれの指紋も発見していないんでしょう。それはつまり、唐梨が廊下で襲われたという可能性はあってないようなもので、実際に襲われた場所は屋外で、それにすぐ息絶えたということ——ナイフにはもともとだれの指紋も残っていなくて、唐梨もナイフには触れていない」

「結局ぐるっと出発点に戻ってきちゃったけど、これからどうすればいい?」

「とりあえず図書室に行ってみましょう」

馮露葵が提案すると、鄭逢時はほかにも別の〝機械トリック〟を試してみたいと言いだした。その意図は見え見えで、先輩二人を追いはらって薛采君と二人きりになることしか考えていない。馮露葵もそれを察して後輩に協力し、かたちだけ「期待してる」とひとこと言って、顧千千とともに教室棟の裏口へと歩いていった。

3

学校の図書室は三つに仕切られた区画からなっている。ここはもともと一つの大きな教室だったらしいが、六年前に蔵書が急増したために図書室がここへ移ってきて、いまのような姿に仕切られたらしい。いちばん手前の空間にはコンピュータが並びカードボックスがいくつか置かれていて、学生が検索に使えるようになっている。学校の方針で、開架での閲覧はおこなっていない。手伝いをみずから申しでた場合を除いて、学生が書庫に入ることは許されず、手前のこの場所で貸出申込用紙に記入し、書庫につながっているカウンターに行って用紙を司書に提出する必要があった。用紙が何枚か集まると、司書はキャスターの付いた鉄のラックを押して、利用者のため本を取りに向かう。

中央にあるいちばん大きな空間は書庫で、奥の小さな部屋は資料室だった。

資料室を含め、図書室全体がふだん司書の姚漱寒《ようそうかん》ひとりによって管理されていた。彼女は、今年大学を卒業してすぐにここで働き出した。大学に通っていたころ図書整理の経験があったということで、すこしまえに引退した前任の司書の仕事をたちまち引きついで、二万冊あまりの蔵書を単独で管理している。

馮露葵《ふうろき》と顧千千《こせんせん》が図書室へやってきたときにはすでに下校時刻が近く、手前の部屋には一人の生徒もおらず、検索用のコンピュータも一台だけが起動中になっている。ふだんいつもカウンターの向こうで読書をしている姚漱寒も姿が見えない。書庫の明かりが点いていて、まだ帰宅していないのはわかった。

「姚先生、いらっしゃいますか?」馮露葵はひとまず声をかけてみる。

「ちょっと待ってて、すぐに行くから」

すこしだけ手の離せない仕事があるようだった。おそらく本の整理だろう。

「いまのうちに、参考になる本をちょっと探してみようか」

馮露葵が提案する。顧千千は承知してうなずき、唯一電源の入っているコンピュータのまえに歩いていく。

「どういう本を借りるつもり?」

「法医学か、密室ものの推理小説」

「そのまま〝密室〟をキーワードに入力したら、どんな本が出てくるのかな」

「学校のシステムはあんまり頭がよくないから。せいぜい書名に〝密室〟の二文字が入った項目が出てくるだけでしょう、たとえば『ハリー《哈利》・ポッター《波特》と《与》秘密《密》の部屋《室》』みたいな」口ではそう言いながらも、内心では検索の結果に期待を寄せている。

「そうか、私がやってみるよ」

顧千千はタイピングが得意でなく、そもそも模範的な指のポジションも知らない。両手の人差し指で苦労しながらキーボードを叩くのは、まるで竹馬に乗って踊るようなものだった。ようやく〝密室〟の二文字が入力できると、嬉しくなって右手を高々と挙げ、力強くEnterキーを押した。

「さっきの予想とそんなに違わないな」

「そう、最初の項目はなに?」

「『三つの棺』、ジョン・ディクスン・カー」

顧千千が書名と作者を読みあげると、馮露葵はにわかに信じられず、スクリーンに寄っていく。

「えっ?」まず顔に困惑が浮かび、それからなにかに気づいた様子に変わった。「姚先生の趣味をうっかり知ってしまったみたい。学校で所蔵している推理小説全部にキーワードを追加してるのかも」

「恐ろしいことに気づいちゃったね、口封じされないといいけど」

「推理小説が好きなのは、そんな恥じるようなことじゃないでしょう」カウンターの向こうから姚漱寒の声が聞こえてきたかと思うと、すぐそこへ当人の姿が現れた。「大学にいたころは推理小説を読んでる人は周りにたくさんいたし、自分で創作する友達だっていたわ。いまではみんな興味をなくしたけど」

姚漱寒の業務はかなりの部分が肉体労働で、藍色の作業服に腕貫をしているほうが都合がいいのは明らかだが、二十三歳になったばかりの彼女をそんな格好で生徒のまえに出すのはあまりに無情というものだろう。自分の所属は教員であって用務員ではないと告げるかのように、つとめてOLらしさの標準、月並みそのものの服装をまとっていた——黒のジャケットに、内側にはプリーツ入りの白いブラウスを着て、膝下までのペンシルスカートを合わせている。ただし、あまりに標準的で月並みだからこそ、かえってその意識が見ぬかれやすくなっていた。おそらく、本物のOLはこうした当たり前の組みあわせにはむしろ心からの憎悪を示すだろう。

そして馮露葵は、ジャケットのボタンがきちんと留まっておらず、ボタンホールに引っかかってぎりぎり外れずにいるだけなのに気づいた。スカートにもいくらかほこりが付いている。

「その言いかた、かなり誤解されますよ。知らない人だったら、卒業してかなり経ったんだと勘違いします」

「そう？こんなに若く見えるっていうのに」姚漱寒は笑う。「すこしまえに両親と結婚式に参列したときは、父の同僚からどこの中学に通ってるのかって訊かれたけど」

「自慢するようなことでもない気がします」馮露葵はカウンター越しに相手を眺めまわす——どう見たところで、ハイヒールを履いているのに自分より一回り小さい身長も、胸元と背中の見分けがつかない体型も、まったく気づけないくらいに薄いファンデーションも、もしかすかに巻いた髪の先にパーマの形跡がなかったなら十二歳の小学生に間違えられても不当とは言えない。

「でも考えてみたらそうですね、先生くらいの歳になったら、ひょっとすると自慢するべきことなのかもしれません」

ことによるとこれも、かなり年下に見られることの表れなのかもしれない——馮露葵にはまったく教師扱いされていないようだった。

「だったらあなた、判定してみなさい」姚漱寒は顧千千に向かって言う。「私と、この隈のひどい女と、どっちが若く見えるのか」

「先生」顧千千はがんばってふさわしい言葉を探したが、これ以上敬意のある言いかたは見つからなかった。「それでほんとうに先生なんですか……」

くすっ、あはは——これには姚漱寒がとうとう堪えられなくなり、笑い声を上げる。てらいのまったくない、不作法にも近い笑い声だった。「無駄話はやめにして。推理小説が借りたいなら、いろいろと薦めてあげられるわ」

「けっこうです」馮露葵は冷めた顔で断る。「私たちは別の件で用があるんです」

「そうか」姚漱寒はいくらか気落ちしたようだった（もしかすると一足早く心の中で本のリストを作りあげていたのかもしれない）。「もうすぐ退勤の時間なの。でも生徒会長から頼みがあるっていうなら、断るわけにはいかないな」

「私を知ってるんですか？」

「まえに会議で何度か見たことがあるわ、教員たちのなかに制服を着た女の子が一人座ってたら、忘れようといっても無理な話だから」もう一言つけくわえる。

「校内であなたを知らない人はいないでしょうね」

「ほんとですか。私はなにも残せない、ただの操り人形ですよ。推薦の資格を失わないように、どこかでしくじっていないか心配で、毎日戦々兢々としてます。面白い提案の一つも出したことがないし、行事だってできるだけやらずに済ませて、しかもこの事なかれな態度はたぶん退任まで続くんですよ」静かにため息をつく。「結局、生徒会長も司書も同じで、そもそもだれにだって務まる仕事なんです」

「大胆な試みをしてみたっていいでしょう、私が生徒だったときの例の生徒会長みたいに」

「やめてください。冒険はしたくないし、そんな才能もないんです」馮露葵はふと気づく。「先生、ここの卒業生だったんですね」

「そう」

「ということは、五年前にあの事件が起きたとき、先生はちょうどここの生徒だったんですか」

「五年前って……唐梨《とうり》の事件のこと？　そうね、三年生だった」

「先生も容疑者に入ってたんですか？」あるかなきかの笑いを浮かべながら訊くが、すぐに容疑者のなかに三年生の生徒はいなかったのを思いだす。

「私はたしかに寮生だったけど、その日は家に帰ってたの。三年生は土曜日の補習がなかったころだから」

「寮暮らしだったんですか。それはよかった、私たちからしたらかなり助けになります。実はいま、唐梨の事件について調査してるところなんです」

姚漱寒はまた噴きだす。「調査ね——すごく大層なことみたい。なんで急にこの件を思いだしたの、みんな忘れたことだと思ってたのに」

「どうしてこの件を調べてるのかは」馮露葵はそばにいた顧千千に目を向ける。「あなたが答えて」

馮露葵が向けてくる態度にあまり満足はしていなかったが、それでも顧千千はうなずいた。

「生徒会寮委員の顧千千です。すこしまえ、寮生がルームメイトにいじめられることがあったんですが、唐梨が事件に遭うまえの境遇とすこし似ていたので、いろんな人がその件を思いだして、唐梨の幽霊を目撃したって噂まで流れだしたんです。だから、当時のことを詳しく調べてみて、似たことが起きないようにしようと」

「それはほんとう？　そんな理由で？」

これに答えたのは馮露葵だった。

「初めはたしかにそうだったんですが、調査していくうちにこの事件は私たちが想像していたよりも複雑で、まるで先生が大好きな推理小説みたいだとわかってきたんです。いま手元にある情報からは、まだなんの答えも出せなくて。でも学校の資料を調べることができて、事情を知っている人の助けもあったら、もしかしたらなにか道が開けるかもしれません」

これを聞いて、顧千千は思わず馮露葵の袖を引いた——ここまで率直にこちらの考えを話したら、姚漱寒の拒絶に遭うのではないかと心配だった。

「とりあえず入ってきて」

　そう言いながら、姚漱寒はカウンターの左側の板を持ちあげ、入るよう二人をうながした。

　書庫の床はきれいに掃除されていたが、それでも古い本特有のかびくささが漂ってはいた。もしかすると本への愛がとくに強い人々であれば、愛屋及烏《あいおくきゅう》（愛する相手の家の屋根に止まったカラスまで好きになる）というようにこのにおいも好きになるのかもしれず、どこかの書庫へ入るたびに、長年かけて熟成された美酒を吟味するかのようになかの空気を勢いよく吸いこむのかもしれない。しかし考えるまでもなく、馮露葵はそういった人間ではない。湿気と陽光の洗礼をたっぷりと受けて生まれた、古い本の枯草のにおいと比べると、新しい本の鼻を突くタールくささのほうが心が落ちついた。めったに本を読まない顧千千であればなおさら、〝本の香り〟というお決まりになった言葉を理解できたことなどないだろう。

　姚漱寒は生徒たちを連れて十一列の金属製の書架を通りすぎ、自分の作業場へとやってきた。事務机のセットと木製の長机が壁に寄せて並んでいて、どちらの机にも本が積みあがっている。事務机にはコンピュータのスクリーンとキーボードも置かれているが、それも本に埋もれている。長机には本のほかにはさみやのり、紙片の束があった。そこに載った本の背にはまだ蔵書番号が貼られていないのに馮露葵は気づいた。長机のまえには折りたたみ椅子が置かれ、背に灰色のピーコートが掛かっている。

　姚漱寒は顧千千に折りたたみ椅子に座るよううながし、事務机のところの回転椅子を馮露葵のまえに押しやって、腰を下ろさせた。

「ちょっと待ってて、資料を取ってくるから」

　そう言うと、部屋の西側にある小さいドアを開けて出ていく。

「せっかくだから」姚漱寒がドアを閉めていくのを見送って、馮露葵が提案する。「私たちも書庫を回ってみよう」

　顧千千にさほど興味はなかったが、馮露葵の興を削ぐ気にもなれず、うなずいて立ちあがる。

　二人は示しあわせたように、いちばん手前の書架のところへ歩いていく。この歳の少女たちにとっては面白みがないばかりの棚に違いなかった。図書室の本は中国図書館図書分類法《CLC》に従い、分野ごとにアルファベットのAからZに分けて並んでいて、Aはカウンター近くの書架のいちばん左、Zは二人が前にしている列の棚まで到達している。二人の視線の先にあるのは大分類Tのうちの小分類D——鉱業技術だった。

　馮露葵は手近にあった『鉱山ガス突出の予防』を取り、何ページかめくって、目にした図表にげんなりしてもとの場所に戻した。

「校内にこんな本を読みたい人なんている？」

「地理の先生がリクエストしたのかも」

　なので馮露葵は、自分がいちばん興味のあるI（文学）の分類を見にいくことに決めた。そこは図書室でも蔵書がもっとも充実した区域で、たっぷり七つの書架を占めている。馮露葵はここで、あまり書店に出回っていない本を借りたことがある。たとえばメーテルリンクの戯曲集や二葉亭四迷の小説選、『マハーバーラタ』の挿話のように。新刊書や人気の小説は予約しないと借りることができず、待たずに買ってしまうことが多かった。

　二つの書架のあいだの狭い通路に入っていくと、明るさがぐっと減ったのをありありと感じる。姚漱寒の事務机は奥に窓があったから、晴れた日はきっと日当たりがいいのだろう。この暗雲の立ちこめる日にも、机の上方にある蛍光灯が充分な光を与えていた。しかしここでは明かりが大部分書架にさえぎられてしまい、馮露葵の全身は暗がりのなかに埋もれている。指先を本の背に当て、並ぶ本にそっと滑らせながら、その視線は上下にあてもなく動いている。ふと、先ほどの自分の発言はあまり妥当でなかったと考えが浮かぶ。司書の仕事というのはだれにでも務まるものではないかもしれない。こうして書庫のなかをふらついているだけでも、すでにいくらかうんざりしていた——ここの本を守りながら、なのに毎日雑事にわずらわされ、存分に読書もできないのは、どれだけ退屈なことか。まして、なにもせずに読書にふけったとしても、退職を迎えてなお書架の蔵書すべてを読みきることはできないだろうし、しかもこれは結局すべての出版物の、この上ないほどにささやかな縮図でしかないのだ。折しも『十九世紀イギリス詩人詩論集』が目に飛びこんできて、馮露葵は心のなかでコールリッジの詩の一節を唱えた——〝水、あたり一面、水ばかり、／だが、飲む水は一滴もない〟（「老水夫行」）。姚漱寒は学生のため本を取るたびそういった気分になるのだろうか、それともすでになにも感じなくなっているのだろうか。

ほろ酔いに似ためまいに襲われながら馮露葵は作業場へ戻ってくる。見ると顧千千は予想したように折りたたみ椅子に座ってはおらず、いちばん右手の書架のまえにしゃがみこみ、食い入るように本を見つめている。書架はぜんぶで五段に分かれているが、下から二段目と三段目だけに本が並んでいた。

「珍しい、本に興味を持つなんて」

「この棚の本、変なの」

「えっ？」馮露葵も書架のまえに片膝を突き、しばし目を凝らす。「たしかに、これはかなりおかしい」

——そこには分類Ｔの本が二段に並び、ほとんどがＴＮ（電気通信技術）の分野で、ｐｙｔｈｏｎのプログラミング教本も数冊あったが、背にはすべて蔵書番号が貼られている。どう見てもここにあるべき本ではなかった。一つ左の書架に並んでいるのはすべて分類Ｚの本で、下の二段は空いている。いちばん右の書架には一冊の本も置かれていないのが正しいはずだった。

さらに困惑させられるのは、そのうち『ラジオ受信機および無線回路の設計と製作』『トランジスタ回路の製作と応用』『電子部品の応用技術』『スイッチング電源の設計と応用』といった数冊の本が上下さかさまに書架に収まっていることだ。

「処分待ちの本なのかも？」顧千千から推測を口にする。「まだ除籍手続きが完了してなくて、ひとまずここに置いてあるとか」

「そういうこともありえる、でも、ここの本は新しそうに見えるけど、そんなに早く除籍する必要があるかな。棚はまだいっぱいじゃないのに」

「だれもまったく読まないからなんじゃ」

「そうは思わない」馮露葵は『トランジスタ回路の製作と応用』を抜きだして、また棚に収めた。「これはたぶんアマチュア無線クラブのリクエストでしょう。うちの学校のアマチュア無線クラブはものすごい実力があって、毎年全国クラスの大会に出場してるの。だからここの本には読者がいるはず」

「たしかにそうか。だったらその人たちが返却したばっかりで、まだもとの場所に戻っていないっていうのは？」

「それもなさそう、返却された本はあそこに置いてあるはずだから」

馮露葵は壁のまえにある二段のワゴンを指さした。鮮やかな色彩の入りまじる本の背から、昼に自分が返却した『牡猫ムルの人生観』を一目で見つけていた。

「ほら、ワゴンはまだまだ余裕があって、返却されてきた本をこの棚に置く必要はない」

「じゃあ、いったいどういうことなの？」

「たぶん私にはわかった。でも、これは深く追求しないほうがいい。ここに来た目的とはなんの関係もないから」

「えっ？　教えてくれないの？」

「一つヒントをあげようかな。ここのは、返却されてきた本じゃないとすると……」

「じゃあ、蔵書に入ったばっかりの本ってことでしょ」

「たぶんそれも違う、一見真新しいような気がするけど、よく観察すればまったく読まれた跡がないわけでもないから。見て、背表紙に貼ってあるラベルがちょっと汚れてる。新しく入った本じゃないのは明らかでしょう」

「返却された本じゃなく、入ったばっかりの本でもない……」

「たぶん、別の棚から運んできた本」

「あっ、なるほど」

「でもそれはそれでおかしい。この本はどれも分類Tで、Tの本ということはもともと、いま私たちから見える列の本棚に並んでた。ということは、同じ分類の本をこれだけ抜いてきたら、棚にはごっそり隙間ができたはず。どこかの場所に隙間があったら、さっき私たちが気づいているはずでしょう」

「Tの本はかなりあるんだろうから、この本棚の裏にも並んでたんじゃない?」

「だとしても、この本は私たちのいる側の棚に並んでたはずなの。ほとんどが無線技術に関する本で、分類Tの下、小分類Nに分けられるから。さっき私たちが真っ先に目にしたのはTの小分類D、鉱業技術だった。ここの本の小分類がDよりもまえだったらこの棚の裏に並んでいたこともありえるけど、NはDよりもあとなんだから、もともとの位置は私たちのいる側だったと考えていい」

「そうか……わからないな」

そのとき、二人はドアの開く音を聞きつけ、反射的に立ちあがった。

姚漱寒がコピー用紙の束を手に、書庫へ戻ってきた。

「ごめんなさい、ずいぶん待たせちゃって。資料はここから持ちだしできないから、コピーしてきたわ」

そう言って、手にしたコピー用紙を馮露葵に渡す。

二人を帰らせようとしているかのように、そそくさと折りたたみ椅子に向かって、腰を下ろした。

「ほかになにか訊きたいことはある？」

「寮についてのことをすこし聞かせてほしいです」馮露葵が答える。「五年前、唐梨はどうして夜間に寮から外へ出られたんですか？　一階の窓は全部鉄格子が付いてたはずなのに」

「壊れてる鉄格子があったの」

「学校は気づかなかったんですか」

「かなり長いあいだ気づかれなかったわ、ぱっと見にはなんの異常もなかったから。ねじがゆるんでいただけで、外してまた戻すことができたの。でも、事件のときにはこのことはもうばれてたけど。あの時期は毎日風が強くて、ある夜とくに風が強かった日、その鉄格子が飛ばされたの。これが事件の一週間前のこと。学校も、生徒がねじをゆるめたのには気づかなくて、どこかの作りが悪かったんだと思ってくれて付け換えることが決まってた。事件当日はまだ付け換えられるまえだったの」

「鉄格子に細工がされてたことは、みんなの公然の秘密だったんですか、それとも限られた人たちしか知らなかった？」

「最初は限られた人しか知らなかったけど、そのうち知っている人が増えはじめて、結局公然の秘密になったわ」

「いったいだれが、そんなこと……」

「いまならどうせ責任を取らされはしないから、打ちあけましょうか――私がやったの。寝つくのがほかの人よりすこし遅くて、寮に入ったら消灯後に時間を持て余してたから、ねじを抜きとって外に出てぶらついて、帰ったときにまたねじを戻してたの。そうしたらあるとき、ねじが地面に落ちて、排水溝に転がっていってしまって、それで鉄格子をそのままにしておいたのよ」

「事件のころ先生は……」

「三年生だった」

「ずいぶん長く気づかれなかったんですね」

「そうね、運よくずっと気づかれなかった。一年、二年のときはしょっちゅう夜に外をぶらついていたけど、このことがあって窓は封じられて、散歩の機会はなくなってしまった。でも散歩も時期に限りがあって、寒く感じないのは四月から十月のあいだだけ。春から夏にかけては、身軽なワンピースのパジャマにサンダルで、ルームメイトも寮監のおばさんも寝入っているあいだに部屋を出て、忍び足で階段を下りて、窓を開けて、鉄格子を外して、ひらりと外へ出て、夜の息づかいに迎えられると、まるで私一人だけの世界に飛びこんだような気分だった。二年生のときにちょうど温室が完成して、なかにはメマツヨイグサだとかの夜に花が開く植物もあったから、校内の教師と生徒でたぶん私だけが、月光の下で咲きほこる姿を見ていたの……」

馮露葵は聞いていられなくなった。

「先生はすこしも後ろめたく思わないんですか？　先生がそんなことをしなかったら、唐梨は死ななかったかもしれないんです」

「たしかに後ろめたいわ、でも理由はそれとは違う」

「だったら、なんなんですか？」

「なんというか、寮で暮らしていたのに、なんにも気づけなかったことが。唐梨がいじめられていたことに早く気づけていたら……」

「先生はその人たちと同じ階じゃなかったんでしょう」

「違ったわ。あまり気づけそうにはなかったのもたしか」

「気づいていたとして、先生になにができたんですか」

「それでもできることはあったでしょう、すくなくとも事態はあんなことにならなかった」

「そのときの寮委員は問題の人たちと同じ学年だったと思うんですが、そっちもまったく気づかなかったんですか」

「なにも」姚漱寒は首を振る。「そのときの寮委員は男子で、女子の側には来られなかったから」

「唐梨はほんとうに不運だったんですね」

「悲劇というのはそういうもの、たくさんの要素が積み重なってしまってはじめて起きるの。確率の点で考えたら、奇跡となんの違いもないのよ」

「違いならあります。確率が同じようなものでも、悲劇はつねに起きているし、奇跡は一度も起きません」

「とても悲観的なのね」姚漱寒はうつむき、言葉を続ける。「でも、もしあの子が草葉の陰で、あなたたちがこれだけの時間が経っても悲劇のことを憶えていて、真相を明らかにしようと考えているのを知ったら、きっと慰められるでしょう。あなたたちには力を貸すわ」

「唐梨のことを知っていたんですか？　まだ生きているときの」

「食堂で何回か顔を合わせたことはあって、名前は知っていたけど、話したことはないわね」

「いじめていたほうの女子三人は？」

「例のルームメイトとは会ったことがあるけれど、私のことは嫌いに見えたわ。ほかの二人とはなにも」そう言い、馮露葵が手にしている書類を指さした。「あの人たちの名前はそこに書いてあるから。ネットには流さないでおいて」

「まさか、そんなことしませんよ」

馮露葵はコピー用紙を何枚かめくり、三人の名前を読みあげた。

「陸英《りくえい》、呉筱琴《ごしょうきん》、霍薇薇《かくびび》」

姚漱寒が一言補足する。「陸英が唐梨のルームメイト」

「この人たちは、その後どうしたんですか？」

「呉筱琴と霍薇薇はそのまま卒業を迎えて、いまは二人とも上海にいる。陸英は即座に退学を申し出たの——学校のほうから言いわたされるよりまえに。いまは南京で働いてるはず」

「ほかの生徒たちは？　事件のとき寮にいた男子二人は……」

「唐梨が死んだことにはまったく関わっていないはずよ。居室棟は真ん中が防犯扉で区切られていて、男子側は自由に出入りできるけど、女子の側はカードを通さないと入れないでしょう。問題の自由に出入りできた窓は女子寮の側だったから、男子二人に唐梨を殺す機会はなかったということ」

「もう一人いた女子は？」

「葉紹紈《ようしょうがん》ね。突きつめて言えばまったく容疑がないわけでもないか。唐梨たちとは同じ階に住んでたから。部屋はすこし離れていたけどね。でも、そのときは転校してきたばかりで、同じクラスの子たちだって憶えされてないのに、二年生の先輩に殺意なんて抱くはずがないでしょう」

「居室棟か食堂で唐梨となにか衝突したんじゃ？」

「そうは思えないわ、唐梨の性格と立場なら、あまりだれかと衝突しそうにないから」

「もともと唐梨と知りあいだった、っていうのも」

「なさそうね。転校してきたのはほかの省からで、両親もこのあたりの人ではなかったの。あのときはネットもいまほど発達していないから、二人になにか関わりがあったとはとても思えない」

「その人はどうなったんですか？」

「何事もなく卒業したわ。いまは南京の大学にいる」

「あとは、職員が二人と先生が一人……」

「その人たちもたぶん潔白。どうしてかは、書類を見ればわかるから。ほかになにか訊きたいことは？」

「いまはとくに思いつかないです。協力ありがとうございました」

馮露葵は言い、ずっと話に入っていけなかった顧千千も慌てて頭を下げ感謝を伝える。

「これからなにか考えはあるの？」

「現場はさっき見てきたので、いまは寮のほうを見に行きたいと思ってます。できたら、関係者にも詳しいことを訊いてみたいですね。当時寮に残っていた生徒たちは上海か南京にいて、すぐに話は聞けなさそうなので――とりあえず、当時の寮監のおばさんと警備員さんと、あとは地理の鄧先生には会いたいです」

「あのときの寮監さんはおととしに定年になって、警備員さんももうここでは働いていないわ。鄧先生はいまもいるけれど」

「まだ学校に泊まってるんですか」

「あの件以来、教師が学校に泊まるのは禁止されて、毎晩家に帰ることになったの。でも帰るのを遅らせて、いつも仕事場で九時、十時まで時間をつぶしてる」

「家の問題はまだ解決していないみたいですね」

「たぶんね」

相手は質問に答える気をなくしているようで、馮露葵のほうももう訊くことはないと感じた。「なら、これで失礼します。先生にずいぶん時間を使わせてしまって、申し訳ありませんでした」

「気にしないで、訊きたいことがあったらまたいらっしゃい」そう言うと姚漱寒は向こうを向き、本の整理をまた始めようとしているようだったが、そこで突然振りむくと、言い忘れていたかのようにつけ加えた。

「もしほんとうになにか結論にたどりついたなら、ぜったいに私に教えて。警察にまた捜査を始めさせるのは現実的でないかもしれないけれど、私はあなたたちの推理を記録して、学校の資料に残すことができるから」

4

「さっき見た、あの二段の本はいったいなんだったの？ 今なら教えてくれる？」

「憶えてたんだ」馮露《ふうろ》葵《き》が答える。書庫を出て、生徒が本を検索する区画に来るとすぐに顧《こ》千千《せんせん》が堪えきれずこのことを訊いてきたのは意外だった。

「あなたに隠し事をされてるのに、放っておけるはずがないでしょ」

「真相は実のところとても単純なの。私が出したヒントのとおりに考えていけば、答えは簡単に出る」

「ヒント……」顧千千は思いだそうとする。「それは、別の棚から本をあそこまで動かしたなら、もとの場所に空間ができるってこと？」

「その本があるはずの分類Tは私たちの目のまえの棚だったけれど、どこにも空白になった場所は見つからなかった」

「じゃあ、どういうこと？」

「つまりもとの場所、つまり分類Tのなかに空間ができたはずのその範囲は、別の本で埋められていたってこと――そのための本は、ほかのところから動かされてきたの」

「ほかのところ？」

「私たちから見えない場所の棚。見えないんだから、二段空いていても気づかないでしょう」

「だったら、あそこには分類Tじゃない本が並んでたってこと？」

「当然ね。隙間を埋めるのに使ったのはB（哲学）かI（文学）、それかK（歴史）の本じゃないかと思ってる」

「なんでそう思うの？ たまたま見えたから？」

「そうじゃない。ほんとうにたんなる推測」馮露葵は説明する。「そのあたりの分類の本のほうが高級そうに見えて、背景にするのに似合うから」

「背景って？　なにを言ってるかわからないんだけど」

「自撮りの背景。たぶん、私たちはタイミングの悪いところに来てしまって、そのとき姚《よう》先生は書庫で、携帯で自撮りをしてたの――本棚を背景にして」

「本棚を背景にするだけなのに、棚にもとあった本を入れかえる必要がある？」

「先生はきっと必要だと思ったの。写真を撮ったあとは、画像をネットに上げるか誰かに送るかするつもりだったのかな、でもそこに並んでた工業関係の本は――私はそうは思わないけど、姚先生から見たらたぶん――かなり興ざめな風景だった。だから先生は、写真に映りこむ場所の本を全部入れかえないといけなくて、棚から出した本はひとまずいちばん右に空いていた棚に置くことになったの」

「そんな重労働の必要があったのかな。出した本はそのまま床に置いておくんじゃいけないの？　床はきれいだったんだし」

「たぶん、先生ももともとはそうしてたけど、私たちが来て、書庫に入ってこないとも限らなかったから、念のため本を右端の棚のまえに押していって、急いで並べたんでしょう。だからあの本は下寄りの二段に並んでたし、あまり急いでいたから、何冊かが上下さかさまになってしまった」

「でもわからないな。格調高くて高級な背景が必要なだけなら、ふつうにIとかBの棚のほうに行って自撮りすればいいんじゃないの、なんでそこまで苦労して、別のところから本を持ってこないといけなかったの？」

「あの棚の前でしか自撮りはできなかったの」そこで言葉を切った馮露葵は、相手が自分で理解に至る機会を与えようとしているらしかったが、顧千千が困惑したように首をかしげ、自分のほうを見ているのを前にして、結論を口にすることになった。「——明るさのせいでね」

「あっ、言われてみればたしかに」

「あそこは先生が作業に使っていた場所で、カーテンが閉まってても蛍光灯の照明があるから、光量は充分だったでしょう。私はIの本がある区域に行ってみたけど、棚と棚のあいだの通路はかなり薄暗くて、自撮りにはとても向かない場所だった」

「ほんとに、どうでもいいような真相だね」

「こんな感じの謎解きが小説になったら、読みたいと思う？」

「あんまり」顧千千は後ろめたげに言う。「でもそんなに読書するわけでもないから、なにか言う権利はないけど」

「それと、気づいたかはわからないけど、姚先生のジャケットのボタンが留まってなかったの。ということはきっと私たちが訪ねていってからあの服に着がえたわけで、脱いだ服は資料室に置いてあったはず」

「それって……」

「自撮りした服装はたぶんすごく恥ずかしくて、すぐに私たちに姿を見せられないくらいだったんでしょう」馮露葵は意味ありげに笑う。「きっとメイド服ね。まえに私が見た昔のアニメは、三姉妹がほとんど人の来ない図書館を運営する話だったけど、その子たちはふだんメイド服を着てて……」

　ここでとうとう顧千千は話をさえぎる。

「もうそれは推理じゃなくて、むしろ妄想だよ。しかも下品なやつ」

「とにかく、このことは私たちの調べたい件とはなんの関係もなかったから、もし本人のまえで明らかにしたら、たちまち態度が変わって、すぐに追いだされたかもしれなかったの」

そのとき、書庫からハイヒールが床を踏む音が響いて、間をおかずに姚漱寒《ようそうかん》の話す声も聞こえてきた。

「私に聞こえるところで話をしたら、目のまえで明かにするのとなにも違わないわ」

聞かなかったふりをできるのが違いますよ――馮露葵はそう答えるつもりだったが、カウンターの向こうに現れた姚漱寒を見て、つかの間動きが止まった。

「先生、その……」

「馮露葵さん、残念だけどあなたの考えは外れてたわ」息を切らせながら言う。「私はメイド服なんて着てない」姚漱寒は学校の制服である紺色のジャンパースカート姿で、その下にはさっきスーツとともに着ていた白いブラウス、左手にはジャケットを、右手にはスマートフォンを持っている。どうやら、生徒たちが去ったあとまた写真を撮ろうとしていたところを、馮露葵の推理に邪魔されたらしい。

「結局恥ずかしいってところは当たってましたね」

「友達に、高校の制服がきれいだって話したら、是非でも見たいって言われて。家から引っぱりだしてきて、写真を撮ってあげようと……」

「学校の蔵書を背景に?」

「私の管理する蔵書を背景に」

「業務中に?」

姚漱寒はしばらく黙りこんで、「そこは私が間違ってた」とようやく一言絞りだす。急いで話を逸らそうとしているのか、ただちに言葉を続けた。

「あなたたちに付いていってあげる。書類の中身は私も読みこんでいて、だいたい頭のなかに入ってるの。それに、文章の記録を読んだだけじゃいまひとつわからないような細部もたくさんあるでしょう。私は当時のことも多少わかるから、あなたたちに説明してあげられるわ」

「やっぱり、推理小説が好きということは学校で起きた事件にも興味津々なんですね。しかも自分が生徒だった時期の話なんだから」馮露葵は答えた。「それなら、よろしくお願いします」

そう言うと形式的に頭を下げ、顧千千のほうは真摯な気持ちでお辞儀をして返した。

「じゃあ、このことは秘密にしておいてもらえる？」

姚漱寒はスカートの裾を軽く持ちあげてから下ろし、そう言った。

この時間、空は完全に暗くなっていた。暗雲の埋めつくす空は地上の明かりによって赤黒く照らされ、濃い墨に朱を混ぜこんだかのようだった。世の大半の人々はきっとこの汚らしい夜空を目にして、眠気を催さずにいられないのだろう。不眠の苦しみをいやというほど味わっている馮露葵すら、内心早く家に帰ろうという思いを抱いている。顧千千は、それよりさらにいくらか気がせいていた。

「こんなに遅くなってたなんて。もうすぐ食堂が閉まっちゃう……」

「すぐに行く？」

学校の食堂は教室棟の地下一階にあるが、このとき三人は教室棟の正面入口を出て、居室棟に向かっているところだった。

「そのまえに寮に戻って、器を取ってこないと」

「ちょうどいいから、一緒に行きましょう」

教室棟と事務棟、寮とをつなぐ渡り廊下は、雨の日と冬の夜だけ段違いに人が増える。夏の夜には、明かりに引きよせられた蚊がうっとうしく、寮生たちは運動場を通って寮に戻ることを選ぶ。しかし今日のような冬の晩には、三々五々連れだってガラスの屋根の下を歩くほうがよかった。渡り廊下は風よけになってくれないにしても、薄暗い明かりとはいえ心を落ちつかせてくれる。

おそらく、寒さに見舞われた者たちはすぐに動揺や疲れに襲われ、恐れを感じやすくなるのだろう。

教室棟を出て歩きだすとき、姚漱寒は左端を歩いて、二人のため風よけになるよう心がけた。その先を曲がれば（そのまま直進すると事務棟の入口に着く）、居室棟は目の前にあった。

居室棟の入口は東向きで、渡り廊下もそこまでつながっている。目的地をすぐ前にして、姚漱寒はいきなり歩みを止めた。

「ほんのちょっと、一、二分だけ時間をもらってもい？」顧千千に訊く。

「大丈夫です、そこまでは急がないので」

そして姚漱寒は渡り廊下から数歩外れ、菱形のタイルを敷いた渡り廊下と居室棟とに挟まれた、幅四メートルほどの狭い空地に足を踏みいれた。そこには芝生もタイルも敷かれていない。つねづね踏みならされているからか、苔すらもほとんど見えなかった。でこぼこしたただの土がそのまま露出していて、雨が降ればひどくぬかるんでしまうことだろう。

姚漱寒はある窓のまえへ歩いていった。馮露葵たちは意図がわからないながらも付いていく。

「記録にも書いてあったけれど、その場で説明したほうが無駄がないでしょう」背後の二人に向けて言う。ステンレスの格子の隙間からは、窓の向こうにある明かりのついた部屋を窺うことができた――洗面所のようだ。

「この窓だったんですか？」

「そう、あのとき唐梨はここから外に出たの。でも私が話したいのはそれじゃなくて」そう言って、姚漱寒は自分の足元を指さす。「あのとき地面に残っていたもの――正確に言うと、積もった雪の上に残っていたもの」

「雪の上……もしかして、足跡が？」

姚漱寒は振りかえってうなずく。「あのとき雪の上には一列足跡が付いていて、渡り廊下から始まって、この窓が終点だったの。もし唐梨の死が他殺だったら、その足跡は犯人が残したもののはず」

「靴底の模様とかすり減りかたから靴の持ち主は見つけられなかったんですか？」

「その靴は見つかったんだけど、それでもいったいだれが履いていたかは謎なの」

「寮生のだれかが失くした靴ですか？」

「もっと悪い——共有物よ。ゴムの長靴で、普段はトイレの物置に入れてあったの」

寮に暮らしていない馮露葵には伝わらないのではないかと、顧千千が補足の説明をする。「一階のトイレの、いちばん奥の個室は物を置いておく場所になってて、男子女子ともそうなんだけど、掃除のための道具が入ってるの。寮監のおばさんがふだんそれを使って水場を掃除してて、大掃除をするときの生徒もそれを使って、そのままもとに戻してるんだ。事件の日、雪に足跡を付けたのは女子トイレに置いてあったやつでしょう」

姚漱寒はうなずいた。

「なるほど。その長靴はもとに戻してあったんですか？」

「いいえ。次の日の朝に寮監のおばさんが、洗面所の床に捨ててあったのを見つけたの」

「つまり、犯人は——かりにこれが殺人事件だったとして——窓を乗りこえるまえにその長靴に履きかえていて、そのとき外はまだ雪が降っていたんですね。唐梨を殺したあと、犯人が寮に戻ってきたら雪はもう止んでいて、それで足跡が一列残ったと。でも、雪が止んだのは二時十五分くらいで、唐梨が襲われたのは三時から三時半のあいだですけど、犯人はその一時間ほどの時間、いったいなにをしてたんですかね」

「唐梨を探しまわっていたのかもしれないし、唐梨となにか話をしていたのかも。具体的なことは犯人しかわからないわ」

「そういえば」顧千千はようやく話に加われる機会を

見つけた。「足跡を頼りに〝犯人〟の体重を計算することもできますよね？」

「できる。ただそれでも、容疑をだれかに特定する役には立たなかったの。何人か、体重の情報がなくても圏外に置ける人はいた。足跡が窓のところで終わっているということは、犯人はその晩居室棟にいた人でしょう。警備員と鄧先生の容疑はひとまず否定することができるし、そもそも二人は長靴がどこに置いてあるかも知らない——もちろん、足跡の教えてくれる情報からも、二人の容疑は晴らせるわね」

「なら、寮監のおばさんは？」

「あの人も犯行は無理。足の具合があまりよくなくて、整った足跡を残すことはできなかったから」

「その情報は初めて聞きました」

「病院からの証明書があるわ。当時寮で暮らしてた私も、あの人の普段の歩き方は知っているから証言してあげられる」

「ということは、やっぱり唐梨を殺した可能性があるのは女子四人しか残らないですね」馮露葵が発言権を取りもどす。「その人たちは体重が近かったんですか？」

「その四人とも、唐梨も入れていいけど、身長と体重が近かったの。唐梨とほかの女子三人の関係が悪くなるまえは、休みの日に一緒に外出するとき、よく服や靴を貸し借りしてたらしいから」

「なかなか、ため息をつきたくなる話ですね」馮露葵は言い、横の顧千千に目を向けると、彼女はうつむいて目の周りを赤くし、いまにも泣きだしそうだった。

「足跡があったからには、その夜に唐梨以外の人が居室棟を出入りしたということで、どう考えても殺人の可能性がすこし強まりますね。警察がどうして自殺で決着させたのかわからないな」

「足跡が唐梨の死となにか必然的に関係があると、示してくれる確実な証拠がなかったからかも」

「でも、その人物がわざわざ共有の長靴に履きかえたのは、まさしく自分を示す証拠を残さないためじゃないんですか？　だったら殺人事件の可能性が強まります」

「そうとも限らない。もしかするとその子は雪を見に行っただけで、ふとその気になって外をぶらつこうと思ったけど、自分の靴が濡れないようにと長靴に履きかえたのかもしれないでしょう」

「そうだとしても、そのとき外に出たのは陸英《りくえい》、呉筱《ごしょう》琴《きん》、霍薇薇《かくびび》、葉紹紈《ようしょうがん》のうちの一人ってことですよね。それで、だれかその晩に雪見に出たのを認めたんですか？」

「だれも認めていないでしょうね。潔白だってそうはしない。だれだって警察に疑われたくはないから」

「だったらやっぱり、殺人の可能性が……」

ここで、しばらく黙っていた顧千千がとうとう口を開いた。

「もう食堂に行かないと、ほんとうに間にあわないから」

「ごめん、うっかり話しこんじゃった」

「資料のコピーをこの子に渡してあげて」姚漱寒は馮露葵に言う。顧千千の名前を憶えていなかったのだ。

「のこりの内容は私から話すから」

「ええ」

顧千千は資料を受けとると、もう一度姚漱寒におじぎをして、寮の入口に急いで駆けていった。その後ろ姿を見ながら姚漱寒は一言訊く。

「あの子、陸上をやってたの？」

「どうしてそう思うんですか」

「正しい姿勢で走ってるでしょう。女の子はたいがい走り方が変で、身体が傾いたり、手をもぞもぞ胸のまえに縮こまらせたりするのに、あの子はスポーツ選手みたいな走り方をしてる。それに」顧千千が建物に姿を消すのを見送るとそちらから目を離し、馮露葵のほうに向きなおる。「走るのが速い」

「当たりですよ、先生」

二人は渡り廊下に戻り、事務棟の方向に歩いていく。

「五年前、事件に巻きこまれた女子の一人もスポーツ特長生だったの。霍薇薇っていう人。でも、事件のあとに陸上部からは除籍になった」

「特長生の人たちのことはうらやましいです。すばらしい道のりが待っているとは限らないし、出会うリスクも一段と大きいけれど、それでもなんだかうらやましくて」

「なんでそんなことを言うの？ あなたは生徒会長でしょう、何事もなければ名門校に推薦がもらえるのに、あの子たちは必死にいい成績をおさめてやっと推薦の機会がやってくるんだから、向こうのほうがあなたをうらやましがってると思うけど」

「自分の才能を証明する機会があるというのは、うらやましいことじゃないですか？ 私はただの、なんの変哲もない優等生です」

「どうして急に気落ちしたの？ もっとプライドが高くて、高飛車な子だと思ってたのに。そういうことを話してるときは、まるで普通の女の子みたいに見えるわ」

「もともと私は普通ですよ」足どりを緩めて、姚漱寒の後ろを歩くようにする。「先生も同じです」

「普通のなにがいけないの。さんざん苦労して普通になる人だっているのに」

「顧千千がそうです。あの子は陸上部を辞めさせられたんです」

「そんなにあっさりと友達のプライバシーを話すものじゃない」そう返したところでふと気づく。「まだあの子が走ってこないのはどうして？ 食堂に行くんじゃなかった？」

「たぶん運動場を通って、近道をしていったんですよ」

「よく知ってるのね」

「当たり前です。だって、あの子を普通にしてあげたのは私なんですよ」

それで馮露葵はなにも言わなくなり、二人は沈黙したまま事務棟の正面入口までやってきた。

「中で真っ暗な廊下を通っていくのと、風に吹かれながら外から回るのとどっちがいいと思う？ 選んで」

「現場に行くんですか？ 中を通りましょうよ、暗くてもいいですから」

「大丈夫、これがある」そう言うと姚漱寒はポケットから携帯を取りだし、照明のアプリを立ちあげる。まぶしい光がカメラのレンズの近くから射し、画面も白く輝いている。「便利でしょう？ 何年かまえならわざわざ懐中電灯を用意しないといけなかったのに。高校のころ、ある夜に温室へやってきたとき、懐中電灯の電池が切れて、ただ明かりを点けるわけにもいかなくて暗いなかを出ていくことになったの。戸締まりは勘でやって、たぶん植物もかなり踏んでしまったと思う」

「ということは、犯人は当日懐中電灯を持っていたはずですね。そのころスマートフォンはそこまで普及してなかったですから」

「持っていたでしょうね」

「警察はその方向では調べたんですか？ 四人の容疑者のなかでだれが懐中電灯を持ってるか、ひととおり」

「警察はしなかったけど、私が個人的に調べて、周りの人たちに訊いてみたの。懐中電灯を部屋に置いていなかったのは呉筱琴だけだった。でもこっそり用意してあって、あとで処分した可能性は否定できない」姚漱寒は言う。「勘が鋭いわね、あれが殺人事件なら、たしかに懐中電灯は犯行に必要な道具だった。唐梨は明かりの届かない場所で襲われたかもしれないんだから」

「どうしてです、裏口の外の庇には電球がありませんでしたか？　そのときは壊れてたんですか？」

「ほんとうの犯行現場は違うという考えもあるの」

「それは……」

姚漱寒が足元を指さす。「この廊下で。廊下の突きあたりのほうで、警察は血痕を見つけた」

そう言うと、携帯を肩よりも上に挙げ、光ができるだけ遠くへ届くようにした——そうして、問題の鉄のドアが二人の視線の突きあたりに現れる。

ドアのまえにやってくると、姚漱寒は馮露葵のように電灯のスイッチへ手を伸ばすことはなかった。その明かりが五年前の事件のときには壊れていたことを知っているようだ。ただ携帯の明かりを掲げているだけではどうにもならない。内側の閂錠を開け、ドアを外へ押しひらく。強い風が全力を尽くして外からドアを押し返し、まるでだれにも開けさせまいとしているようだった。姚漱寒はなにか支えるものを探してドアを押さえ、庇の電灯の明かりが廊下に差しこむようにしようと考えたが、見つからずに自分の背でドアを支えることになった。ドアの敷居に立った馮露葵に向かい説明を始める。

「警察は、あなたが立っているところの床に血痕を見つけたの——法医学的には〝滴下血痕〟というやつで、ある程度の高さから床に落ちて付くものだけど、大きさは不揃いで円形の一つ一つが独立していた。あと、そのとき見つかった血痕は特殊で、だいたい円形の滴だったけど、ドアの外側の方向にはのこぎりの歯のような突起があった——つまり唐梨が傷を負ったあと、外に向かって歩いたとき付いたはず」

「じゃあ、やっぱり本人が事務棟を逃げだしたあとで錠をかけたんですか？」

「その可能性が大きいわ。その方向を示す証拠はもう一つある。警察は、錠の閂から唐梨の指紋を見つけたの。両側の錠に残っていた」

「密室としては、これこそとても退屈な答えですね」

そう言ったところで、顧千千と話していた疑問点のことを思いだす。「でも聞いた話では、地面に落ちていたナイフにはなんの指紋も残っていなくて、唐梨本人のものもなかったとか」

「ずいぶん情報が集まってくるのね。たしかにそう、指紋はなかった」

「自殺だとしたら、唐梨がどうやってナイフを持って居室棟を出たかはおいておくとしても、すくなくともナイフに本人の指紋は付くはずです。そして他殺だとしたら……」馮露葵は自分の考えを一通り繰りかえし、死体のそばにナイフが落ちていたこととナイフに指紋がなかったこと、二つの出来事の矛盾を説明して、最後はこう締めくくった。「むりやり説明するなら、凶器にはもともと指紋がなく、唐梨も手で傷口を押さえることはしないで、ナイフは偶然にも外へ逃げようとする間には落ちず、そしてたまたまドアを閉めたあとに地面へ落ちた――それしかありません。でなかったら、ナイフに指紋が付いていなかったという状況を説明するのはかなり大変です」

「唐梨はたぶん傷口に手をやったわ。手には血が付いていて、こちら側の取っ手には血で指の跡が残っていたんだから」

そう言いながら、姚漱寒は左に――つまり北に――馮露葵とは反対の方向に頭を振ってみせた。そちらに馮露葵が視線を向けると、姚漱寒の左手方向にある取っ手が目に入る。

ドアの内側の取っ手だ。

当時の状況を脳内で再現してみる――唐梨はナイフで刺されたあと、無意識に傷口に手をやり、ドアを開けるべく向きなおり、まだ血が付いていないほうの手で内側の閂錠を開け、傷口を押さえていた手で取っ手を握ってドアを開けた。傷口を押さえた手が離れたことで、ドアの外に逃げだしたあとナイフは地面に落ちた。最後に唐梨は血の付いていない手で閂錠をかけた。

しかし、それでも指紋の謎は解決しない。

「指紋の問題にあまりこだわることはないわ。ナイフが発見されたときの状況はかなり不自然で、あなたたちが想像しているようにごく普通に地面へ落ちていたんではないの。折りたたみナイフの構造はわかるでしょう？」

「サバイバルの道具でしょう？　見たことはあります。刃をたたんで収納できるようになっていて、必要なときに爪で引きだすんです」

「ええ、そういうナイフ。発見されたときナイフは唐梨のそばにあって、刃は折りたたまれていたの……」

「どうしてわざわざ刃を折りたたむんですか」

「それはたしかに不自然だけど、拭くのにそっちのほうが都合がよかったからかも。私は、唐梨が寝間着の裾でナイフを拭いたんじゃないかと思うの。刃をたたむときに触れるのは刃の背だけで、拭きとったときには付いた指紋も消えるから。あとは刃で服が切れてしまう心配もない。でもこれを立証するのは大変ね。そのあと唐梨は大量の血を流していて、寝間着にナイフを拭ったときの跡が残っていたとしても、ほかの血痕で隠されてしまったかもしれない」

「それができたとしても、そんなことをする必要がないでしょう。どうして犯人のために証拠を消してあげるんです？」

「犯人をかばうためかな？　私もわからないわ」姚漱寒はドアを押さえておくのをやめて事務棟のなかに戻り、闇がふたたび廊下を覆った。また携帯の明かりを点ける。「犯人が指紋を拭ったというのもありえる――屋外に逃げだしたとき唐梨の体にナイフは残っていなくて、ずっと犯人が手に握っていた。ナイフは犯人が一通り拭い、折りたたんで、ドアの前に置いていった。でもこの仮説はなかなか筋が通らないわ。犯人がそうする必要があったかは後回しにして、まずはどうやったのか——どうやって凶器を死体のそばに置いたのかね」

「私たちは、犯人が二階によじのぼって逃げたんじゃないかと考えたこともあったんですが、この問題とすこし似てますね」

「最終的に、なにか方法は思いついたの？」

「いえ」馮露葵は首を振る。「ただ、凶器を放り投げるのは密室に出入りするより簡単なはずです。犯人が廊下を通って、屋外の渡り廊下経由で教室棟に入って、教室棟の窓からナイフを投げたなら……」

「残念だけど、それは無理。その夜教室棟は戸締まりされていたの」

「そういえば、容疑がかかった女子四人のなかに生徒会役員はいたんですか？　生徒会室には教室棟の入口の鍵があるはずです」

「当然いないわ。転校してきたばかりの葉紹紈は別にしても、ほかの三人はいじめをするような連中だったのよ、生徒会はそんな汚点を受け入れるところじゃない」

「厳しい言い方ですね」

「その考えを追ってもなにも結果は出ないと思うわ、諦めなさい」

そう言って、姚漱寒は廊下の反対側へ歩いていく。

馮露葵はすぐ後ろを付いていく。「第一発見者が指紋を拭ったってことは？」

「死体を発見したのは清掃員の人で、事件の夜は学校にいなかったから疑いようはないし、被害者やほかの女子たちとも面識はなかったわ。わざわざそんなことをする必要はない」姚漱寒の歩調はかなり速かったが、二人の身長にそれなりの差があるせいで、馮露葵は大股に歩くだけで難なく付いていける。姚漱寒が質問を向けた。「このあとどうするつもり？　事件については私が全部説明したから、鄧《とう》先生に会いに行く？」

「迷ってるところです。とくに疑いは掛かっていないから、会わなくても問題はなさそうだし。でも、地理準備室は二階の廊下の突きあたりで、現場のすぐ近くでしょう。地理準備室からナイフを現場に放り投げるのは可能だろうかと考えてるんです」

「それはつまり、鄧先生が犯人の仲間だったんじゃないかって……」

「そうとは限りませんよ。ひとまず訊きたいのは、当日の夜に鄧先生がドアに鍵を掛けていたかです。それから適当なものを持っていって、準備室の窓から試しに投げてみましょう」馮露葵はこともなげに言う。

「たとえば、先生の携帯とか」

馮露葵が地理準備室へ入るのはこれが初めてで、教師の鄧とも話をしたことはなかった。文理の選択の時点で選んだのは理系で、一年生のときのクラスを担当していたのは別の教師だった。部屋に足を踏みいれた瞬間、真っ先に感じたのは寒さだった。部屋は北の突きあたりの場所にあり、普段人が来ることもめったになく、冬が来ると寒気が骨に沁みいる強烈さで入りこんできて、空調を点けても改善されない。ここで一夜を過ごすのはきっととてつもなく辛いことだろう——そう心のなかで思い、鄧教師に同情の目を向ける。

先ほど二人のためにドアを開けた彼は、席に戻っている。

四十がらみの男で、頭頂が薄くなりはじめており、分厚い黒縁眼鏡をかけている。クリーム色の丸首のセーターを着ていて、水色のシャツの襟を外に出しているのが目を引いた。肩には暗い緑色の上着を羽織っている。さきほどすぐ近くへ来たときには、はっきりと煙草のにおいを感じた。

もう一人の教師は不在で、整理された机を見るにもう帰宅したのだろう。鄧教師の机には三年生の問題集が積みあがり、宿題の採点をしていたようだった。

「なんのお話ですか、姚先生？」

「私ではなくて、この子が訊きたいことがあるんです」そう答え、そっと馮露葵の後ろへ下がる。

「君は生徒会の……」

目のまえの生徒には見覚えがあり、役職や名前がすぐに思いだせないだけのようだった。

「生徒会長の馮露葵です」形式的に会釈した。「五年前に亡くなった生徒の唐梨さんについて、うかがいたいことがあるんです」

「五年前のことじゃ、もうよく覚えてないよ」

「あの夜、先生は学校に泊まっていたそうですね」

「そうだ」この質問をあまり喜んでいないようだった。「話が長くなるようだったら、とりあえず座りなさい」

「大丈夫です、ちょっとした質問がいくつかだけですから」空いている席が一つしかないのに気づいて、もし自分が腰を下ろしたら姚漱寒に対して遠慮がなさすぎることにならないかと、二人とも立ったままでいることに決めた。「その晩、なにか物音を聞きませんでしたか？」

「なにも。ぐっすり眠っていたんだ」

「じゃあ、戸締まりはしていましたか？　準備室のドアに鍵は掛けていたんですか」

この質問を聞いて鄧教師はしばし黙りこみ、言いだしにくい答えを馮露葵へ先に言わせようとしているように見えたが、結局は打ち明けた。

「いいや。次の日の朝に、鍵を掛けわすれてるのに気づいた」

やっぱりそうか——馮露葵は無表情のままうなずく。この瞬間の気分は、一時間まえに鄭逢時《ていほうし》が窓の割れを見つけたときと比べてもいいかもしれないが、敗北もすぐさまやってきた——ここで気づいたのだ。地理準備室の窓は予想したように北側の壁にはなく、西を向いていた。

となると、凶器を現場に放り投げるのは難しいだろう。この窓は割れのあったおおよそ真上にあり、ここでも鄭逢時の考える〝機械的トリック〟は成立しないようだった。

それでも諦めず、鄧教師が背にしていた窓に早足で近寄ると、同意を得る間もなく押しひらき、北の方向に手を伸ばしてそちらの壁まで届かないか試したが、窓が邪魔になってそれは無理だった。

失望のあまり、馮露葵は鄧教師との話への関心もなくしていた。

「失礼しました。ご協力に感謝します」

鄧教師はいま目にした行動の目的がなんなのか理解できず、「またなにかあったら来てくれ」とおざなりに言うしかなく、視線を姚漱寒に向けて、説明してくれるのを期待しているようだった。ただ姚漱寒は肩をすくめるだけで、後ろを向くと馮露葵に付いて部屋を出ていった。

数歩も行かないうち、馮露葵が突然向きなおり、ジャンパースカートの裾に隠れた姚漱寒の膝を見つめて口を開いた。

「先生が上着の下になにを着てるか、気づかなかったみたいですね」

「男の人はひとの服装をたいして気にしないの。それに、私もあの先生に授業を受けたことがあるから、向こうから見たら五年前となにも違わないのかも」

馮露葵は顔を十数センチのところに寄せ、しげしげと眺めたあと、考えありげに一歩下がり、ぼそりと言った。「それって、悲しいことじゃないんですか」

「この服を着てると自分がまだ卒業していないで、ずっとあなたの歳のままでいるように錯覚するの。もちろん錯覚でしかないけど」

「きっと学校が大好きなんでしょうね。学校生活だって楽しく過ごしたから、先生になって戻ってきたんです」

「大好きなんかじゃないわ。単純に心から悲しい話。

もう高校生じゃないっていうのに、大人にもなれなくて」

「もっと大人らしい格好をしたら、気分が変わるかもしれませんよ」

「そうかもね、今度やってみるわ」姚漱寒は明らかにこの話題を終わらせたがっていたが、なにを言えばいいかわからず、ひどく消極的で不器用な形で沈黙を続け、階段を下りていく。馮露葵もそれを察し、話題を五年前の事件に向けた。

「やっぱりなんの結論も出なさそうですね。でも、ますます殺人事件のように思えてきました」

「これからはどうするの？　ほかの関係者たちに会いに行くつもり？」

「機会があったらぜひそうしたいです。でも一人で遠出するのはどうしても現実的じゃないですから」

「顧千千と連れだって行くのは？」

「それこそ現実的じゃないです」

「だったら……私と行くのは、どう？」

「先生、暇なんですか」

「あなたこそ暇でしょう。もうすぐ学期末なのに、こんなことに時間を割いて」

「試験はぜんぜん心配してないんです、どのみち学年一位は取れないにしても、十位より下にはならないんですから。学年五位と八位で、違いなんてあるんですか？」

「それは絶対に人前で言わないでね、必死で徹夜しても学年十位に入れないような子たちに怨念を向けられるから」

二人は事務棟の正面入口を出た。

風はまだ吹いているが、暗雲に一筋の隙間も作ることができないでいる。

「今週末、上海で友達と会う予定で、向こうに一晩泊まるつもりなの。私は呉筱琴と霍薇薇とも連絡は取れるし、もしどうしても調査を続けたいなら一緒に来てかまわないわ。でもあなたの家族が同意しないんじゃない?」

「私は校外にひとり暮らしで、今週は実家に帰らないつもりです。保護者なんて気にしなくていいです」

「うらやましいわね」

「先生、まさかまだ実家に住んでるんですか」

「その通り。帰りが遅いと叱られて、服が大胆すぎると文句を言われて、週末にちょっと遅くまで寝ていようと思っても叩き起こされて……」

まるで中高生みたい――そうからかってやろうかと思ったが、にわかに相手にさらなる利用価値が生まれたとあって、我慢することができた。

「旅費が大丈夫なら、日曜日に南京に行くのもいいわ。陸英と葉紹紈とも会えるように努力するから」

「高速鉄道は切符がすごく高くて、高校生にはとても払えませんよ。先生に立てかえてもらえませんか?」

「あとで返してくれる?」

「私が稼ぐようになって、先生がまだ憶えていたら、きっと返します」

「大丈夫。私が出してあげる」長くため息をついた姚漱寒は、自分の財布を考えて嘆きを露わにしているようだった。「これだけ長く推理小説を読んできて、初めて名探偵になるかもしれない人に出会えたんだから、これくらいのお金はなんでもないわ。あなたが図書室でした推理は立派で、こちらは痛いところを突かれてすこし頭には来たけど、あれだけ上等な推理を聞くことができて満足だったの。あなたには才能があると信じてる。私をワトソンにするのはどう?」

「〝名探偵〟なんて言葉、口にして恥ずかしくないんですか。断じて私に期待しないでください、きっと失望させてしまうので」

「待ち合わせの場所と時間は携帯のメッセージで送るわ。番号を交換しましょう」

馮露葵はうなずく。姚漱寒はほとんど充電の残っていない携帯を目のまえに出し、電話帳を開いて自分の携帯の番号を見せようとしたところで、うっかりロック画面を相手の目に晒してしまった——図書室で撮ったばかりの、制服を着た自分だった。背景に並んだ本は、予想通り分類Iの推理小説に入れかわっている。

「先生、私にその写真も送ってくれませんか？」

「なら交換にしましょう」

そう言いながら姚漱寒は携帯を手に収め、カメラ機能を立ちあげて、馮露葵に向けてシャッターを切った。あたりがあまりに暗く、ぼんやりとした輪郭しか写らない。自分の写真を削除しようというのか、馮露葵は慌てて携帯をひったくってくる。やがて三十秒後、戻ってきた携帯を見ると、写真は削除されておらず、ロック画面に設定されていた。電話帳にも〝馮露葵〟の項目が追加されている。

「私たち、仲良しになれるかもしれないわね」

「そうは思いません」

第二章　わたしは改めて、太陽の下に行われる虐げのすべてを見た

1

土曜日の午後、馮露葵《ふうろき》は姚漱寒《ようそうかん》の後について、階段を下り、東門を通って同済《どうさい》大学に足を踏みいれた。呉《ご》筱琴《しょうきん》が通っている学校だ。左右に太い梧桐《アオギリ》を植えた道が西にずっと伸びていて、緑と黄色の木の葉が半分ずつ入りまじっていた。ときおり落ちる枯葉が道を覆って、通行人に踏まれて軽い音を立てている。一枚の横断幕が木の間を横切り、同時に二人の視界をさえぎっていた。そこになにが書かれているかはだれも気にとめない。

道の突きあたりには毛沢東像が立っている。

二人が呉筱琴と待ちあわせた場所はそこではない。最初の十字路に差しかかり、二人は北に向けて道を曲がった。

「同済に来るのは初めてでしょう？　ここの建築学科は有名で、キャンパスの建物も見ものなの」

「そうですか」馮露葵はそのことにはいっさい興味を持てなかったが、周りの学舎を見回してみる。霧のせいであまり遠くの建物は見えず、目に映るものはどれもごく当たり前だとしか思えない――そうしていると〝総合棟〟が真正面に現れた。呉筱琴はそこで二人を待っている。

その建物の印象は一言で表せた――冷蔵庫。よくよく見ると、切りわけた菓子のほうが近く思えてくる。象牙色とシャンパンカラーの中間の色をした壁面にところどころガラスがはめこまれ、晴れの日にはきっとまばゆく見えることだろう。その一角にかなりの大きさで、ガラスだけでコバルトブルーの〝乙〟の字が形づくられ、色を反転させた稲妻のように建物の真ん中を横切っている。

総合棟の入口の上にはガラスの庇があり、その下に薄桃色のコートを着た女性が立っている。コートの下には水色の襟なしのブラウスを着て、細かい模様に覆われたジャスミン色のマフラーを襟の代わりにしている。右腕を持ちあげ、腕時計に目をやっていて、さきほどから待っている相手が目のまえにやってくるまで気づかなかった。

「筱琴――ごめんなさい、待たせてしまって」

「お久しぶりです、姚先輩」あいさつを返すと、視線を馮露葵に向けた。「この子が、話をしてた今の生徒会長ですか」

「この方が呉筱琴先輩なんですね」馮露葵も負けじと相手を眺めまわす。「私たちがここに来た目的は姚先生に聞いていると思います。申しわけないです、もう何年も経ってるのに、不愉快なことを思いだしてもらうことになって」

「大丈夫。だれにも訊かれなくても、常々あのときのことは思いだしてしまうから」

静かに言った呉筱琴は視線をわずかに下げ、馮露葵の凜とした視線から逃れた。

「さて、無事に目的地まで送ってあげられたから、やっと安心して友達に会いに行けるわ」姚漱寒は呉筱琴の懊悩の表情を無視し、楽しそうに言った。このときを長いこと待ち望んでいたのが見てとれる。「それじゃあこれで。夜にまた連絡する」

「ちゃんとお預かりしますから」呉筱琴は言うが、明らかに頼りなげだった。

「いじめたらいけないからね」

そう一言言い残して姚漱寒はこの場を立ちさる。馮露葵には、それが自分に言われたのか、呉筱琴に言ったのかすらわからなかった。しかし同時に、〝いじめ〟という単語を耳にした瞬間、呉筱琴がはっきりと肩を縮こまらせたのに気づいた。

「もしよければ、〝先輩〟と呼んでもいいですか」

「ええ」意識して微笑みを見せ、うなずく。「姚先輩の話だと、薇薇《びび》にも会いたいんでしょ。あの子はすぐには来られないから、ちょっと座っていって、それから会いに行こうか。唐梨《とうり》のことはあの子も当事者で、あの子抜きで話はしたくないから……あのときの事を聞きたいなら、薇薇が同席してから……」

そう話すうち、その表情に刻まれていた笑みのしるしは完全に消えうせ、目の奥には底知れない陰が浮かんでいた。

「大丈夫です、とりあえず時間ならありますから」

「飲みものをなにかおごってあげる」

そう言うと、呉筱琴は馮露葵を連れて総合棟の正面入口を入っていく。簡潔な外観とははっきり対照的に、建物内部の構造はかなり錯綜していた。通路が空中で縦横に巡らされ、ツェッペリン飛行船とよく似た巨大な褐色の物体が二つの階のあいだに嵌めこまれている。一階のロビーには木が植えられている——実際には木材と樹脂でできた模造品だ。木材で組んだ長椅子の横には偽物の木が置かれ、木陰を利用するつもりかのように見える。

一階の左手にあった〈クローバー〉というカフェに二人は入っていく。

赤い座席に腰を下ろし、店員にメニューを持ってきてくれるよう頼む。コーヒーを飲んでは夜さらに寝つけなくなるのではと心配した馮露葵は、しばらく迷ったあとホットココアを注文した。呉筱琴は日本風の抹茶ラテを頼んだ——馮露葵が一生口にすることのない飲み物にちがいなかった。

ココアの味はろくなものでなく、呉筱琴の飲み物は外観の時点で論外とわかるほどだった。萌木色の抹茶の泡に混じって、白いなにものかが漂っている。とはいっても、寒さを封じこめるために二人はカップを手に持ち、まだ温度を保っている液体をすすっていた。

「先輩と姚先生は仲がいいんですか？」

「あの人は私の恩人だから」呉筱琴はカップを置いて顔を上げ、馮露葵の背後のなにもない壁を見ながらゆっくりと答えた。「あのことがあってから私と霍薇薇《かくびび》はもう学校に居場所なんてなくて、まるで孤島に暮らしているみたいだった——いや、孤島じゃなく、海に浮いた氷と言ったほうが正しいかな、人と隔てられているうえに、いまにも海底に沈むかもしれないんだから。私たちの処分は〝在校観察〟で、つまり今後なにか落ち度が見つかったら退学にさせられるってことだった」

「陸英《りくえい》も同じ処分だったんですか？」

「あの子の処分はなかなか発表されなくて、本人から退学してほしいってことだったんでしょう。実際にそうなったわけだけど」

「その人が学校を辞めないといけなかったのは、主犯だったからなんですか？　それとも前歴があったから？」

「どっちも、ほんとうの理由じゃないと思う。実はあの前に、私と薇薇もいっしょになって処分を受けたことがあったから。ただ、あの子が学校に残っていたら、たくさんの生徒が不安がるかもしれない——学校はそう考えたんじゃないかって思う。あのとき唐梨の事件はまだ決着してなくて、殺人の容疑はあの子がいちばん濃かった。たぶん校内でもかなりの数の人は、あの子が犯人だって考えてたはず」

「たしかに、凶器はその人の私物で、被害者はルームメイトです。その人の容疑がいちばん濃い」

「〝在校観察〟の処分が決まったあと、私と薇薇も自分から退学を申請することを考えたの。あのころは、毎日だれかが私たちの目の前で、なのに私たちは存在しないみたいに、あんなことをやっておいてどの面下げて学校に来てるんだって大声でしゃべってた。課題を提出したら教科係に床に投げつけられて、名前に赤ペンでバツを書かれて、横には〝本校の生徒ではありません〟って書きこまれてた。担任だってそれをただ見てるだけで、出欠を取るときも私たちを避けた。もちろんそういうことを全部合わせても、私たちが唐梨に経験させた苦痛と比べればなんにもならないけど、毎日話の種になってると、自分でもだんだん思うようになってくるの——このまま何事もなかったみたいに学校に残ってて、ほんとうにいいんだろうか。そういうときに私たちの目を覚まさせてくれたのが、姚漱寒先輩だった」

「あの人、どんな人生の名言を言ったんですか」

「人生の名言なんてものじゃないけど、でも、あれはたぶん処分が決まってから最初に、そして最後にほかの生徒が私たちと話をしてくれたときだから、一言ずつをはっきり憶えてる」呉筱琴は深く息を吸いこんだ。

「ある日の昼休み、先輩がクラスに来て、私たちがいるか訊いてきた。それを訊いたのがほかのだれかだったら、訊かれた子はたぶん〝その二人はいません〟ってだけ答えたと思う。ただ、姚先輩が相手なのに、訊かれたクラスの子は〝なかにいます〟って答えただけで、だれも呼びに行くつもりがなかった。結局先輩が教室に入ってくることになって、私たちを運動場の隅に連れていったの。これからどうするつもりなのかって訊かれて……」

「それは、なによりも訊かれたくなかったことでしょうね」

「そう。卒業まで持ちこたえられる自信なんてとてもなくて、将来はどこを見ても暗闇で、すぐにでも路頭に迷うかもしれないと思ってた。正面からは答えようがなかったから、それらしいことをちょっとしゃべって済ますしかなかった。そうしたら先輩は言ったの。慣例どおりなら、私たちへの処分は半年以内に解除されるけど、制裁はそうじゃない、私たちがのけ者扱いされるのはきっと卒業まで続くだろうって」

「一目瞭然のことですね」

「〝あなたたちはほんとうに幸せなの〟——続けてあの人は、そんな理解に苦しむことを言ってきた。あの人の言う〝幸せ〟っていうのがなんのことかわからなかった。私たちは陸英みたいに退学を迫られなかったってことか、もしくは唐梨みたいに若くして死ななかったってことか……」

「たぶんそれは、あなたたちへのいじめはエスカレートしていかないってことじゃないんですか——唐梨の事件以降、〝いじめ〟はとても敏感な話題になったはずで、学校もそういうふとどきな行動は重点的に取りしまっただろうから、だれもあまり度を超したことはできなかった。姚先生が言いたかったのはたぶん、あなたたちがのけ者扱いを受けているにしても、卒業まで耐えることができるってことでしょう」

「そういう意味だった。そしてつけくわえたの、〝きっとがっかりしたでしょう〟って」

今度は馮露葵も眉間に皺を寄せ、首を振って、姚漱寒の言いたいことがわからないと伝えた。内心では、もしかすると、次々と理解しがたい言葉をくりだして注意を引きつづけるという会話の手口の一つではないのかと密かに考えている。

「私たちの気持ちは見抜かれてた——〝このままじゃ永遠に許されないと思ってるんじゃない？〟そう訊かれた。答えを期待してるわけじゃないのははっきりしてて、すぐに先輩は続けたの。〝どんな制裁を受けたとしても、程度に関係なく、あなたたちが唐梨に対して犯した罪は許されるはずがないの。いつになろうと。いまみたいにのけ者扱いを受けていても、毎日殴る蹴るの扱いを受けても、もしくは陸英みたいに学校を追いだされて、ことによると牢屋に入っても——あなたたちが許されるはずはない。だってあなたたちを許す資格があるのは唐梨だけで、あの子はもういないんだから〟」

「ただの詭弁ですね。でも姚先生はきっと、二人とも底のところでは悪人じゃないとわかってたからそう言ったんでしょう。もしあなたたち自身が良心のとがめを感じてなくて、ほかからの許しも切望していなかったら、その言葉はなんの意味もないですから。それであの人は、あなたたちがどうするべきだと考えたんですか？」

「なにも言わなかった。わたしたちの退学の意思をなくさせていっただけ」

「かなりの無責任ですね」

「それが答えだったのかもしれない。余計なことなんてしなくていい……」

「自然に任せて、だんだん薄れさせなさいと？」

「忘れられるはずがない。薇薇といるとずっと、あのときのことを思いだすんだから。証拠なんてもので記憶をよみがえらせるまでもなく、私たち二人そのものがなによりの罪の証なの」

「よく二人で会うんですか？」

「まあ、いっしょに住んでる。あの子はスポーツの専攻で、もう卒業していまはコーチで生活してるの。私も校外で家庭教師をしててある程度収入があるから、二人で近くに家を借りてる」誤解を恐れたかのように、呉筱琴はつけくわえる。「体育学校を卒業したあの子も、自分で部屋を借りるより二人で協力しあったほうがよかったはずだから。あの子の仕事場もだいたい同済と復旦《ふったん》のあたりだし、私の校内カードで学食のご飯も食べられるし……」

「大丈夫です、説明はいりません。二人の関係がどこまで進んでるのかにはぜんぜん興味がないですから」

それを聞いた呉筱琴ははっきりと動揺をにじませ、カップを手に取ると、口へ運ばずにまた下ろした。

「卒業して三年以上経ってるのに、まだそんなに仲がいいなんてなんだか妙だと思ってる？　たしかに私たちにとっては、共通の記憶はおおかたろくでもなくて、いっしょにいるとつい思いだしてしまうから、すぐにでも絶交してしまったほうがすこしは楽だったかもしれないな。でもそれはあまりに寂しくて……」そう言って、カップの持ち手から左手を離し、耳元へ持っていって、髪を整えた。「とにかく、私たちは永遠に新しい友達ができなくてもおかしくないんだから」

「先輩はやっぱり、あのことの影から逃れられないんですね」

「そうは言わないで」呉筱琴はこころなしか気を昂らせ、声もわずかに高くなった。「〝影〟なんてそんな、被害者について使うほうが似合う言葉でしょう？　私と薇薇は加害者なんだから、〝刑期〟って言ったほうがいくらか妥当なはず」

「刑期ですか……たしかにそれも正しいでしょう」馮露葵はぬるくなったココアを一口すする。「あなたと霍薇薇先輩があのとき唐梨になにをしたかは知りませんが、私の知るかぎり、学校内のいじめはすぐに度を超えてしまうし、刑法に触れる可能性もなくはありません。向こうの親が起訴を考えていたら、あなたたちはいまでも牢獄に入っていたかもしれないですね」

「はじめはその覚悟もあった。それどころか、警察がもし私を殺人犯だと間違って逮捕したら、罪を認めたほうがいいのかどうかまで考えてた」

「呉先輩みたいに自虐の好きな人は、ひとをいじめるときにもきっと想像力豊かだったでしょうね。唐梨をいじめていたころは、基本的にあなたが策を考えていたんでしょう？」単刀直入に言う馮露葵は、相手がなかなか答えないのを見て続ける。「わかりました、この話題は霍薇薇先輩も来てからまた話すことにしましょうか」

「……当たり。私にはなんとなく被害妄想があった。まず高校の入学通知書を受けとったときからずっと、学校が始まって寮に入ったあとだれかにいじめられるんじゃないかと心配だった。最初は心配だけでも、そのうち人に痛めつけられる情景をたくさん妄想するようになって、どれも十分現実的なものだったの。二年生になって人間関係がこじれたときには、そのころ考えた色々な手段を唐梨に実行していった」

「先輩はその知恵を小説を書くのに使えばよかったんです、人をいじめることじゃなく」

「一年生のときは小説も書いてた……唐梨が大好きだった。そのうち書かなくなったけど」

「へえ、先輩はもともと文学少女だったんですね。だから英文学科に来たんですか？」

「そうでもない。あのときは単純にまえの年の合格ライン順に志望先を埋めて、たまたま英文学科に受かっただけだから。ああいうものは好きじゃなくなった。小説も、詩歌も、はるか遠くに行ってしまったみたいに思える。あれは作者が、面白みがあるとか、意味があると思った場面だけを選んで読者に見せてるだけで、平凡で、冗長で、退屈な部分は切り捨てられる——あの人たちは人生を書いてるんじゃなくて、人生のなかからめったに出会わない、文学性のある時間を抜きとってるだけ。でも私の人生にもう、そんな時間はやってこない」

「先輩はいまでも文学少女だったんですね」

「嘲笑されたってどうでもいい。いまのあなたには当然わからないから。これは一つのepiphanyなの——」

呉筱琴はためらったあと、中国語に変えて言いなおした。「悟ってしまうこと。幻滅と言ってもいい。なにかのきっかけで、自分の人生は終わりを迎えたと気づいてしまうこと」

「先輩にとってその瞬間は、唐梨の死を知らされたときだったんですか」

「もういくらか早かったかもしれない。たぶん、あの子に裏切られたと思いこんだそのときだったんでしょう」呉筱琴は手に顔を埋めたが、すすり泣くことはしなかった。深く息を吸いこんで、話を続ける。「いまならもう話してもいいか。私と薔薇のあいだには、あなたが想像してるような関係はないけど、でも唐梨にははじめ、すごく複雑な感情を持っていたような気もする……」

「それなら、その人が誤解を受けているときにはなおさら味方になるものじゃないんですか」

呉筱琴は首を振る。「もっと複雑な感情。あなたには想像しにくいかもしれないし、いまの私も、これだけの歳になってもなんだか不思議に思える。あの子のことは大事な友達だと思いながら、恋に近い感情も持ってた——授業中にこっそりあの子の後ろ姿を眺めて、心臓の鼓動が速くなったし、涙が出てきたことも何度かあった。ものを書くときには意識してか無意識にか、あの子の趣味にすり寄ろうとしたり、あの子をモデルにして主人公を考えたりした。でも別の面では、あの子がなんだか恨めしかった。ただの嫉妬だったのか、それともなにか別の理由があったのか……」

「嫉妬？」

唐梨のことが話題に上がるたび、馮露葵の内心にはいつも薛采君《せつさいくん》のイメージが浮かんでいたが、薛采君には自分が羨んだり妬んだりするべき長所はまったくない。

呉筱琴の言葉にとまどう。

「本人は意識しなかったし、興味すらまったくなかったけど、唐梨にはたぶん才能があった。でも私にはなにもなかった」

「なにについての才能ですか？」

呉筱琴はすぐに答えず、口にするのを尻込みしているようだったが、最終的には答えを返した。

「言葉の感覚」そう話しだす。「唐梨は迷いもしないで、私が書いたぶつ切りの言葉をよどみのない文章に書きなおしてみせた——優雅なぐらいに。私は翻訳小説の毒に染まりすぎてたのか、陰気で冗長な言葉を連ねるばかり、まるで鱗に覆われた尻尾を蜥蜴が引きずるみたいで、単純明快で読者を夢中にさせるものなんて書けなかったの。でも唐梨にはできた」

「先輩は想像力豊かじゃないですか。それは唐梨が持っていなかった才能のはずでしょう」

「想像力ね……私は持ちたくなかった。結局まともな使いかたもしなかったんだから」

「一ついいですか──あなたたちが手を組んでいたら、もしかすると成功を収められたんじゃないですか。先輩が物語を作って、唐梨が筆を執る……」

「そんな仮定が……」呉筱琴はこころなしか声を詰まらせたが、懸命にそれを隠していた。「あなたも想像力に富んでいるみたいね、まともな道に使ってくれるといいけど」

「私は先輩みたいな文学少女じゃなくて、クラス分けのときにも理系を選んだので。文章の良し悪しとか、想像力が豊かかとか、私からしたらそういうこともはじめから無意味で、それで悩んだりだれかを恨んだりするようなことじゃないんです」

「ならよかった、それならすくなくとも……」

「すくなくとも epiphany は訪れない、ですか?」馮露葵は先んじて答える。「私の発音はどうですか、きれいでしょう?」

「最悪ね。まるでインド人の話す英語みたい」

ここに来て二人ともカップの中身を飲みつくしてしまい、出せる話題もまったく思いつかず、しばらくの沈黙のあと、呉筱琴から、いっしょにキャンパスを回ってみるのはどうかと提案があった。

はじめ馮露葵はその提案を歓迎しなかった。この季節のキャンパスはきっと寒くて騒がしく、その二つとも心から憎みぬいているものだから。ただ、いずれここを志望する可能性もあると思いついて内心にいくらかの興味が湧き、うなずいて返した。呉筱琴は立ちあがり、伝票を取ってレジで会計を済ませ、馮露葵もすぐあとを付いていく。

カフェを出て総合棟の外へ行くと、二人は西に向かい、背の低い白い建物に入っていく。入口の上に掛けられた扁額には〝同文棟〟の三文字が書かれていた。なかへ入ると螺旋階段を下へと降りていき、二人は暗紅色の煉瓦を敷いたホールに到着した。

「ここの建物は、最近うちの外国語学院のために建てられたばっかりなの」

「そうなんですか」

そんなことには無関心な馮露葵はぞんざいに一言返すとまた歩きだし、先へ進んでいく。方向がわからなくなるのではと心配した呉筱琴が慌ててその前に駆けていき、馮露葵を連れて正面の階段を上り、三階まで上がっていった。三階のそれぞれの部屋は空中廊下で繋がっているが、そのどれもいまの目的地ではない。建物どうしを結ぶ層になった通路を進み、二人はもう一つの建物、ずっと以前から外国語学院が使用している匯文《かいぶん》棟へ入っていった。階段を使って二階に下り、呉筱琴は馮露葵を従えて廊下を進んでいく。廊下の両側には英米の偉人たちの姿と格言が掲げられていた——ここは英文学科の領地なのだろう。

「普段はここで授業を受けてるの。学生は多くないから、教室も狭い」

「先輩は、卒業したあとどうする予定なんですか？」

「大学院に。無試験で進学できる資格をもう持ってる。翻訳科専攻の修士で、修了までに二年。その後は……なにか仕事は見つかるでしょう」

「聞いてると、先輩はずっと上海に残るつもりみたいですね」

「そう、上海だと薇薇がやっていくのに都合がよくて。Z市のほうじゃバドミントンのコーチの需要なんてたいしてないでしょう」

「霍薇薇先輩のことを考えたから上海に残るつもりなんですね。でもいずれ離ればなれになるでしょう？

それぞれの家庭ができたら……」

「Z市に戻ったら、たぶんそうなるでしょうね。家が用意してくる縁談の相手をしつづけて、仕事探しも両親の力を借りて、結婚するまでずっと実家に暮らして——でもそうはなりたくない。いったいどんな生活を求めてるのかはわからないけど、そういう未来を求めてないことははっきりしてる」

「先輩は完全に過去に縛られてはいないみたいですね、よかったです」

「ほんとうにそうかな、自分でも確信はないの」言いながら、呉筱琴は歩みをゆるめる。「私はほんとうに卑劣な人間だった。一年生のころは唐梨と将来の計画を話したこともあったの。あの子は博物館とか美術館みたいな場所が大好きで、いずれその分野の仕事につきたいと願ってた。そうなるとZ市に残るのは明らかに現実的じゃなくて……」

「唐梨も上海に来るつもりだったんですか」

「そう。ほかの場所を考えなかったわけじゃなくて、単純に、あの子の望みを満たす都市のなかでZ市にいちばん近いのが上海だったってだけ。私のほうは、そのころ将来のことはまったく考えてなかったのに、自分もいっしょになって上海の大学を志願するつもりだって言った——もしくは、そのときに心を決めたのかも。私みたいな人間に、あの子と約束を結ぶ資格はなかった。あの子を傷つけて、永遠に許されるはずもないんだから、あのとき言ったこともたぶん全部取り消されたでしょう。なのに結局は、ここを志願したの。まるで誓いを守ろうとしたみたいに……まるでそうしたら許されるみたいに——」

「目のまえで人に泣かれるのは好きじゃありません、とくに先輩みたいな年上の人には。なんだか居心地が悪くなって、どうすればいいかわからなくなるから。だから、この話題もここまでにしましょう」

馮露葵は強引に話をさえぎり、呉筱琴も承知したようにうなずいて、口を開くことはなかった。

匯文棟を出てまた西に向かい、横長の校舎を一つ回りこんで、二人は南に歩いていく。日時計によく似た形の記念碑を通りすぎ、図書館の裏手へやってきた。足を止めた馮露葵がその建物を見上げると、なにか生理的な不快感がこみあげてきた。かわいそうなくらいに小さな土台が、七階ほどの高さの立方体二つを支えている。どちらにも、肌色に近い壁と昆虫の複眼のように秩序正しく並べられたガラス窓が配されていて、まるで二つまとめて括られた単一電池のようだった。

「この図書館、ひどい見た目でしょう？　設計した人の話だと、開いた本に似せたんだって。似てると思う？」

「そうは思いませんね」

「私も思わない」呉筱琴は腕時計に目をやって言う。「薇薇のほうの用事は済んだはず。バドミントン館にいるから、会いにいきましょう」

西に向かった二人は川辺に着いて、川の流れに沿って南に向かう。

芝生の上では、凍え死にそうな野良猫が何匹か寄りあつまって暖を得ている。水辺では、枯れた葦が力なくうなだれて風に揺れている。幸いにも彼らは考えることがなく、自らの悲しさを知るべくもない。葦から十メートルほど離れたところに、この季節に残った蓮の葉が集まり、葉と川の水とが不規則に幾何学的な図形を作っている。

水面には薄暗い空が逆さに映っている。

暇をもてあました子供たちが何人か、岸辺に集まって、そこかしこで石を水に投げこんでいる。石に水面を跳ねさせようと試みるでもなく、だれがいちばん遠くへ投げられるか勝負するでもなく、ただ石が水へ落ちる静かな音に耳を向け、撥ねあがる水しぶきを見つめていた。

風景に足を止める気のない二人はそのうち川沿いの

小道の終点にたどりつき、そこから東に百歩足らずの距離を進んで、工場めいた灰色の建物のまえで歩みを止めた。角を一つ回ると、東向きの入口が目に入る。扉の正面はがらんと人気のないバレーボールコートだった。

扉のそばには鉄のプレートが二枚取りつけられ、右側には〝卓球館〟、左には〝攀岩館《パンイエン》〟と書かれている。後者には英語も添えられていた。〝Rock climbing Museum〟——体育教師が翻訳したのだろう。

「着いた」呉筱琴が説明する。「ここはバドミントンをするところなのに、〝ロッククライミング館〟って書いてあるの。変でしょう？」

「たしかに変です」

馮露葵は、英文学専攻の先輩のまえでプレートの奇妙な英語について発言するのを意識して控えた。視線を左手の空間に移すと、バドミントンのネットが中央を横切り、床に白い線で四つのコートが描かれているのが見えた。かたわらには長椅子がいくつか置かれている。内部の構造を目にして初めて、建物全体が鉄骨の骨組みに支えられているのがわかった。鉄骨には照明が並んで取りつけられている。汚れにまみれた屋根は角度がつけられていて、鉄板でできている。

「薇薇、こっち」そう言うと、呉筱琴はタオルで汗を拭いている女性に向かって手を振った。運動着の上下を身につけ、白いシューズを履いて、左腕にサポーターを巻いている。呉筱琴は馮露葵に向きなおって、静かな声で言った。「私たちがいま履いてる靴だとなかに入れないから、向こうが出てくるのをここで待ちましょう」

数歩後ろに下がると二人はバレーボールコートの金網のすぐそばで、バドミントン館の入口を前に横に並んで待った。何人かが続けて建物を出てくるが、いずれも二人の待つ相手ではない。五分ほど経ってようやく、細長いスポーツバッグを提げた霍薇薇が入口に姿を現した。ショートヘアで、濃い緑色のパーカーを着て、前を開けてなかに着ているクリーム色のタートルネックのセーターを見せている。下は長ズボン姿で、裾を茶色のブーツに入れている。

運動着とシューズは、スポーツバッグに入れたのだろう。

「待たせちゃった。いま、生徒と次の練習の時間を決めてたところだったから」

「姚先輩の後輩の、馮露葵です」

「えっ？」その表現に霍薇薇はいくらかとまどった。

「姚先輩の後輩なら、私たちの後輩じゃないの」

「私たちの後輩のはずがないでしょう」呉筱琴も話に加わる。「こんなに善良な見た目で、しかも生徒会長で、だれもいじめたことはないはずなのに」

「そういうことじゃありません。姚先生のことは全員知っているからああ言っただけで」

「なにか悪意があるとはぜんぜん思ってないから。というより、こっちのほうが敵意みたいなものを持ってるのかも」霍薇薇は苦笑いを浮かべる。「馮露葵さん、どうして五年前のことを追いかけるの。まさか単に面白そうだからじゃないでしょ？」

「それが答えだったなら……」

「べつにおかしくはない。そのぐらいの歳なら人生のストレスなんてないし、利益と関係なくなにかをするなんてこともあると思う。単に面白いと思って調べに来たんだとしても責めるようなことじゃない。ただ、私はべつに面白くないと思うだけで」

「先輩はなにか、別の答えは思いつきますか？」

霍薇薇は首を振る。

「なるほど。腹を立てるのも仕方ないですね」馮露葵は言う。「先輩は誤解してます。私は姚先生みたいなミステリファンではなくて、つねに好奇の目で世界を見てなんかいないし、娯楽が目的で調査や謎解きもしません――そんな趣味はありません。私はただ、いちど挑んでみたいだけです。自分がこの方面の才能があるか試してみようと」

「そうか。自分勝手だとは思わない？　そんなことのためにひとの不快な記憶を掘りかえして……」

「たしかに、私は自分勝手です。でも、霍薇薇先輩は真相を知りたくないんですか――いったいだれが、唐梨を殺したのか」

「真相？　もちろん知りたいし、それにとっくに知ってる。警察の結論ではっきり言ってなかった――唐梨は自殺したんだって――私たちに殺された」

霍薇薇は気づかないうちに声が大きくなっていて、そこに通りがかった人々はそろってこちらへ視線を向けていたが、当人はまったく気づいていない。いつのまにか寄りそうように立っていた呉筱琴が恥ずかしそうにうつむいた。

「私はそうは思いません」馮露葵は声の大きさで霍薇薇に負けまいとし、視線はそちらへ集まることになった。「唐梨が自殺したとは思っていません」

ここで我慢できなくなった呉筱琴が二人を止める。

「こうやって入口をふさいでいたら、ひとの迷惑になるから」心からの言葉でないのは明らかだった。呉筱琴がほんとうに心配しているのはおそらく、この二人がこのまま〝殺人〟だとかの言葉を口にしつづけて、おせっかいな誰かが警察に通報することだろう。「時間も遅くなったし、どこか夕飯を食べられるところで座って話しましょう」

「それもいいね」霍薇薇は馮露葵に訊く。「夕飯は姚先輩といっしょに食べないの？」

「いっしょじゃありません。遅くなるときは連絡が来るらしいです」

「あの人が連絡してくるかな。まあいい、あなたに好感はぜんぜん持ってないけど、邪険にはしないから。姚先輩の紹介で来たんだしね」霍薇薇は続けた。「あの人のことは怖いと思う」

2

「霍《かく》先輩はスポーツの指導でけっこう稼いでるんでしょう、おごってくれないんですか？」

「指導料は高いけど、場所代と会社の取り分を引いたら実際に手元に残るのはたいした額じゃないんだ。ぎりぎり生活を続けられるだけ」

「二人分の生活を？」

馮露葵《ふうろき》がメニューからわざと視線を上げ、呉筱琴《ごしょうきん》を見ると、見られたほうはうつむいてなにもないテーブルのうえを見つめ、二人の会話を耳に入れたくなさそうだった。

「まあね」

「上海で二人で食べていけるんだから、やっぱりたいした収入です」

「住んでるのが幸い学校の近くで、一日三食を学食で済ませられるから……大丈夫、あなたにお金は出させない。姚《よう》先輩への恩を、ちょうどこの機会にすこし返すことにするよ」

「では遠慮なく」馮露葵はメニューの最初のページにあったクラブハウスサンドの写真を指さした。「これにします。昼は列車の弁当で、ゾンビの肉みたいな味だったから結局ろくに食べなかったんです」

「いますぐ頼む？　いいか、運動してきたばっかりで私も空いてるし」肘で横にいる呉筱琴をつつく。「まだおなか空いてないでしょう？」

「気にしないで。二人が食べるのを見てる」

そう言いながらも、呉筱琴は顔を上げなかった。

そこで霍薇薇《かくびび》は注文のため店員を呼びとめた。自分はきのこと鶏肉のリゾットを頼み、呉筱琴のためにジュースを注文する。二人でそそくさと腹を満たしたあと、馮露葵は質問を再開した。今回は直截に切りこまず、霍薇薇が協力を拒否しないか気がかりなように、まず相手の全身を（実際には上半身しか見えないが）見回して、隙を探している様子だった——そしてそれは見つかった。

「先輩は右利きなんですね」

「なにか変？　大多数の人は右利きでしょう」

「さっきなにげなく、体育館で先輩の運動着姿が見えたとき、サポーターを左手側に付けていたから、先輩は左利きだとばかり思ってたんです」

「いったいなにが言いたいの」

「バドミントンはテニスと違って両手でのショットは動きにないので、先輩が右手にラケットを持つということは、プレイ中はサーブとシャトルを拾ったとき以外、基本的に左手は使わないはずです。だから戸惑ってるんです、先輩がどうしてサポーターを左に付けてるのか」

「ただの飾りだって——こう言っても信じないと思うけど。きっとどうせ理由は思いついてるんだろうから、もったいぶるのはやめて」

「今後はそういうことはやめてください。命に関わるかもしれませんから」

それを聞いて、霍薇薇は袖をまくりあげて真っ白な左腕を露わにした。ちらりと目を向けたとき馮露葵は、相手はこれで自分の推測に反論するつもりなのかと思ったが、よく見てみるとそうではないことに気づいた——推測は正しかった。霍薇薇の腕には縦横に交錯する痕が残っている。ただしそこまではっきりとはしていない。複数の傷跡はかすかに盛りあがり、のこぎりの歯のようにぎざぎざで、皮膚よりわずかに濃い色をしていた。

「そうやって気づかってくれてありがとう。この悪癖はとっくに止めたの。数年まえに姚先輩に気づかれたから。あの人に言われたことはあなたと正反対で……

…」

「なんと言われたんですか？」

「そのとき先輩はもう卒業してて、先生に会いに母校に戻ったところを筱琴に呼びとめられたんだ。私がもうそんなことをしないように言いきかせてって筱琴が頼んで。その場に私もいたんだけど、先輩は私のほうをちらりとも見ないで、口調もすごく冷たかった。〝好きにさせなさい、どうせ死なないんだから〟って言って、それから私のほうを向いて、さらに〝そのことはあなたがいちばんわかってるでしょう？〟って言ってきた」

「先生、そんなことを言ったんですね。その人がもしほんとうに死にたがっていたら、そう言われてもしかすると自殺の方法を変えて、最終的に思いを遂げるかもしれないのに」

「あの人は私のことを理解してて、ほんとうは気が小さいのをわかってた。理解してたから言ったってこと。あのときの私は純粋ないたたまれなさで死を望んでいたのが、一目で見すかされた――そう、私はつまり〝どうせ死ねない〟のが前提で自分を傷つけてたんだろうね。結局のところ、罪悪感を紛らわすためか、そうでなくてもただ筱琴の気を引きたかっただけ。それを見すかされてからはもうしなくなった」

「さっき姚先生のことを怖いと言われたとき、よくわからなかったんですが。ようやくいまわかりました」

「あの人は鋭すぎるし、切っ先の収めかたがわからない――すくなくともあのときはわかってなかった。私の錯覚かもしれないけど、姚先輩は最近丸くなって、話をするときも全部言いきらないで、内側に秘めてばっかり。だけど、昔の姿を知ってるからよけいに怖く見えて」無意識に丸めていた紙ナプキンから手を離す。

「あの人は底の見えない人。あなたは……」

「そもそも先輩の私への印象は悪いんですから、どんな攻撃でも好きにしていいですよ」

「いいや」霍薇薇は首を振る。「あなたを批判するつもりはない。ただ単に、あなたはあの人と似てる、それだけ。当時の先輩もあなたみたいな感じで、だからあなたを見てる間じゅう不愉快なことをあれこれ思いだすんだ。それも先輩の考えなんだろうね——あなたをよこして、私たちの嫌な思い出を引っぱりだして、唐梨《とうり》のことと当時の罪とを忘れさせないため突きつけようと……」

「そうやって人を勘繰るのはやめてください。そもそも姚先生は当事者ではないし、その件にあなたたちよりも執着してるはずがありません。五年もまえのことなのに……」

そう話していると、馮露葵には迷いが生まれてきた。ふいに、図書室へ会いに行ったとき、姚漱寒がコピー中にざっと読みかえしただけで資料のなかのあらゆる細部をそらで言えたことを思いだしていた。どう考えても、五年前の事件のことを忘れていたわけがない。

「姚先輩もはじめあなたみたいに、警察の結論に納得しないで勝手に捜査を進めてたんだ。でもそのときは受験の負担があって、それに当事者のかなりが協力を嫌がって、それで結局新しい結論はなにも出なかった」

「さすがはミステリファンですね、受験が迫ってるのにそんなことに熱中して」

「もしかすると姚先輩のなかでは、自分にも責任がある出来事だったのかも。実際にはそんなことなくても……でもあの人は責任感が強かったから」霍薇薇はその先を言わなかった。「あの人にも警察の結論をひっくり返せなかったなら、あなたはなおさら望みがないと思う」

「姚先生は、どうして唐梨の死が自殺だと信じられないか、話してましたか?」

「話してた。〝不自然すぎる〟からだって。もし自殺したかっただけなら、唐梨はわざわざ事務棟の裏口のところまで行く必要がないし、わざわざドアに錠をかける必要もない——まるでほかの人に、なんとしても自殺したと思われないといけないみたいに」霍薇薇は言う。「もちろんこれは姚先輩一人の考えで、私はそう思ってないけど」

「あなたはどう考えているんですか」

「私？ 私はミステリをよく読んでるわけじゃないし、客観的な視点で考えるのも無理だから。知ってるのは自分がやったんじゃないことだけ——でも、私には責任がある」

「できたら、私に五年前のことを話してもらえませんか？ 先輩が責任を取らないといけないそのことについて」

「話すのはかまわない。自分の罪を振りかえってみるんだと思えば。あなたの調査にはひとつも助けにならないと思うけど」

深く息を吸いこんで、話しはじめた。


「私と筱琴と、唐梨と、あと陸英《りくえい》は同じクラスで、もともとはいつもいっしょの親友どうしだった——私と筱琴はいまでもそうかもしれないけど、でも一年生のとき、〝私たち〟は四人だったんだ。唐梨は内気な子で、あんまり口数は多くなくて。話をするときには微笑みながらこっちを見て、ときどきうなずいてくれた。当時の筱琴は敏感で繊細な文学少女で、ちょっとしたことで泣きだして、思ったことも素直に口に出せなかった。あのころ私たちは毎日さんざん苦労して、この子の考えを推測してたんだよ。陸英はとても賢い子で、もしかすると賢すぎるのが理由だったのか、いろんなことを気楽に考えてた——成績を上げるのに努力するとか、いい子ぶって周りといい関係を結ぶとか考えたことがないみたいで——そういうことはあの子にとってはどうでもよくて。いつだってその場だけに生きて、自分の直感だけに従ってた。その結果、思いわずらうことなく暮らしてはいたけど、でも全身傷だらけだった。

陸英と唐梨の二人は、正反対の性格のルームメイトどうしで、一年生のときには気を許した仲だったんだ。お互いの生活にどっちも干渉しすぎなかった。ときどきちょっとした行き違いがあっても、すぐに仲直りして。最初はいつも唐梨が譲ってた。そのうち、陸英がたまになにかしでかしたとき唐梨もそれを隠す側に回ったから、唐梨に借りを感じて、よく面倒を見るようになったの。これって、性格とか得意なことがそれぞれ違うからこそ、いろんなことで私たちは共同作業ができたっていうのもあったのかも。校外学習のときも組になって、体育とか選択授業でも同じのを選んでた。むかしの私はそんな友情が永遠に続くものだと思ってたんだ。そのときには、私たちの友情を壊すきっかけがあるだなんて夢にも思わなかったから。

文理でクラスが分かれるときには、みんなで文系を選んだんだ。唐梨と筱琴は将来の志望学科を考えた選択で、二人とも文系が目標だったし、二人とも上海に行きたいと思ってた。私は理系の勉強がどうにもならなかったから。陸英はなんの勉強をしようがどうでもいいって気分で、私たちに合わせて文系を選んだんだと思う。その学年で文系のクラスは一つだけで。だから二年生に上がっても、私たちはクラスメイトどうしだった。毎晩、夜の自習が終わったら私たちは寝間着に着がえて、唐梨と陸英の部屋で時間をつぶしながら消灯の時間まで過ごしてたの。唐梨はよく、家からお菓子を持ってきてた。

文系クラスでは女子が圧倒的に多数で、しかもみんな別のクラスから集まってるから、小さい集まりがあちこちにできるわけで、もめごともたまに起きたんだ。思い返してみると、私たちのグループの中心は陸英だったんだよ。女の子だったら、あの子みたいな存在に引きつけられないでいるのは難しいだろうね。無造作な黒髪に、鋭い視線に、気まぐれなふるまいに、あまのじゃくな言動に――そういう人はすごく孤高に見えて、でもかならず何人かを周りに集めてるんだ。そのうえ、あの子は私たちがとても気になることもたくさん知ってた。男と女の不純な付きあいのこと、暴力沙汰とか家出のこと。あの子は聞いてきた話をいろいろとめどなく話すことができた。私たちはそれに憧れてるわけじゃなかったけど、それでも興味はあって、だからよく聞かせてくれるように頼んでたんだ。

でも同時に、陸英はクラスでのけ者にされてた。あの子がそこかしこで見せてた独立独行のふるまいは、仲のいい人間には輝いて見えても、はたからはうっとうしく見えたんでしょう。それでとうとうある日、あの子は爆発した。そのころにあの子についての噂がいろいろ流れてて、裏社会の人間とつながってるとか、何人もの彼氏と同時に付きあってるとか、ひどいのは子供をおろしたとかクスリをやってるとか。そういう噂も、本人に聞こえないところで言うだけだったらよかったけど、ある日の昼休みに何人かの女子が暇をもてあまして、廊下にひとりでいた唐梨に絡んで、ルームメイトのあの子に陸英についての噂が本当なのか確かめようとしてたら、偶然そこを陸英に見られてたの。陸英はリーダーだった女子の顔を張り飛ばした。その女子は大声で泣きだして、すぐに担任のところへ騒ぎを持ちこんだんだ。

向こう側は口をそろえて、陸英がなんの理由もなく殴ってきたと言ってきて、先生も一方的な言葉を信じたというわけ。陸英は反省文を書かされたし、次の日の昼の校内放送では名前を挙げて責められた。びんたされた女子のほうは反対に英雄が凱旋してきたみたいに、ますますクラスで大きい顔をするようになった。この件のせいで、陸英と唐梨のあいだにも亀裂ができた。教員室に連れてかれた唐梨は怖くなって、陸英のための弁明とか事の経緯の説明ができなかったから。

陸英も心のなかではすこしばかり恨んでた——唐梨を助けるためだったのに、自分のため証言もできなかったって——こっそりそうやって、私たちに愚痴を言ってた。

そしてこれが、そのあとの誤解の伏線になったんだ。

その時期陸英は意識的にかどうか、唐梨と距離を置いて、夜にはよく一人で私たちの部屋に来てた。ある日陸英は、煙草とライターを持って私たちの部屋に現れたの。これも校外の友達からもらったものだった。私たちは一回試してみないかと誘われて。唐梨は呼ばないのかって訊いたら、唐梨は興味ないだろうって言ってた。それで私たち三人は二日間でその一箱を吸いつくしたあと、担任に教員室へ呼びだされて、校内で煙草を吸ったのかと訊かれたんだ。そのときにはもう〝私たち〟は四人じゃなくて、三人だけになってた。

いったいだれが先生に告げ口したのか、陸英もすぐに結論を出した。引き出しから煙草とライターを取りだしたとき、唐梨に見られたんだって。そのときには陸英の内心も唐梨への不信でいっぱいで、当然の成りゆきで疑いを向けることになったの。問いつめられた唐梨も弁解はしなかった。唐梨はやっぱりそういう性格だったし、それに、陸英にちょっとの罪悪感も持ってたんじゃないかな、そのまえに教員室で陸英のための証言ができなかったわけだから。どちらにせよ、陸英に襟をつかまれて椅子から引きずりおろされたときも、唐梨は一言も口にしなかった——顔を拳で殴られて、机に身体がぶつかったときも——今度は髪をつかんで引きずられたときも——ベッドに投げだされたときも——陸英に枕で顔を覆われて窒息しかけたときも——何度もびんたを食らったときも——押さえつけられた腕が青と紫のまだらになって、手加減せずに床に叩きつけられて、あげく陸英が椅子を振りあげていまにも殴りかかろうってときにも——自分のことを弁解しなかった。でもあのときには、弁解されても私たちは信じなかったでしょうね。

とにかく、〝私たち〟は四人じゃなくなった。まず三人になって、最後には私たち二人だけが残った。改めて考えると、あれはただのちょっとした誤解だったんだよ。あのとき私たちと陸英は全身から煙草のにおいをさせてて、担任に気づかれてもぜんぜんおかしくなかったんだから。でも私たちはそんなふうには考えないで、いちばん近い仲の友達を真っ先に疑った。友情っていうのは結局そんなもので、疑いはじめた瞬間から存在しなくなっていた。

それからのことは、あなたに興味があったって、私は話してあげられない。きっと私たちはなにかにとりつかれてたから、飽きもせず延々とあんなことをしたんだと思う。最初はほんとうに唐梨をひとのとおりこらしめようとしか考えていなくて、ときどきは、もう許してもいいんじゃないかと思うこともあった。でもだんだんと私たちは元々の目的から逸れていって、自分の想像と行動に浸るだけになった。その境界をいったん踏みこえたら、もうはじめの日常生活に戻ることはできなかったの。最終的に、なにもかもに終止符を打ったのは唐梨の死だった。もしあの子が、あの雪の夜に死ななかったら、私たちの暴力はひょっとすると卒業まで続いて、しかも永遠に反省することなく、この世には裏切りと暴力の因果応報があるだけだと信じてたでしょうね。

——これが五年前、私たちに起きた物語」

そう話しおえて霍薇薇は顔を上げ、長いため息をついた。呉筱琴はこれ以上ないほどにうなだれ、垂れさがった前髪のつくる影に顔がすべて隠されている。馮露葵は店員を呼ぶと、話しおえて渇きを覚えている霍薇薇のために金柑とレモンのジュースを注文し、自分も同じものを頼んだ。

飲み物が運ばれてくるまで、新たに質問はしなかった。

霍薇薇は正しい。言ったとおり、馮露葵の調査にとっていまの情報はなんの助けにもならず、はるか彼方の山々や海原のようになにほどのこともない背景でしかなかった。

「ほかになにか訊きたいことは？」

「凶器について、先輩たちに教えてもらいたいことがあります」馮露葵はグラスのなかの氷をストローでかき回しながら言う。「例の折りたたみナイフは、陸英が学校に持ちこんだものだったんですね？」

霍薇薇はうなずいた。

「ナイフを学校に持ってきたのはいつのことだったんですか。それに、なにが理由で？ 先輩たちは知ってますか……」

「警察と姚先輩にも同じことを訊かれたから、答えるのはたぶん三回目」霍薇薇が言う。「あのナイフは陸英が校外の友達から渡されたか、あの子が欲しがって手にいれたものだった。〝校外の友達〟っていうのがどういう類の人かは、たぶん想像がつくでしょう。一年生のときにはそっちの人たちとは疎遠になってたけど、二年の新しいクラスでのけ者にされて、そのうえ唐梨のことを誤解して、結局その人たちといっしょにいるようになったんだ。折りたたみナイフを欲しがった理由は、私にはわからないな。でも陸英は直感頼りで動く子だから、最初はなんの理由もなくてただの好奇心からだったか、もしくは安心感のためだったのかな。そのナイフを手にいれてすこしあとにはこっそり学校に持ってきてたけど、でもずっとほかの人には見せてなかった——私たちも含めてね。もしかするとあの子にとっては、あれもただのお守りみたいなものだったのかも。ナイフを私たちのまえに出したのは、あの件からまだ一週間も経ってないときのことだった。そのナイフで唐梨を脅して、もし学校に告げ口するようなことがあったら命を奪うって言ったんだ」

「ナイフは実際に、事件のまえに失くなってたんですか？」

「その週の木曜の夜、だから死体の見つかる二日前に、陸英は急にあのナイフをどこにやったか知らないか、見つからなくなった、って言ってきたの。それで唐梨のこともきつい態度で問いつめてた。そのあと凶器のナイフを目にしたのは、警察に連れてかれたあとのことだったって言ってる。女の刑事が透明な証拠品袋を目のまえに持ってきて、なかにあのナイフが入ってたって」

「ナイフを盗んだ可能性があるのはだれだと思いますか？　陸英を恨んでいただれかとか」

霍薇薇は首を振り、表情もどこか憂鬱だった。「見当らしいものがあったら、事件は自殺で決着しなかったかもしれない。陸英といざこざのあった生徒はだいたい寮暮らしではなくて、陸英も寮ではだれにも恨みは買ってなかった。それに、寮生は基本的に電化製品は学校へ持ちこめないし、まして部屋に貴重品なんて置くはずはないから、部屋を離れるときにもかならず鍵を閉めるわけじゃないんだ。筱琴、あの日食堂に行くまえあの子といっしょにいたでしょ、陸英は鍵を掛けてた？」

「気にしてなかったな、たぶん掛けてなかった。普段からあまり戸締りはしてなかったから。考えてみたら、あのナイフは食堂に行ったときに見失ったんだと思う」

「とにかく」霍薇薇はふたたび言葉を継ぐ。「あのとき寮に住んでた女子はみんなナイフを手にした可能性がある。私たち二人かもしれないし、言ってしまえば唐梨だって……」

「凶器の線はここまでしか行けないみたいですね」馮露葵は言う。「次の質問なんですが、事件の夜の出来事について、二人は――いや、霍薇薇先輩、あなたは――なにか憶えていることはありますか？」

「その日の放課後はバレーボール部の試合があって、スポーツ特長生はみんな応援のため見学に行かされたの――実際は単なる席埋めだったんだけど。会場は向こうの学校だったから、私たちは大型バスに乗っていって、向こうの食堂で夕飯を食べてから帰ってきたんだ。あのときは疲れてて、喉も嗄れてたから陸英と唐梨のところには行かなかった。帰ってきたときには筱琴も部屋にいたよ。シャワーのあとすぐに寝た。寝るとき筱琴は課題をやってるとこだった」

「筱琴先輩は？」霍薇薇が長年の親友の姓を略すのを聞きつづけていて、馮露葵もうっかりそう呼んでしまう。

「ごめんなさい、細かくは思いだせないことばっかりで。当時は、あの日もただのごく平凡な一日だと思って、とくに注意もせずに過ごしてたから。あれだけ大変な出来事が起きるなんて思いもしなかったし、わかってたらもうすこし気を配ってたはずだと思うけど」

自嘲するように微笑む呉筱琴の肩は絶えず震えていた。霍薇薇が察して、手を右肩に乗せる。友人からの慰めの仕草に応えようと思ってか、呉筱琴は息を整えて、可能なかぎり落ちついた口調で話を続けた。「あの日は、陸英たちといっしょに夕飯を食べて、やらないといけない課題がたくさんあったからそのまま部屋に帰った。皮肉な話だけど、あのとき金曜日の夜に課題を終わらせようと急いでたのは、日曜日に中学の友達と買い物に行く予定があったからで……なのにあの子たちに会うことはなかった、いまになるまでずっと……」

「大丈夫です、先輩、それ以上は話さなくても」馮露葵は思いやりから話をさえぎった。「だいたいの状況はわかりました。あの夜、先輩たちは二人とも陸英と唐梨の部屋には行っていなくて、唐梨を居室棟から閉めだしたのも陸英一人の考えだったんですね？」

二人そろって黙りこむ。

「明日陸英に確かめてみます。今日はここまでにしましょう」

質問から解放されて、呉筱琴は立ちあがってトイレに向かった。馮露葵は内心、泣きくずれるために行ったのでないことを祈った。そこに、霍薇薇が口を開く。

「陸英は協力してくれないかもしれないよ、姚先輩がいたとしてもかならず質問に答えるとはかぎらないから」

陸英は、姚先輩に敵意を持ってるとしてもおかしくなったんですか？」

「理由はだいたい想像がつきます。姚先生は陸英を疑った」

「まあね」霍薇薇はうなずく。「あの人はだれもかもを疑った」

「ミステリファンは厄介です」

「あの人はどんな可能性も見落としたくなくて、陸英にはナイフを盗られたのは自作自演だったんじゃないかって訊いたんだよ。あれは陸英がいちばんきつい時期で、学校を辞めさせられて、家族とも縁が切れて、ひとりきりで南京でアルバイトして暮らしてたの。そこに姚先輩は電話を掛けて、真っ先に正面からそんなことを訊いたから、陸英はすぐに電話を切った。あとで、姚先輩が力になろうとしたことがあったって陸英が知って、それで二人の関係はすこし良くなったんだけど」

霍薇薇の話の途中で、呉筱琴がトイレから戻ってきて、馮露葵の向かいにふたたび腰を下ろした。顔に涙の痕はなかったが、前髪には水滴が残っていた。

「最後の質問です——二人は、葉紹紈《ようしょうがん》とは知りあいですか？」

「それは……だれ？」霍薇薇が眉をひそめて訊き、呉筱琴も困惑の目で馮露葵を見る。

「事件の夜にも寮にいた、一年生の女子です」

「そんな名前だったんだ」

「なんの記憶もないですか？」相手が首を振るのを見

て、馮露葵は続ける。「私は単純に、その人になにか唐梨を殺さないといけない理由があったか考えてるんですが」

「だれもかもを疑いださないと気が済まないの？」

「姚先生も同じことを訊いてましたか？」

「そう、訊かれた。でも私たちには、あの子と唐梨にどこかで付きあいがあったか思いつかなかったから」

「陸英とは？　凶器が陸英の私物だったんだから、罪を着せるのが目的で殺人を犯したというのもありえるでしょう。それなら、もしその人と陸英になにか因縁があったら……」

「それもなさそう。寮で私たちはいつもいっしょに行動してて、もしなにかあったら私はその人のことを覚えてるはずだから」

「葉紹紈への容疑はいちおう否定できるみたいですね」

「となると、犯行の可能性があるのは私たち二人と陸英だけ？」

馮露葵はうなずく。

「あなたはだれだと思う？」

「わかりません」すこしためらって、口を開く。「強いて言うなら、たぶん霍先輩――あなたです」

「ええ？　どうして？」霍薇薇はさきほど丸めた紙ナプキンをもてあそびながら、気のない様子で尋ねた。

「まず陸英は、自分のナイフで事件を起こして、しかも凶器を無頓着に現場に残していくほど馬鹿じゃない。次に、呉先輩は左利き――食事のときの姿は見てませんが、腕時計を右腕にしているのには気づきました。右利きの人はそうしないはずです、邪魔ですから。そして唐梨の傷口は左の脇腹にあって、犯人は右手にナイフを持っていたはずです。だから、呉筱琴先輩への容疑は否定できます。これで残るのは、霍薇薇先輩一人だけ」

「あなたもミステリファンだったのね」

「姚先生も似たような推理をしてましたか？」

「それは違う。こんな吹けば飛ぶような推理は、あの人なら思いついても言わないでしょう」

「私もそう思います。たしかにあっというまに崩せてしまう」馮露葵は肩をすくめた。「いろいろな形跡を見ると、警察がどう推測するかをあらかじめ犯人が予想して、わざと投げていった煙幕だとも考えられる──陸英は自作自演でナイフが失くなったふりをして、あらためて自分のナイフで殺人をおこなうように図ったのかもしれないし、呉先輩も、わざと右手で凶器を握ることはできる……」

「それだけじゃない。唐梨だって、だれかをかばうために証拠になにか細工をしたかもしれないし、そもそも第一発見者だとか、たまたま通りかかった無関係なだれかも、意識的か無意識にか現場を破壊しているかもしれない。信じようとすれば、ぜんぶの証拠が決定的なものになりうる──でも疑おうとすれば、やっぱりぜんぶ、頼りにはならないと思う」

「姚先生も似たような話を？」

「あの人はすごく悲観的だから」

「たしかに現実も、そんなに楽観できるものじゃない」そう言った馮露葵は、自分の言葉に笑いだしていた。「こんな言葉が女子高生の口から出てくるなんて、滑稽じゃないですか」

「こっちは、あなたが大人になったらそんなことは言わなくなると思ってるけど」霍薇薇は言う。「そういえば、姚先輩に連絡しなくてもいいの？」

「まだ六時になったばかりだから、向こうはまだ終わってないはずです」

「〝向こうが終わる〟まで待ってたら遅いかも。頭がはっきりしてる可能性があるうちに、急いで連絡をとったほうがいいんじゃないかな」

遅い？　頭がはっきりしてる？　その言葉をなんども噛みしめていると、あることに思い至ったような気がした。

慌てて携帯を取りだし、姚漱寒に電話を掛ける。

何度か呼び出し音が鳴ったあと電話がつながったが、応えたのは姚漱寒ではなく、聞きおぼえのない女性の声だった。相手の言葉は簡潔で、なにも言わずとも馮露葵がすでにことの次第を把握していると知っているかのようだった。

「漱寒はもうホテルまで連れてきたから、いつでも帰ってきていいわ」

三人は背の高いビルのまえで足を止めた。夜の暗がりのなかで建物の色は判別しにくく、建物の正面にある巨大なガラスの柱（おそらく展望エレベーターだろう）が真っ暗な本体から見わけられるだけだった。

「ここまでで大丈夫です、姚先生もあなたたちに醜態を見られたいとは思わないでしょう」

「初めてじゃないけどね」霍薇薇は言う。「自分でなんとかなると思ってるなら、手伝いには行かないことにする。機会があったらまた連絡して」

「ええ、協力ありがとうございました。なにか結論が出たら、すぐに伝えますから」

「大丈夫、どのみち私たちはすこしも期待してない」

そう言うと、二人はその場を離れ、後ろ姿が夜の闇と群衆のなかへ消えていく。

馮露葵はひとりで回転ドアを通りぬけ、ホテルに入ると、ロビーで自分を待っている相手が真っ先に目に入った。とはいえ、近寄って声をかける気はまったく湧いてこない。なにしろ、そこに立っている女性は周囲とは場違いないでたちで、とても関わりあいになりたいとは思えなかったのだから。

巻きあげた髪を目につく白いリボンでまとめ、リボンにはたくさんのひだを作っている。黒のワンピースの丈は膝の上十センチほどで、その下には白いニーソックス。ワンピースの型はまぎれもなく時代錯誤で、とくに目を引くのは肩先でふくらんだ羊脚袖《ジゴ》だった。白く縁どられた袖口は不自然に広がっていて、襟元も同じつくりをしている。ワンピースの上にはさらに白いエプロンを重ねていた。エプロンの首元はV字型をして、手のこんだレースが刺繍され、肩紐もレースで飾られている。腰まわりを縛るのも白のリボンだった。

まるでヴィクトリア朝のメイドのように。

その女性はたちまち馮露葵に気づき、歩いてきた。

「漱寒は404号室」そう言って、磁気カードを一枚渡してくる。「部屋は一つしか取ってないから、今晩はひとまず我慢して」

「どうして私がわかったんですか」

「あの子があなたの写真を携帯のロック画面にしてたからね」笑顔が引きつっている。「あなたのことはもう恋敵として憶えた」

「すいません、教師にあこがれる趣味はないので」

「そんなゴキブリを見るような目で見ないでよ、私だってこんな格好はしたくないの。強制されただけ」

「そうですか」

「このまえ、高校の制服を着て写真を撮ってって頼んだら、写真を撮ってたのがあの子のうっかりで生徒に気づかれて。恥をかいた、私が写真を撮るように注文したからこんなことが起きたんだって責めてきて、埋めあわせになんとしてもこの格好で会うようにって……」

「それでその話を呑んだんですか？」

「呑まなかったら会ってくれないんだから」

「姚先生とは大学の友達ですか？」

「一応ね。大学のサークルで知りあったの」

「大学の名前を教えてもらってもいいですか？」軽蔑をまったく隠しもしない。「絶対にそこは志望しないようにするので」

その後二人は、穏やかでないおしゃべりを続けてから別れた。馮露葵は最後まで相手の名前を訊かなかったが、興味もなかった。いずれにせよ明日姚漱寒との話題に出すときには〝先生の友達〟か〝あのメイド服の女〟と言えばわかる。

エレベーターで四階に上がり、部屋に入ると、姚漱寒は唯一のダブルベッドに横になっている。うつぶせで、上着も靴も脱いでいない。試しにふくらはぎを叩いてみたが、まったく反応はなく、くぐもった呼吸の音から息をしているのがわかるだけだった。選択肢はなく、馮露葵は靴（きつすぎて相当な苦労をした）とコートを脱がせ、姿勢を直して、そろそろと頭を枕のうえに落ちつかせ、最後に身体の下から掛け布団を引っぱり出して掛けてやった。

近くへ寄ったとき、姚漱寒の息からはっきりと酒のにおいを感じた。枕元には、まだ開封されていない罪の証が置かれていた。視線をそらそうとしたができない。強力で魅惑的な考えが馮露葵の頭にゆっくりと持ちあがってくる――瓶のなかのものを飲みさえすれば、姚漱寒のようにぐっすりと眠れるのではと。

疑う余地なく、そもそも寝つきの悪い馮露葵にとって現在の状況はそうとうに悪い。ベッドも枕もなじみのないもので、通りに面した窓からは絶えずさまざまな音が聞こえてきて、さらにひどいことに、酒のにおいをぷんぷんさせた酔っぱらいが同じベッドで眠りこけている。出発のまえに馮露葵は十分な覚悟を決めていて、かばんには砂を嚙むようだと予想した本をわざわざ入れてきていた――マキャヴェリの『リウィウス論』だ。しかし誤算は、この本は題名のように退屈ではないことだった。上海への電車のなか、本を開くとすぐに深く引きこまれ、自分の考えと符合する言説がいくつもあった。ともかく、眠気を誘うのには向いていない。

思想闘争ののち、馮露葵は小ぶりな褐色の瓶を手にした。

これからしようとしていることははっきりと校則に

反していて、重大さでは当時の霍薇薇たちの喫煙に匹敵する。しかし実行したとしても、それを知っているのは姚漱寒だけで、しかも姚漱寒の立場では学校に知らせるわけにはいかない。考えてみれば、実際に責めを受けることになるのは、教師としてそれを止められず、身をもって範を示すこともできなかった姚漱寒だ。だから結論としては、校則に違反する行為も学校には知られず、まして追及されるはずもない。

そう確信した馮露葵はふたを封じていたビニールを剝がしとり、カラメル色のふたを開けて、瓶の口を鼻の下へ持っていきなかの液体のにおいを嗅いだ。最初にアルコールのにおいが鼻を突き、次には危険で怪しげな石油くささ、その終わりに、おぼろげに果樹の香りを嗅ぐことができた。

とはいっても馮露葵には、いま鼻を満たしているにおいと、これまで聞いてきた美酒を称える言葉とを結びつけることができなかった——芳醇、馥郁、薫香——ふだん広告に出てくるそういった言葉がどれも嘘のように思える。

瓶の口を鼻から離し、白いラベルを見つめると、まったく見慣れない英語の語句が書かれている——SINGLE MALT WHISKY。最後の単語がウイスキーのことだというのはかろうじて知っているとはいえ、〝ウイスキー〟がいったいどういうものなのか、知識らしいものはまったくなかった。

幸か不幸か、馮露葵はその裏のラベルには目を通さず、なので小瓶に入った液体のアルコール度数が43度で、容量が180ミリリットルであることは知らない。知っていたなら、中身のほとんどを一気に飲むことはなかったかもしれない。

たちまち馮露葵は後悔する。

喉が焼けるのを感じ、『史記』の〈刺客列伝〉にある炭を呑んだ豫譲《よじょう》の話をふと思いだした。喉のつぎは食道、そして胃袋に、灼けるような強烈な熱が体のなかを行きわたり、続いてめまいがやってくる。

ふらつきながら、全力をふりしぼって瓶をもとの場所に戻し、ベッドの反対側に回りこんで横になった。しかし、頭を枕に落ちつかせても、部屋全体が回転している感覚は去らない。

目を閉じると、蛍光灯の残像がまだまぶたの内側に残り、めまぐるしく回りつづけている。

いい夢が見られるかもしれない――そう思ったが、結局は一晩中夢そのものを見なかった。

自分がゆるやかに湖の底へ沈んでいくのを感じる。しかし言葉は湖面に置いてきていた。

眠りというのは、言葉を欠いた、なにものも存在しない場所へ意識が滑りだしていくことなのか――なにかを悟ったような気がしたが、言葉にすることはできず、記憶にとどめることはなおさらできなかった。

次の日の朝、姚漱寒に起こされたときにはあらゆる体験をきれいに忘れていた。

3

「まだ頭が痛いの？」馮露葵《ふうろき》が右手の人差し指と中指でこめかみを押さえ、辛そうな表情を浮かべているのを見て、姚漱寒《ようそうかん》は気づかう口ぶりで訊く。「でもだれも責められないわ、ぜんぶ自分の招いたことなんだから」

「もしこのことを先生が上に報告したら、私は処分を受けますか」

「処分があるかはよくわからない。でも生徒会長は続けていられないでしょうね」

「なら先生は？　監督不行き届きでなにか処罰はないんですか？」

「ちょっとした説教がせいぜいね。そもそも私がむりやり飲ませたわけじゃないし」

「生徒を連れてホテルの部屋を取っても責任問題にならないんですか」

「女性教師と女生徒が節約のためにいっしょに泊まっても、騒ぐようなことじゃないでしょう」

「もし私が、先生に飲まされて乱暴されたって言ったら先生も弁明はできないでしょう?」そう言うと、馮露葵は痛む頭をさするのをやめ、冷えた窓ガラスに直接付けることに決めた。「なにしろ、ゆうべいったいなにが起きたか、先生はきっとぜんぜん憶えてないいんだから」

「ええ? 私を脅してるの?」

「ただの冗談です。先生は人に漏らさないって信じてますよ」

「漏らさないわ——べろべろに酔っぱらわないかぎり」姚漱寒は言う。「ただ、しょっちゅうあることだけど」

「先生には私から禁酒させる義務がありそうですね」

車窓の外にはときおり木々や湖が通りすぎていくものの、ほとんどのあいだ、馮露葵の視界はたえず情緒のない建物に占められていた——変わりばえのしない田舎家に工場、分譲住宅が、憂鬱な空の下で、生気なく立っている。ときに目に入ってくる生きた人間も、あっという間に過ぎさっていく小さな斑点でしかなく、夏の日に視線を下げれば目に映る、踏み殺してもさしつかえのない虫けらとなんら変わらなかった。

視線を周囲の人間に向けてみる。

乗っているのは北京行きの電車で、乗客の大多数は数時間の長距離の旅をするのだろう。ただ彼らは十分な準備をしているようには見えない。することのある人間はわずかで、うまく眠りについた乗客もごくわずかだった。馮露葵は彼らを観察する——ぼうっとして、目はじっと正面を見つめている者、窓の外を見ている者が明らかに風景には興味のない者、ほんのすこし物音がすると野次馬のように即座に目を向ける者、携帯を出して知りあいに電話を掛けたが話すほどのこともない者（しかも電波が悪いせいでしょっちゅう叫んでいる）――そうしていると電車がトンネルに入り、窓には馮露葵自身の姿が映って、自分も〝彼ら〟の一人でしかないことに気づいた。慌てて膝に置いていた『リヴィウス論』を開いたが、頭痛のせいで読書に集中できない。その苦痛と退屈を察したかのように、横でうつらうつらしていた姚漱寒がまた話しかけてきた。

「来るときずっと訊きたかったんだけれど、どうしてそんな退屈な本を持ってきたの？」

「ただ眠くなるためです」

「政治哲学に興味があるんだと思ってた」

「ありませんよ。理系を選んだので」

「理系科目は好き？」

「好きも嫌いもないです、志望できる学科がちょっと多いってだけで」空虚な声で言う。「先生は？　大学でどんなことを勉強したんですか」

「正直言って、もうぜんぜん覚えてないの。受験のときには思いつきで哲学科を志望して。大学の一年目は専攻を分けないで、もっともらしく〝一般教養〟と名づけて学生に専門以外の基礎的な常識を把握させるというんだけど、実際にはただの時間の無駄で、たんなる冷やかしみたいなもの。二年生のときには将来学校に残って研究がしたいと思って、ドイツ語を独学してみようとしたけど、結局続ける気力がなくて、英語もほったらかしになってた。三年では分析哲学に夢中になって、毎日数学科の授業を聞きに行ってたけどさっぱりだった。プログラミングについての本もちょっと読んだけど、それもプログラマになれるレベルには達しなかった。四年になって、長じた点もなければなにひとつ成しとげていないことに気づいて、魏晋《ぎしん》の玄学《げんがく》についての論文を急いで仕立ててあげてとりあえず卒業だけしたの。新聞社とか証券会社でインターンもしてみたけど、結局ひとりで上海に残っても面白くないと思って、母校の高校に戻って司書をやってる。私の人生は失敗かな?」

「失敗とは言えませんね、まあ普通ってところです」

「そう? これでも普通って言えるなら、大学の四年間生真面目に勉強して暗記してる学生たちにとても合わせる顔がないわ。でも言いたいことはわかる。結果から言えばたしかにごく普通で、ともかくなにも成しとげたわけじゃない。大学に入るまえには意気揚々としてたのに、最終的にはこんなものだった」

「先生は、人生に失望したせいで酔いつぶれてるんですか? ロマン主義って感じですね」

「私が自分で酔ったんじゃなくて、あの女がずっと飲めって譲らないから」

「大人の世界はほんとうに大変ですね」

「そこまで複雑でもないけれど。単に——」姚漱寒はしばしためらい、この言葉を高校生に聞かせるべきではないと感じているようだったが、それでも口にした。

「自分の位置を早く認識しておけばまだ気楽に生きていけるってだけ。私は二、三線都市の学校で静かに司書をやっている端役でしかないの。それ以上の野心はないし、いまの生活を変えたいとも考えない。生活の苦しい人を見れば同情して、見栄えのいい生活を送ってる人を見ても大して羨まない——そう生きていれば、いくらか気楽でいられる」

「いかにも、歳を重ねた人が言いそうな話ですね」

「経験からの話だからね」

「先生にとって、推理小説っていうのはなんになるんですか? 単調な暮らしのちょっとした暇つぶし?」

「そうね。好きなことがあるならそれを生涯を捧げる先にするものだと信じている人もいるけど、私はもうそんな歳は過ぎた」そう言いながら、馮露葵の膝で開かれていた本に目をやった。『『リウィウス論』を読んでるなら、西洋の古代史にはすこし詳しいんでしょう、プルタルコスは読んでる？」

「『英雄伝』ですか？　まだですけど」

「それはほんとうに残念ね。私は〈ペリクレス伝〉の一節が大好きなの――〝他の事柄となると、成果に感嘆しても、それを自分でやってみようという気持がすぐに伴うわけではない。往々反対にして、われわれは作品を喜んでもその工人を軽蔑するものだ〟」

「そうなんでしょうか」

「プルタルコスは例を挙げてる。それによると、〝香油や紫染の着物の場合、これらの製品を喜んでも、染物師や香油製造人は自由身分にふさわしくない卑しい職人だとみなしている〟。アレクサンドロス大王の父親は、息子が琴をうまく弾けるのを知ったときには、〝恥とは思わないのか〟と訊いたらしい」

「ただの当時の人の偏見でしょう」

「現代の人間に同じような偏見はない？　この言葉を小説家に当てはめてみたらどう――とくに推理小説なんて、まともな扱いを受けない通俗小説を書いている人に。結局のところ、読書の好きな人だって、自分がまともな生活を送っていたら、小説家を相手にするときには軽蔑の視線を向けるものでしょうね」

「崇拝するんじゃないんですか」

「それはあなたぐらいの歳でないと持たない考えかたね」姚漱寒は言う。「そもそも不安定な職業で、生活は完全に運頼み――幸運にも創作の才能に恵まれていて、幸運にも家族の理解と支持を得られて、幸運にもずっと新しいアイディアを考えることができて、幸運にも編集者の目に留まって、幸運にも読者に認められて、いろいろな幸運が一つに重なったときだけ、かろうじてお腹を満たすことができる。でも、こういう〝幸運〟をすべて集めるのは、言うほど楽なわけがないでしょう」

「ほんとうに後ろむきですね」馮露葵は額を押さえる。

「もしくは、現実的すぎる」

「私だって思ったことを言っただけ。身近に一人、前からものを書いてる友達がいて。自分を追いつめるだけならいいけど、しょっちゅう身近な人間に迷惑を掛けるの。だから私は普段から、あんなに文章を書くことに執着して、ほんとうに意味があるんだろうかって思ってる。好きなものとはすこし距離を保って、ひとまず生活にいくらか余裕を持たせるのがいいんじゃないかって……」

「そういうことは私に聞かせないほうがいいですよ、とりあえず、未成年の私には未来にある程度期待を持たせたほうが」

「でも、期待はあまり大きく持たないことね」姚漱寒は冷静に答える。「ほんとうに失望するから。自分にとっても、周りにとっても、期待が大きすぎるのは失望を招くことになる」

「先生に失望しました」

「そう、それは偶然ね」長いため息をつく。「私も同じ」

　二人は南京《ナンキン》南駅で電車を降りたあと、地下鉄に乗って大行宮《ダーシンゴン》駅にやってきた。姚漱寒と葉紹紈《ようしょうがん》は南京図書館で会う約束をしている。図書館は古都の情緒に似つかわしくない現代建築で、乳白色の壁と、緑色の漏斗型をしたガラスの構造物は、見る者に直感的に宇宙文明を連想させた。現代建築にはＵＦＯめいた様式の建物も少なくないが、南京図書館はそうではなく――まるではじめになんの変哲もない直方体の建物を作り、そこから一部分をえぐりとったようで、そのえぐった部分がちょうど円盤状をしている――強いて言うなら空飛ぶ円盤が停泊するための台座、宇宙生物がそこで補給を済ませ、拠点として地球を攻撃でもできそうだった。

　しかし姚漱寒にはそう見えない。

「水槽にそっくりじゃない？」そう口にする。

それに構う気は馮露葵になく、まっすぐに長い階段を上っていきロビーに向かった。ドアを一つ入ったところで、二人は葉紹紈の姿を目にした。

茶色のセーターを着て、ミニスカートの下に長いズボンを重ね穿きし、オレンジ色のダウンを手に持っている。馮露葵はこの相手の性格をすこし推測してみて、個性と言えるものはないのかも、と結論に至った。容貌は、顔も鼻も平らで、眼鏡をかけているせいでさらに彫りが浅く見えた。眼鏡はかなり度数が高いらしく、レンズごしに見える目は縮んで一筋の線になっている。唇は片方しかないかのように薄い。つまりは、目にしたとしてもまったく印象を残さない顔だった。

登録カウンターの近くの長椅子に三人は腰を下ろし、まず切りだしたのは姚漱寒だった。

「前回会ったのはいつだった？」

「二年前の教師の日（九月十日）？」二人はあいだに馮露葵を挟んでいたが、葉紹紈の答える声は弱々しかった。

「私も憶えてません」

「連絡したときちょっと心配してたの、私がだれかもう憶えてないんじゃないかって」

「そんなことありません。あれだけいろいろ姚先輩の噂を聞いてて、忘れるはずがないです。むしろびっくりしたんですよ、先輩が私のことを憶えてるなんて」

「もちろん憶えてる。多かれ少なかれ、あなたもあの事件の被害者なんだから。転校してきていくらもしないのに、あんなことに巻きこまれて……」

それを聞いて葉紹紈は首を振る。「先輩は思いやりがありすぎます。私はただの容疑者ですよ」

空気がわずかにこわばったのを感じてか、姚漱寒はしばらくうなったあと、馮露葵の肩を叩いて「あとは任せた」と一言口にした。

葉紹紈は、馮露葵にとっても明らかに苦手な種類の相手だった。

「生徒会長を務めている馮露葵です。一部の生徒の求めで、五年前の事件を改めて調べています」相手がそれ以上具体的な理由を訊いてこないのでほっと息をつき、急いで話を続ける。「これだけの期間が経っているのに、葉先輩に時間を割いてもらうことになって申しわけありません」

「大丈夫、時間ならあるから」

「先輩はいま、南京の大学に通っているんですか？」

「そう」

「週末も図書館で自習ですか、熱心ですね」

「そうじゃない」葉紹紈の口ぶりは冷めきっていた。

「通ってる大学がごく平凡で、学校の図書館はまったくあてにならないから、ここで何冊か参考にする本を借りにきただけ」

はじめ馮露葵は相手の人となりについてすこし訊こうと考えていた。たとえば進んだ学科や大学生活の感想のように。ただ向こうはそういった無関係な質問をあからさまに歓迎しておらず、諦めるしかなかった。

とはいえ、いま本題を切りだすにはまだ尚早のように感じる。問題の夜の出来事を聞きだすだけなら、わざわざ当事者と接触する必要もなさそうだ。裏を返せば、この機会を得られたからには、容疑者それぞれについて深く理解するほうが大事と考えている。それによって山ほど無用な情報が集まるとしてもかまわない。これは生徒会長を務めての感想でもあった——多く話を聞いておいて損はない。

「あの件で、先輩の高校生活になにか影響はありましたか」

「なにも。みんなすぐに忘れてしまった」

それもうなずける話で、被害者は同じ学年の生徒というわけでもなく、葉紹紈の同級生たちにとってくだんの事件は自分とある程度の距離があっただろう。

「まわりの友達はみんな警察の結論を信じてましたか？」

「たぶんね。ルームメイトのいじめにあった女の子が、袋小路に追いつめられてしまった。理屈は完全に通るでしょう」

「あなたは？　葉先輩も、唐梨《とうり》は自殺だと思いますか？」

「たぶんそうでしょう。私もあんな仕打ちを受けてたら、きっと思いつめてた」

「事件のまえ、寮生たちは唐梨がいじめられていることを知っていたんですか？　たしか、当時あなたは同じ階に住んでいたとか……」

「あのときは転校してきてすぐで、よくわからないことばかりだったから。でも噂を聞いたことはあった、二年生の先輩に、なにをするにも片時も離れない二人がいて、そのうちの一人の身体に青あざがあるのをお風呂で見た人がいるって。みんなその二人を妙だとは思っていたけど、いじめという方向にはだれも考えなかった——みんな、唐梨先輩が望んだことだと思ってたから」

「どうしてそう考えたんですか？」

「望んだことでないなら、あれだけのいじめを受ければとっくに先生に訴えているはずだから」

「脅迫を受けていたと考えてもありえるでしょう」

「言われてみればそう。でもみんなそうは考えなかったの。たぶんわかるでしょう、その年頃の女の子の考えかたは——いや、あなたの年頃の女の子と言ったほうがいいか」葉紹紈は言う。「みんな純粋すぎた。結局は、なんの挫折も味わっていない単なる優等生たちの集まりで、なんでも素敵なようにしか考えない」

たしかに、唐梨が望んだのだとしたらそれはとても素敵なことで、それどころか顔が赤らみ鼓動が速くなることだろう——そうした幻想は暗い灰色に彩られた寮生活における一輪の薔薇のように、禁忌の棘と甘美な露を纏う。そのくらいの歳の女子たちがあこがれを持つ出来事に違いない。つまるところ、傍観者が望みを託しているだけでしかないにしても。

「真相を知ったらみんな失望してた。でもすぐに新しい話題が見つかったの。同じように殺人の容疑がかかってた先輩二人のこと。それまでもよく、例の二人の先輩とくっついてて、前から気には留めてて。唐梨先輩が亡くなって、陸英《りくえい》先輩が学校を辞めさせられてからは、たちまち残りの二人が私たちの話題に挙がった。だれも近づこうとはしなかったけれど、みんなそこから視線を外すことも望まなかった」

「あなたたちは、ほんとうに……つまらないですね」馮露葵が言う。「でも、寮生活はそもそもが退屈でしょうね」

　そのとき、姚漱寒が唐突に会話をさえぎった。

「そういえば、最近あなたについての噂もちょっと聞いたけど」明らかに馮露葵のことを言っている。「〝素敵な〟やつばっかり」

「具体的なことはわからないですけど、私からすればぜんぜん素敵じゃないのは想像できます」

「あの日いっしょに図書室へ来てた女の子は、なんていう名前なの？」

「その話ですか……」

　話を聞いて馮露葵の額のあたりがまたわずかに痛みだし、こめかみの近くの血管もせわしなく脈打っている。

「週末にはその子、あなたの住んでる家に泊まっているし、その子を連れて食堂に夕食をとりに行ってるのも見た人がいるって……」

「どっちも生徒会役員だから、ときどき相談するようなこともあります、それだけです」

「一晩じゅう相談する必要があるの？」相手から白い目を向けられているのに気づいても、姚漱寒は素知らぬ顔でいる。「必要みたいね。そうだ、別の話では、あなたがときどきその子のクラスまで行って呼びだして、なにかを渡しているそうね。毎回新聞紙でぎっちりと包まれていて、受けとったらこそこそした様子で隠すとか」

「参考書です。もともとはスポーツ特長生で、しょっちゅう授業についていけなくなるんですが、生徒会の体面をつぶさせるわけにもいかないから、私が手助けすることになってるんです」

「噂話はみんなほんとうみたいね。あなたたちの苦衷はだれも気にしない、どうせ」そう言って姚漱寒は笑った。「みんなが〝いちばん素敵〟な方向に推測するんだから」

「わかりました。かならず生徒たちの課外時間をもうすこし充実させる方策を考えだして、一日中ひたすら妄想をたくましくしてそんなくだらない話をでっちあげないようにさせます」

「無駄ね。どれだけほかの娯楽があったとしても、みんなが政治家とアイドルのスキャンダルに関心を持つのは避けられない」

「政治家とアイドルですか。よく考えてみると近い存在ですね。どちらも慎みのない記者に追いまわされて、実際を知らない群集に唾を吐かれて、それにあらゆる手を尽くして票を集める。先生から見て、私はどっちに近いと思いますか」

「もちろん政治家ね。酒にはもっと強くなる必要はあるけど」

「先生、ちょっと……」

馮露葵は〝知ってる人のまえでその話はしないでください〟と言おうとしたが、〝知ってる人〟という言葉からふいに今回の遠出の目的と、横で放置されている葉紹紈のことを思いだした。

「さっきまでの話を続けることにしましょう」葉紹紈に向かい言う。「事件の夜のことについて思いだせますか?」

「ちょっと曖昧。そのときの私にとっては、なにも起こらない日だった。消灯時間までひとりで予習をして、寝る支度をしにいったときに洗面所で先輩の一人に会ったの。たぶん呉《ご》って人のほう。疲れきってるように見えた。私はなんの話もしなかった。唐梨の部屋は洗面所の向こうがわで、まえは通りがからないし、そこからなにか物音が聞こえたってこともない」

唐梨が寮から閉めだされたのは消灯後のことで、葉紹紈が洗面所に行ったのはきっとそれよりまえ。陸英が唐梨をいじめる場面に出くわしたはずはない。ただ——

ある問題が馮露葵の頭に閃いた。前日に霍薇薇《かくびび》たちへこのことを訊かなかったのを後悔する。幸いいままでもそこまで手遅れではない。

「葉先輩、次の日の朝にも洗面所へ行きますよね。そのとき洗面所になにか異変はありましたか?」

「思いださせて」しばらく黙りこんだあと、葉はふたたび口を開く。「たしかに、不自然なところならあった。洗面所に入ったら変に寒い気がして、冷風が容赦なく吹きつけてきたから、顔を上げてみたら開きっぱなしの窓があった」

「先輩は、だれが開けたならありうると思いますか? もっと早くに顔を洗いに来た人か、それとも……」

「その日はかなり起きるのが早くて、だいたい五時半ぐらいに顔を洗いに行ったら窓の外はどこを見ても真っ暗だった。私より早かった人はいないはず」

「なら、寝るまえにだれかが開けたというほうがありうる?」

「私の考えでは、たぶん陸英でしょう。窓を開けたのは、朝に戻ってきた唐梨が入ってこれるように」

「それで先輩は、窓を閉めたんですか?」

「そう。冷たい風がえんえんと入ってきてた。それに外側の鉄格子は取りはずされて、取りつけ直すのを待ってるときだったから、すぐに戸締まりをしなかったら知らない人が入ってくるかもしれない」

「そのとき先輩はまだ陸英が唐梨をいじめていることを知らなかったわけで、窓が開いてるのを見たとき、まず思いついた可能性はなんだったんですか」

「可能性？　そういうことを考えもしなかった。すぐに顔を洗って部屋に戻ることしか考えてなかった」そう答える。「洗面所が寒くて」

「窓以外でなにか、ほかに異変はありましたか」

「気づかなかった」

「それからどういうことがあったんですか、死体が見つかったその日は……」

「顔を洗ったあとは部屋に戻った。補習が始まるのは八時半で、八時十五分に部屋を出て教室に行こうとしてたら、警察の人が先に来たの」

「だいたいいつぐらいに？」

「八時何分かまえかな。寮監のおばさんが警察の人を部屋に案内してきて、すこし話を訊かれたの。制服にはもう着替えてあったからよかった。なかに下着も干してなかったし、知らない男の人が部屋に入ってきてもそんなに困らなかった」

「質問の内容は？」

「憶えてない。いずれにしてもよくある質問でしょう。あとで、たしか次の週の火曜の昼にも、会議室に呼びだされて証拠品を見せられて、見覚えがあるか訊かれた」

「折りたたみナイフですか」

「折りたたみナイフ？　違う」葉紹紈は首を振る。「ゴムの長靴だった」

　その答えは馮露葵にとってやや予想外だったが、質問を続ける。「見覚えはあったんですか」

「いや――警察にも同じように答えて、それから呼びだしはなかった」

「当時のこと、わかりました。先輩にこんなに時間を取らせてすいませんでした」

「私も、使える情報がぜんぜん提供できなくて……」

「いえ、先輩からはとても重要な手がかりをもらいましたよ」

「そう？」

「洗面所の窓が開いてたっていう事実は、ちょうどある推測を裏づけてくれました。陸英にもいくつか確認したら、もしかすると結論が出るかもしれません」

「それはよかった」言葉ではそう言うが、口ぶりに喜びはわずかたりとも感じられない。おそらくこの相手にとって事件はなんということもない些細な挿話でしかなく、数年を経ての話の種にすらならないのだろう――被害者と面識はなく、死体も見ておらず、ほんとうの意味での未解決事件ではなく、すべて合わせても警察からの質問にいくつか答えただけ――そんな経験を大学のルームメイトに聞かせたところで、聞かされたほうもなんの興味も持たないことだろう。

「とにかく、先輩の協力にはとても感謝してます」

このとき馮露葵は、〝結論が出たらかならず伝えます〟とは言わなかった。どのみち相手も興味は持っておらず、こちらも喜ばれもしない社交辞令を言う趣味はなかった。

近くで昼食を済ませたあと、二人は南京図書館の裏手の太平北路を北に向かった。ひどく見栄えのしない道だった。もともと道端に植わっていた木々は移され（伐採に遭ったのでなく移されたのであってほしい）、地面の煉瓦や、コンクリートやアスファルトは掘りかえされ、深く掘られた溝が向こうへ延びている。周辺には処分の追いついていない泥が溜まり、表面はすでに乾いていて、強い風がしきりに砂を巻きあげては通行人に吹きつけている。

「なんのパイプを敷いてるんでしょうね」

「地下鉄の工事らしいけど」

「もう何年もかかりそうですね。南京の学校を志望するのはやめます」

「選り好みが激しいのね、私たちの市にまともな大学なんかなくて、いずれ外の大学に行くことになるのが残念。もともとここに生えていた梧桐《アオギリ》の木と同じで、場所を移される以外に選択肢はないということね。そうなった以上は強くいたほうがいいわ、あんまりわがままを言わないで」

「また先生の説教」

「むかしある文人が書いた賦《ふ》が、このことを詠っているの。一本の木が、別のところへ移されてすぐに枯れてしまって……」

「庾信《ゆしん》なら知ってますよ」相手の見下しを感じとった馮露葵から、締めくくりの一節が口をついて出る。

「〝昔年《せきねん》柳を種《う》えしに、漢南に依々《いい》たり。今揺落するを看《み》て、江潭《こうたん》に凄愴《せいそう》たり。樹すら猶お此くの如し、人何《なに》を以ってか堪えん〟」

「でも、〈枯樹の賦〉よりも好きな、木を詠った詩があって。〝交譲《こうじょう》未だ全くは死せず、梧桐《ごどう》唯だ半ば生く〟（〈慨然成詠〉）」

「そういう年寄りじみた言葉は、先生によく似合ってますね」

「私がもう年寄りだって思ってるの？」姚漱寒はため息をつく。「あなたとは六、七歳しか違わないでしょうに」

「いや、ただ後ろむきで厭世的だと思うだけです。それに先生たち推理小説ファンは、なんというか」こちらも軽くため息をつく。「こういう死に関する不吉な言葉が好きだから」

そんなことを話しながら、二人は最初の十字路にさしかかる。通りを渡った右側は史跡の総統府《そうとうふ》で、そのまえには観光客と観光バスがひしめいている。人混みの嫌いな馮露葵はここからどこへ向かうのかわからず、あちらへ行かないことばかりを願った。

幸い、目的地は違った。

通りを渡ったあと、姚漱寒に連れられて左手の路地に曲がる。

「陸英はこの近くで働いてるの」

それを聞いて、おのずと馮露葵の視線は左手にある美術館や、赤レンガで建てられた巨大な中華民国期の建築に向いた。

「そっちじゃなくて」察した姚漱寒がつけくわえる。

「あそこのコンビニ」

指さす方向を向けば、蘇果《スーグオ》傘下の〝好的《ハオドー》〟、二十四時間営業のコンビニが目に入る。江蘇省ではありふれたスーパーのチェーンだが、こんなひっそりした路地でも見かけることになるとは。

「近くに学校があるからそれなりに繁盛してる」質問していないのに、姚漱寒は勝手に説明を始める。「陸英はここで何年も働いてて、はじめはアルバイトで、去年やっと正社員になれた」

「高校を卒業してないのを考えたら、いい仕事に就けたことになるでしょうね。ひとまず安定はしてる」

「そうはいってもやっぱり辛いでしょう。夜勤に回れば昼夜は逆転する。それに出世の可能性なんてない。はじめのころの同僚はみんな歳がいってリストラされた人たちで、陸英はあれだけ若いし、南京の生まれでもないから、そこでもかなり苦労したって」

「それが応報ですか」

「ほんとうに因果応報があるなら、あなたの毒舌も、いずれ報いが来ると思う」姚漱寒は苦笑いを浮かべた。

「最近、そういう人たちがやっと引退の年になって、新しい同僚はだいたいが同じよそからきた若者で、陸英もどうにか報われて先輩として新人を指導できるようになったの」

「霍薇薇先輩は、陸英は私たちに協力しないかもしれないし、先生に敵意を持ってるかもしれないと言ってましたね」

「まえにすこし、誤解とちょっとした対立があったけど、いまはもう大丈夫なはず」

「先生が前回に会ったのはいつのことなんですか」

「あの子が学校を離れてからは会ってない。近況はぜんぶ呉筱琴《ごしょうきん》たちから間接的に聞いただけ」

「なんだか心配です」

「安心して、霍薇薇たちみたいに膝を突きあわせてじっくり話はしてくれないかもしれないけど、一つ二つ質問に答えるだけの忍耐はきっとある。今回は迂回戦術とかを取るのはやめて、すぐに本題に入ったほうがいいかな」

「わかりました、そうしてみます」

コンビニに入って、馮露葵はまずあたりを見回した。思ったとおり店構えは小さく、置いているのは菓子や飲み物、清涼飲料ぐらいで、近くに学校があるせいなのか、文房具を並べた棚もあった。このとき店内に客は一人もおらず、黒のブラウスに赤いエプロンを着けた女性の店員が二人いるだけだった。中年の一人はビールを箱から冷蔵庫に並べていて、一回り若いほうの店員はカウンターの向こうに立ってぼうっとしている——ほぼ間違いなく、こちらが目的の相手だ。

まっすぐカウンターへ向かうと、ここで相手が胸に付けた名札が見えるようになった。予想は正しかった。

陸英は茶色の髪をセミロングに伸ばし、頭の後ろで束ねて、とても短いポニーテールにしていた。やっとゴムで結べているくらいに。化粧はしているようだが、眉毛が濃すぎるだけのようにも見える。全体としては美人の部類で、精気があればおそらくきりっとした容貌だろうが、惜しいことに力のない表情はひどくやつれていて、その顔にあるべき輝きを奪っていた。よく見ればわかるが肌のきめは粗く、涙袋も目立ち、目尻にはいくらか皺が刻まれ、額にはいくつか吹き出物が見える。

馮露葵が商品をまったく持たずにカウンターへやってくるのを見て、陸英は相手が何者で何をしに来たか理解したようだったが、ものうげに一瞥しただけでなにも言いはしなかった。

「陸英先輩ですか、私は……」

「その呼びかたはしないで。そっちの通ってる高校と私はぜんぜん関係ない」そう口にするとき陸英はカウンターの天板に目を落としていて、言いおわるとわずかに身体をよじり、手を突いて軽く身を乗りだした。

「ごめん、仕事中で、三時になったら十分間休憩がある。訊きたいことがあるならそのときにして。外は寒いけど、入口のところで待っててくれるかな」

お客さんはいないのに——そう口応えする勇気はこのときの馮露葵になかった。そう言ってしまうと、陸英がまったく質問に答えてくれないのではないかと心配だった。陸英の背後にある掛け時計が示す時間は二時二十五分で、半時間ならあっというまに過ぎる。相手の言葉に従うことにし、儀礼的に「またあとで」と口にすると、店の外へと出ていった。

姚漱寒は結局一度も店に入っていない。結果がこうなるだろうことはわかっていたからだ。陸英は五年前の事件の容疑者なのだから、同僚のいる場で馮露葵の質問に答えるはずはない。

「三十分後の休憩のときに質問を受けてくれるそうです。私たちはここで待てと」

「寒くない？　それとも座れるところを探そうか、たしか近くにメイド喫茶があったけれど」

「時間が足りないでしょう。それにそんなところに行きたくないので」

「なら近くをぶらついてみる？　近くの外国語学校には美少女がたくさんいるっていうから」そう言う姚漱寒はどこか興奮している。「今日は週末だけど、もしかしたら補習の生徒が……」

「ここで待ちましょう」馮露葵は断固と、諦めの気持ちで答える。

そうして二人は十二月の寒風のなかに立ち、ときおり顔を上げて暗雲の埋めつくす空を仰ぎ、数分のあいだ一言も発しなかった。退屈しのぎにあちこちを見回し、入口に貼ってある求人の知らせに目が留まる。募集している店員はレジ担当と品出し担当、売り場の監視と生鮮品の管理の四種類で、監視員は男性限定、保証されている月収は二千元から二千四百元（約三万二千円から三万八千円）のあいだだった。そのうち、女子三人が連れだってコンビニに入っていき、この三人が新たに馮露葵の観察対象になった。三人ともパステルカラーの毛織のコートを着ていて、一人は前のボタンを留めておらずなかに着ている学校指定の服が見えた。白の運動着で、ジッパーの周りだけがオレンジ色になっている。二人は紺色のスウェットパンツを穿いているのが見える。残る一人はそれよりも寒さに強いらしく、長いスカートにニーソックスを合わせていて、これもすべて紺色だった。惜しいことに上半身はきっちりとコートを着こんでいるうえに毛糸のマフラーを巻いていて、馮露葵にその制服の全貌はわからなかった。

「かわいいじゃない？」三人がコンビニのいちばん奥の冷蔵庫まで行き、色鮮やかなペットボトルの数々をまえに決めかねているとき、姚漱寒は馮露葵の耳元に近寄って小さな声で言った。

「ショートカットの子がすごくかわいいです」

「私は眼鏡の子のほうが好きかな、ちょっと小悪魔っぽい」

「先生、もしあの子たちが私たちの会話を聞いて通報したら、責任は取れるんですか」

「私が考えているのは、ここで働いている陸英は、毎日近くの高校の女子が買い物にやってくるのを見て、どんな気分かってことだけど」

「いや、先生がそんな真面目なことを考えてるはずが……」

「あの子たちを見て、陸英は過去のことを思いだすかな？　当時の自分もこのくらいの歳で、唐梨もそうだった」

「はじめはそうだったかもしれません。時間が経つにつれて、もう麻痺してると思いますよ」この話題にまったく興味はないが、馮露葵は相手の意図に従って話を続け、時間つぶしにした。「先生は、毎日学校で十六、七歳の女の子たちを大勢見て、昔のことを思いだすんですか？」

「ときどきね」姚漱寒は言う。「とくに、あなたを見ていると」

「なら陸英もたぶんそうです」

「でも私とは状況がまったく違う。あの子にとって高校生活はあっという間のことで、しかも悔いと挫折にまみれてる。でも私にとってはおおかた円満で、やりたいことを山ほどやって、すぐには拭いされない足跡も残した。失敗した大学生活と比べたら、高校時代は私の人生の頂上のようなもの。唯一の心残りは、たぶん唐梨の件ね」

「先生の人生は、頂上が来るのが早すぎませんか」

「終わるのが早すぎたの。これからも上向いてくれることはありえない」こともなげに自分の人生について語り、そして話の向きを一転させた。「でも、一生を平地か、谷間で生きる人もいる……」

「私のように？」

「陸英のように。あの子と唐梨の人生は同じときに終わったの。形が違っただけで」

三人の女子は買い物を終え、コンビニを出てくるところだった。いちばん後ろを歩いている女子は手にビニール袋を提げていて、なかには菓子と飲み物が入っていた。馮露葵もふいに渇きを覚え、なかでなにか買おうと考えた。

そのとき、陸英が入口に姿を現した。

「もう時間になりましたか？」

「いや」陸英はぼんやりと答えると、ズボンのポケットから煙草とライターを出した。「どうせ客はいないから」

煙草を一本出し、パックをポケットに戻して、寒風のなか、力尽きかけていたライターで苦労しながら火を点ける。どうも意識してのように風上の側に立ち、一度ふかすたびに煙がたちまち馮露葵を襲う。位置を変え、相手の向かいに立つしかなかった。

姚漱寒は先見の明があったかのようにもっと離れたところに立っていて、三、四メートルの場所から陸英に挨拶をした。

「すいません、これだけの時間が経ってから、暮らしを邪魔しに来て」そう言う馮露葵に謝罪の気持ちはつゆほどもない。

「暮らし？」陸英はまた煙を吐きだす。顔を横にそらさず、狙ったように煙を吹きかけているが、煙はすぐに風に散らされてしまっていて思うようにはいかなかった。「長いこと聞いてなかった言葉だから、そういうものがあるなんて忘れるとこだった。訊きたいことがあるなら早くして、これを吸いおわったら仕事に戻るから」

「まず、例の折りたたみナイフについて訊きたいです。失くなったのに気づいたのはいつのことでしたか？」

「木曜日の夜。放課後、部屋に戻ってコートを脱いだけど、ナイフはそのポケットに入ってた。たぶん夜の八時あたり、コートをしまおうとしたとき、ナイフが失くなってるのに気づいた」

「失くなったのはいつがありうると思いますか」

「食堂に行ったときかな。ほかの時間はずっと部屋にいて、食堂から戻ってきてからも動かなかったし、その日の夜は霍薇薇と呉筱琴もいたから」

「食堂に行くとき、そのコートはクローゼットに入れたんですか」

「いや、椅子の背もたれにかけた」

「鍵はかけてましたか」

「いや、ドアを閉めただけ」

「霍薇薇の話だと、当時あなたは唐梨がナイフを盗んだと疑ったわけですが、あなたの説明を聞くかぎり、唐梨にその機会はなかったはずですね」

「機会はあったよ。私のほうが一歩早く部屋を出たから、その時間を使ってナイフを取って隠せた」

「身につけたり部屋に隠したりしたら、いったん疑われればすぐに見つかってしまうはずですね」

「食堂から戻ったあと一度、唐梨はトイレに行ったから、そのときにナイフを隠したのかもしれない——あのときはそう推測して、だから居室棟の洗面所とトイレを駆けずりまわることになって、でも見つからなかった。ほんとうに別のだれかがやったのかも」

「呉筱琴と霍薇薇に機会は？」

「ないとは言えない。その日はいろいろとあって唐梨に手を上げたけど、二人は見てただけだった。そのとき、私が油断してる隙にコートからナイフを手探りで取る機会はあった」

「当時、二人のことはぜんぜん疑わなかったんですか」

「そう、あのときは唐梨がやったんだと考えてた」


「これも霍薇薇の話では、あとになって警察がナイフを見せてきたとか、証拠品袋に入れて……」

「見た。私の持ちものか訊かれて、こっちは認めた。盗られたことも話した」

「現場の写真を見せられたことは？」

「見せられた。そうやったら私を動揺させられると思ったのかな」

「写真で見たナイフはどんな状況でしたか」

「たたんで唐梨のそばに放ってあった」

姚漱寒の説明していた状況と同じだった。馮露葵は、相手が〝死体〟という単語を使っていないことにも気づいたが、この発見もとくに役に立つことはなさそうだった。自分がいじめ、また若くして命を落とした唐梨のことを陸英がどう扱っているかは、謎の数々を解くのになんの助けにもならないだろう。前日霍薇薇に話を聞いているときには、相手の答えからなにか秘められた意図を汲みとろうとしていた。ただ、今日質問を受けた葉紹紈と陸英は、冷淡な態度で馮露葵からその考えを消しさった。

「金曜日の夜のことも教えてもらいたいです。あの日、どうして唐梨を居室棟から閉めだしたんですか」

「クラスの男子と口をきいてたから。さきに話しかけたのは向こうだけど……」

「残酷ですね」

「そう、私もそう思う」陸英はまだ五分の一ほど残っている煙草を地面に投げ、かかとで踏み消した。「ほかになにか訊きたいことはある、もう戻るけど」

「最後の質問です」馮露葵はその晩に起きたことをあますず訊きだすつもりだったが、視線を下げて地面の吸いがらと黒い灰に目をやり、諦めるしかないことを悟った。陸英が唐梨を居室棟から閉めだした時間といきさつ以上に（これもとても訊きたいことだ）、より重要な質問を思いついていた——その質問によって、自分の仮説を証明できるかもしれなかった。「あの夜、洗面所の窓を開けたのはあなたですか」

「開ける？」陸英はいくぶん困惑している。「窓は唐梨に開けさせたけど……」

「そのときじゃなく、そのあとのことです。唐梨を閉めだしたあとまた窓を開けて、朝に寮監のおばさんが起きてくるまえに部屋へ戻れるようにしましたか？」

「したよ。一時くらいに、寝つけなくて、外で雪が降ってるのが見えたから、洗面所まで行って窓を開けた。でも唐梨は戻ってこなかった……」そう言って、陸英はきびすを返し、コンビニの店内へ戻ろうとする。

「もう二度と」

「やっぱり、あれだけひどいことをしたなら、あなたもゆっくり眠れはしなかったんですね」

「善意を持ちだして私のことを勘繰らないで」陸英は馮露葵に背を向けたまま言う。首を振って、いま口にした言葉を否定するかのように続けた。「だれのことも、善意を持ちだして勘繰らないで」

陸英の後ろ姿が店の入口を通って消えていくと、馮露葵はコートのポケットからティッシュのパックを出し、取りだした一枚のティッシュごしに地面の吸いがらを拾いあげ、刑事ドラマならこれがなにか決定的な証拠になるのかも、と内心で考えながら、苦笑して吸いがらとティッシュをそばのごみ箱に捨てた。

姚漱寒が近づいてきて、肩を叩く。

「終わりです」馮露葵はひとりつぶやく。「ぜんぶ終わりました」

「面白かった、探偵ゲームは？」

「先生、それよりも訊いたほうがいい質問があるでしょう。たとえば、なにか結論は出たの、とか」

「どうやら、陸英の答えであなたの〝仮説〟は裏づけられたみたいね」

「ええ。戻ってからまず一度考えを整理するつもりです。安心してください先生、あなたの言う〝探偵ゲーム〟はここで終わりじゃありません。もしミステリで、調査に訪ねまわる部分を書ききって話をおしまいにしたら、読者はきっと作者を許しませんよ。私の考えがまとまったら、みんなのまえで答えを発表します——先生の好きな名探偵たちと同じように」

「わかった」姚漱寒は笑った。「いずれにせよ、あなたの結論が成りたつか、裏付けになる証拠があるか、あとは警察の結論をひっくり返せたか、ぜんぶ関係なく私が書類のかたちに整理してあげて、資料室に入れておくから」

「そのときは、よろしくお願いします」

姚漱寒が待たされたのは五日間きりだった。金曜日の夜、生徒会役員数名と姚漱寒は馮露葵の借りている家に集まって、火鍋を食べたあと、事件についての解説を聞かされた。

しかし、彼女たちのほんとうに解決するべき事件は、このときまだ起きてもいなかった。

第三章　死よ、お前のことを思うのは、なんと苦痛に満ちたことか

1

「これから私が出す結論はとても単純で、それどころかすこし退屈なの。でもこの結論を導くまでにはたくさんの段階を踏んでいかないといけない。みんな記録のコピーには目を通しているけど、それでも私は、まずは簡単に事件を振りかえってみるのが必要だと思うの。ちょっと整理してみれば、この不幸な事件には説明の難しいところが山ほどあって、矛盾を含んだところまであるとわかるから。そして私が出す結論は、うまいことにそういう疑問点をぜんぶ説明できて、そのうえ矛盾したところがまったくないというわけ」

火鍋を食べて、まだ薛采君《せっさいくん》が食器を洗いおわらないうち、馮露葵《ふうろき》は待ちきれないように講義を始めていた。顧《こ》千千《せんせん》にとって馮露葵が住んでいるこの部屋はとうになじんだ場所だった。とはいえそこで火鍋を食べるのは初めてだ。いままでここで勉強を教わるときには、二人は出前を頼むかインスタント食品をレンジで温めるかだった。そもそも、火鍋と電磁調理器は姚漱寒《ようそうかん》が持ってきたものだ。まず二度に分けてそれぞれを家から学校へ持ってきたあと、顧千千と鄭逢時《ていほうし》が馮露葵の家へ運んだのだ。具材とスープの素は馮露葵と薛采君が買いに行った。薛采君は最後まで一つも意見を口にしなかったが。

初めて訪れる者にとっては、いささか簡素に見える家だ。そもそもは前世紀の六〇年代に建設された集合住宅で、馮露葵の家は四階にある。居間は北向き、寝室は東にあり、南向きの部屋はひとつもない。馮露葵はここを借りたあともまったく改修はせず、壁紙はまだらになった灰色じみた白のままで、床も見映えのしない赤褐色のタイルを敷いている。居間には五人がどうにか囲んで座れる円卓があり、これは大家が譲ってくれたものだった。家電もほとんどは自分で買いそろえたものではない。馮露葵が家から運んできたのはミニスピーカーとノートパソコン、電子ピアノだけだが、顧千千がここへ招かれたとき馮露葵がパソコンを使っていることはめったになく、ピアノは一度も弾いているのを見たことがなくて、寝室に置かれたミニスピーカーだけが普段から使われている。電子ピアノを覆う暗紅色のビロードの布は、ほこりで覆いつくされていた。

居間にある本棚二つはどちらも自分で組みたてる種類で、いっぱいではないががらんともしていない。書籍はさまざまな分野を網羅していて、小説を中心に、それに次ぐのが一般科学書で、哲学書も一列を占め、画集や楽譜もあり、英語の原書の詩集も何冊かあった。棚に思い出の品や装飾物はなにも置かれておらず、壁にポスターが貼られたこともない。まとめるなら、退屈さに満ちた1DKだった。スピーカーの横で棚に差さっている何枚かのアニメソングや外国の音楽のCDはまだその歳の女子の趣味らしかったが、それ以外のCDはすべて難解で晦渋な後期ロマン派とショスタコーヴィチばかりだった。

馮露葵が手元のメモを整えているその合間に、姚漱寒は先ほどの前口上を内心で嚙みしめていた。あの言葉は前提にいくぶんの危険を含んでいて、過激とすら言える――秘められている意図は、自分の推理になにも矛盾をはらむ箇所がなく、内部でつじつまがあっているなら、すなわち真相にたどりついているということ。これを聞いて、大学のときわずかに表層をかじっただけの分析哲学を、とくに真理値に関する議論のことをふと思いだしていた。おおむね同じような意見を述べた派閥があるのだが、この論理を現実に当てはめるとなるとあまりに危険としか思えない。考えてみるなら、もし警察がそういった態度で事件に臨み、おさまりよくこしらえた仮説こそが真相だと考えていると、大量の冤罪、でっちあげ、見当違いを作りあげることだろう。

なぜならそういった推理は——すべての疑問点を同時に解決し、すべての証拠にも気を配った推理は——結局のところ事件の可能性の一つを指し示すことができるだけであって、ほかの可能性すべてを否定することはできないからだ。現実のなかで、自分たちがすべての証拠を把握することは永遠に不可能なのだから。目にすることができる証拠は氷山の一角、九牛の一毛でしかなく、そんな断片から事件の全貌を復元しようとするならつねに危険が残り、過大な自信を抱くことは断じてできない。

しかし馮露葵の話をさえぎるつもりもなかった。それ以上に、馮露葵の答えはまさに自分の憂慮を実証してしまうのか、おびただしい可能性のなかの一つでしかないのかを知りたかった。

姚漱寒の危惧について馮露葵が気づいているはずはない。姚漱寒が座っているのは馮露葵のわきで、正面に座っているのはだれよりも熱心な聞き手の顧千千だったのだから。

そうしていると、薛采君が洗い物を終えて腰を下ろす。馮露葵は話を再開した。

「唐梨《とうり》は事件のまえ、長らくルームメイトと、同じクラスのもう二人の女子からいじめを受けていて、事件の当日も例外ではなかった。消灯後、ルームメイトだった陸英《りくえい》は唐梨を一階の洗面所に連れていって、無理強いして窓を乗りこえさせ、内側から窓に鍵をかけたの。唐梨は深夜の校内をうろつくしかなくて、気温は低いのに、身にまとっているのはワンピースの寝間着一枚だけ。閉めだされてまもなく、雪が降ってくる。一時ごろ陸英が、唐梨が戻ってこれるように洗面所の窓を開けた。雪が止んだのが二時十五分ごろ。次の日の朝、学校の清掃員が唐梨を発見して、死亡推定時刻は午前三時から三時半のあいだだった。

この事件でとくに理解ができない点は――

疑問点一、密室状況。唐梨の死体があったのは事務棟の裏口の外だった。ドアには両側に閂錠が付いていて、死体が発見されたときには外側の錠がかかっていたうえに、近くの雪のうえに足跡はまったくなかったの。これはつまり、他殺だとすると、犯人は犯行後殺人現場を離れる機会がまったくないということ。これには一つ、それなりにありえる説明があって、犯人が廊下の突きあたりで唐梨を刺し、唐梨がドアの外に逃げて、自分で錠をかけたというものね。警察が廊下で発見した滴下血痕と、ドアの取っ手にあった血の指紋もこの仮説を後押ししてくれる。だから、とりあえず密室状況には合理的な説明をつけることができる、だけど、それによって新たな問題が導きだされてしまう

――

疑問点二、凶器の不自然な状況。凶器は折りたたみナイフで、死体のそばに放りだされていた。不自然なところは二点あるの。一つは折りたたまれていたこと、二つめは指紋がまったく残っていなかったこと。一つめの点はもしかすると、指紋を拭いやすくするために折りたたんだと説明できるかもしれないけど、でも指紋を拭ったのがいったいだれで、そしてどんな目的があったのかは難題として残るでしょう。まず犯人だとは考えにくい。拭ったナイフを密室に捨てていくことができないから。第一発見者も違うはず。事件の関係者とはなんの関係もなくて、そんなことをする理由がないから。となると、唐梨自身しかありえない。ここで、また新たな疑問点に直面するの――

疑問点三、唐梨はどうして凶器の指紋を拭ったのか。いちばん簡単な理由は、ナイフの持ち主、つまりずっと自分をいじめていた陸英をかばうため。ということ

は、犯人は陸英以外のだれかで、その人物が陸英のナイフを盗み、犯行に使って罪を着せようとしていた。唐梨はナイフの柄にいまも陸英の指紋が残っているかもしれないと考え、指紋が決定的な証拠となって陸英がいわれのない罪を着せられないかと案じて、死のまぎわに指紋を拭いさったというわけ。では、そのナイフを手にする機会はだれにあったのか。

葉紹紈《ようしょうがん》に機会があったのははっきりしてる、だけど唐梨を殺して陸英に罪を着せる動機はないし、それに当時は転校してきたばかりで、そのナイフの存在を知っていたともあまり思えない。なら呉筱琴《ごしょうきん》と霍薇薇《かくびび》はどうか。陸英がその折りたたみナイフを持っていることは間違いなく知っていて、その二人が盗んだ可能性については陸英にも訊いてみたけれど、ありえるという結論だった。ナイフが盗まれているのに陸英が気づいたのは前日の夜八時ごろのことで、それよりもまえにしばらくの時間、呉筱琴と霍薇薇はともに、陸英と唐梨の部屋にいたの。二人には実行の機会があったけれど、ただ、指紋を利用して罪を着せることは不可能だった。なぜなら、陸英のポケットからナイフを取っていくのはその場の人々の注意が逸れたすきにおこなう必要があって、たぶん機会は一瞬しかなかったでしょう。ごくわずかなその一瞬に、手袋をはめたりハンカチを取りだしたというのは考えにくい——要するに、ナイフに自分の指紋が付かないよう担保するのは難しかったということ……」

そう話すと、馮露葵はしばし黙りこむ。困惑の色を浮かべている顧千千に、つかの間自分の話を理解する時間を与えているかのようだった。

「最後に候補として残るのは一人、唐梨本人だけ。言葉を変えれば、私は警察の結論に賛成する。唐梨の死はたしかに自殺だった。

ただ、自殺という結論と矛盾する証拠もいくつかあるの。

まずはやっぱり凶器の問題。凶器にまつわる点では、さらに具体的な細かい問題を二つ挙げることができる——一つは、唐梨が木曜日の夜にどうやってナイフを手に入れ、隠したか、二つめは、唐梨が金曜日の夜にどうやってナイフを居室棟から持ちだしたか。この二つは、一見して不可能に思えるでしょう。陸英の証言によれば、木曜日の夜食堂へ向かったときには唐梨よりも一歩早く部屋を出たから、そのとき唐梨にはコートのポケットからナイフを持ちだす機会があったと言うけど、問題になるのはそのあとどうやってナイフを隠したか、どこに隠したかなの。もし寮内に隠したり身につけていたらきっと気づかれる。陸英は、唐梨が一度トイレに行ったからそのとき隠したかもしれないと言っていたけど、陸英たちが居室棟内のトイレと洗面所を駆けずりまわっても問題のナイフは見つけられなかった。これは、ナイフを持っていったのは唐梨ではないということに思える。また、金曜日の夜に寮から閉めだされたとき、唐梨はワンピースの寝間着一枚を身につけていただけで、ナイフを持ちだせたとは考えにくい——要するに、私の結論とは矛盾しているの。

その次は、足跡の問題。事件の起きた晩には雪が降っていて、二時十五分に雪が止んだあとにはうっすらと積もった雪が残っていた。そして校舎の渡り廊下から洗面所の窓までのあいだの三、四メートル幅の空間には、積もった雪のうえに一筋の足跡が残っていたの。方向を見るに、渡り廊下から洗面所に向かっている。そしてその足跡は、一階の女子トイレの掃除用具入れにあった長靴で付いたものだった。その長靴は次の日の朝には見つかっていて、そのときは洗面所の床に転がっていたの。足跡を残した人物はわざわざ公共物の長靴に履きかえているわけで、なにか表に出せない目的があったはず。足跡はおそらく、犯人が犯行から戻ってきたときに残したものだった。これも、自殺という結論とは矛盾する。

でも、いままで話してきたような矛盾する点にはすべて合理的な説明を付けることができるの。

陸英の証言については、〝居室棟の洗面所とトイレを駆けずりまわった〟というのは実際にはかなり不正確な表現だった。三人が探しまわったのは女子寮の側のトイレと洗面所だけだったはず。女子寮の側へはカードを読みとらせないと入れないけど、もう半分の男子寮は自由に出入りができるから、唐梨はナイフを男子寮側に隠すことが可能で、それなら陸英たちには見つからない。居室棟から閉めだされたときどうやってナイフを持ちだしたかについては、この問題も道筋を変えて考えることができる——私は、そのとき唐梨はナイフを居室棟の外に持ちだしていないと思う。

いまから、当日の夜の出来事を再現してみましょう。

唐梨は居室棟から閉めだされたとき、なにも持ってはいなかった。一時ごろ、陸英が洗面所の窓を開けて、すこしして唐梨が——すくなくとも、雪が止むまえに——その開けられた窓を乗り越えて洗面所に入り、居室棟に戻ってきた。そのときはまだ雪が降っていたから、足跡は残らなかったの。もちろん唐梨は、窓を開けたのは陸英だと知らなくて、部屋に戻るわけにはいかない。唐梨は、陸英に報復する計画を思いついた。その計画は自分の命を犠牲にすることになるけど、すさまじい屈辱と苦しみのなかで、それを実行することに決めた——陸英のナイフで自殺し、他殺を装って陸英に罪を着せることを。

そこで唐梨は、男子寮側に隠しておいたナイフを手にいれた。ナイフに自分の指紋が付く心配はしなくてよかったでしょう、〝被害者〟である自分の指紋が残っていてもまったくおかしくはないから。それからすこし逡巡の時間はあったのか、最終的に心を決め、また例の窓から出ていこうとしたとき、雪が止んでいることを知った。この時点で、なにもせずに渡り廊下のほうまで歩いていったら足跡が残って、足跡の模様からは自分の正体と行動がばれてしまい、そこから計画は破綻する。もう一つ、自殺後に警察の出す死亡推定時刻はたぶん雪が止んだ時間よりもあと。そうすると、陸英に罪を着せるためには雪の上へ、陸英が殺人を終えてから居室棟に戻るときに付くはずの足跡を残しておかないといけない。

そのとき、唐梨は一挙両得の妙案を思いついた。運よく陸英とは体重が近くて、陸英の足跡を偽造することが可能だった。だから、掃除用具入れから例のゴムの長靴を取りだして履きかえ、ナイフと自分のスリッパを手にして後ろ向きに歩いて渡り廊下のところまで行き、陸英が殺人から戻ってきたときの足跡を作ったの。

ここで直面することになった新しい難題が、その長靴をどう処理するか。いちばん理想的な方法はもちろんもとの場所に戻すことだけど、それは不可能で、絶対に雪の上へ新しい足跡は残せない。次善の策は、ひとまず洗面所には戻して、警察には陸英がそこですぐ長靴を脱いだと思わせることで、これは簡単にできそうだった——自分のスリッパに履きかえたあと、長靴の指紋を拭って、袖越しにつかんで窓口をめがけて力いっぱい投げれば、長靴を洗面所の床に放りこむことができるから。

そして、唐梨は渡り廊下を通って事務棟に向かい、一階の廊下の突き当たりまで来て、陸英のナイフで自分を刺した。その場所を選んだのは、陸英に追いかけられたと見せかけるためだったと考えてもいい。計画の実現は目前に迫っていた。

だけど、そのときになって唐梨は後悔したの。かつての楽しい時間を思いだしたのかもしれないし、死の間際になって唐突になにかを悟ったのかもしれない、いずれにせよ、この自分と他人を傷つける計画を中止しようと考えたけれど、もうなにもかも遅すぎた。傷口からは鮮血が溢れだして、激しい疼痛はまるで身体を引き裂くかのよう、自分が死から逃れるすべはないと理解して、すくなくともこの先陸英が罪をかぶらないようにと考えたわけ。

そこで唐梨は門錠を開け、ドアの外に出て、外側の錠をかけて見せかけの密室を作り、警察が自殺として決着をつけてくれるよう願った。命が尽きようとするそのときに、唐梨はナイフを抜きとり、折りたたんで、服のすそで念入りに拭き陸英の指紋を消して、自然にまかせて地面へ落ちていくようにした。こうやって、死体が発見されたときの現場ができあがったの。

以上が私の推理。警察の結論をひっくり返したわけじゃないけれど、ひとまずぜんぶの疑問点に説明をつけた。これが五年前の事件の真相だとしてもおかしくないと思ってる」

話し終えると、馮露葵は深く息を吸いこんで、テーブルの上の紙コップを手に取り、そこに入っていたぶどうジュースを一気に飲みほした。その左手側に座っていた薛采君は、足元に置いてあった一・五リットルのペットボトルを慌てて取りあげ改めてコップに注ごうとしたが、馮露葵はその必要はないと伝えた。

「私の推理に、なにか見落としは？」

この質問に答えられるのは姚漱寒だけに違いなかった。

「すばらしいわ。推理小説のなかの答えとしてはそれで合格で、手練れの作家ならそういう答えで長篇一作を保たせられるし、そこまでうるさくない読者なら悪い感想は言わないでしょう。とはいっても、そんな推理は現実ではきっと成りたたない、言うなればむしろ娯楽の産物に近いものだけれど」

「先生は、私の推理は頭の体操のたぐいだと思うんですか」

「頭の体操というよりは、どちらかというと与えられたキーワードを使って書いた作文か。わかっている証拠を繫ぎあわせただけ。あなたはそういう証拠から満点の作文を書いてみせたけど、その推理がいったい事実と符合しているかどうか、検証する手だてがまったく思い浮かばないの」

「私も浮かびません」

「落ちこまないで、これでもすばらしいのはたしかだから。記録に書き残してあげる」

馮露葵はこうした評価にもすでに心の準備をしていたようだった。実を言えば、いま一同に話して聞かせたのは、頭に浮かんださまざまな可能性のなかの一つでしかない。充分に手が込んでいて、まただれも傷つけない、それだけを理由に結局あの答えを選ぶことにした──姚漱寒は正しい。選り分けの基準はたしかに、楽しめるかどうかだった。

「姚先生は厳しいですね」顧千千が、いくばくかの不満とともに言う。「自分がはじめ出せなかった完璧な推理を考えだされたからって、心のなかでは嫉妬してるんですか？」

「そんなことはない。私も〝完璧な推理〟を山ほど思いついて、だけどあれこれの理由があってぜんぶ否定したの。私は臆病すぎるのかもね」

「先生がどうしてそこまで用心深くなるのか、私にもわかります」馮露葵が言う。「だってあのころ、推理をおこなって答えを出すのは、ほんとうに何人かの運命を変えることだったんですから。そのときの先生が、私と同じように軽率に自分の推測を話していたら、警察に受けいれられるかはおくとして、先生に犯人として名指しされた人はきっと周りから孤立して、いじめに遭ったでしょう？　先生にとって推理はとても重たくて、すこしのし損じも許されないものだった。現実を変えられるんですから。でも千千、私たちが昔の事件を持ちだしてくるのはなんのため？」

「それは……暇つぶし」顧千千は苦笑する。

「そう、まるきりたんなる楽しみのためでしかない。だから、姚先生が私の出した答えを気にいるはずがないの」

「いや、気にいってはいるわ」姚漱寒は言う。「当時私はたくさんの可能性を思いついたけれど、あなたの言ったものは思いつかなかった。念入りにつつけば、あなたの答えだってまったく隙がないとは言えないにしても」

「先生はやっぱり……厳しいです」そう言いながら顧千千はうつむき、右手で片側の頰を支え、二人の話をこれ以上耳に入れる気がないかのように見えた。

鄭逢時と薛㮚君はもとからうわの空だった。テーブルの下でずっと固くお互いの手を握り、ときおり自分の指で相手の指に爪を立てて、まるでそれが暗号で、なにかの情報を伝えられるかのようだった。

「問題は二つ、一つは論理の強引さで、二つめは証拠を無視したこと。

まずは一つ目から。折りたたみナイフを盗んだのが陸英に罪を着せるためだと話したとき、あなたは葉紹紈と呉筱琴、霍薇薇の容疑を消去したけれど、その推理は軽率すぎる。葉紹紈は状況がやや特別だからひとまずおくとして、呉筱琴と霍薇薇の容疑を消去するのはうまくいかないでしょう。あなたの話した推理では、罪を着せるためにナイフの指紋を保存しないといけないが、二人はナイフを手にすることはできてもおのずと自分の指紋を残してしまう、となると陸英の指紋も一緒に拭わないといけなくて、それでは罪を着せるたくらみが実現できない――これが、二人を消去する理由だった。だけどあなたの前提はまったく成立しないの。実際には、陸英に罪を着せるのに指紋はかならずしも必要ではなくて、問題のナイフがあれば充分でしょう。ナイフの持ち主がだれか警察がわからなくても、自分で証言して警察に知らせることはできた。だから指紋のあるなしはまったく重要ではなくて、二人の容疑は消去できない。

そして証拠の無視について。考えてみれば、葉紹紈の証言にはあなたの推理と矛盾する情報があったわ。朝に顔を洗いにいったとき、窓が開いているのに気づいて、寒さを感じ、歩いていって窓を閉めた。こう話していたのは憶えているでしょう？　対してあなたの推理によれば、唐梨は長靴を窓から洗面所の床に放りこんだ。それは同時に、長靴は窓のまえに落ちているはずということで、すると葉紹紈は窓を閉めにいったときに……」

「きっと長靴に気づいた、そう言いたいんですか？」

「そう。あとで警察に、その長靴を見たことがあるか訊かれたときに葉紹紈はないと答えた、それはつまり、当時長靴が置かれていたのはあまり目につかない場所で、すくなくとも開いていた窓のまえではないということ。だから、あなたの推理はおそらく成り立たない」

　姚漱寒は正しい。馮露葵の推理はたしかに成り立たない。第一の見落としは、唯一正しい真相を導いたわけではないということで済んだかもしれないが、第二の見落としが致命傷となって推理は崩れさった。

　馮露葵は黙って立ちあがり、窓辺に歩いていく。室内に広がった火鍋のにおいが早く散ってくれるように、顧千千は窓を細く開けていた。近寄っていく馮露葵は、吹きつける冷風を顔に受け、自分を落ちつかせようと思ったが、思いがけない景色を目にすることになった。

「雪だ」

　ひとりつぶやくと、テーブルを囲んでいた数名がそれを聞きつけて、たちまち窓辺に寄ってきた。

　雪が降っているのを目にできるのは光の当たる場所だけだ。雪片は夏の夜の羽虫のように、街灯が広げる光の周りに集まりいつまでも去らず、同じ雪片が明かりのもと輪舞しているかのような錯覚を起こさせる。ただ地面に目をこらしてみれば、それも錯覚でしかないことはわかる。建物の敷地のタイルは湿りけを帯びたかと思うと、だんだんと薄氷のように雪が積もり層を作っていく。

　雪はせわしなく舞い、雪を愛でる時間も急ぎ足で流れさっていく。ふと気づけば、八時四十分になっていた。

「帰らないと」鄭逢時が言った。本来寮生は金曜日の夜は寮に残れないが、鄭逢時と顧千千は、生徒会は土曜日にも会議があるという名目で寮監から許可を得ていた。

「私は今日泊まってもいい？」顧千千が馮露葵の耳元で、声を抑えて訊く。

「私はかまわないけど。でも、寮監のおばさんに申請はしてあるの？」

「あの人は、毎日この時間はテレビを見てて、だれが玄関を出入りしたかあんまり気にしてないんだ。あとでカードの読み取り記録を確認するだけで」

　居室棟、そして女子寮側に入るときにはどちらもカードの読み取りが必要で、記録も残る。

　下校時刻（夜の七時）から朝の六時までは、学校の正門を入るときにも必ずカードを読み取らせる必要があり、そうすると門のそばの小さな入口が自動で開く。学校を出るときにはカードは必要なく、内側の壁にあるボタンを押せば済む。はじめは記録を楽にするために作られた制度で、それまで生徒が夜間に学校を出入りするときには守衛室で記名する必要があった。カードを使う方式はまぎれもなく記録を便利にしたが、守衛室で働く人間を怠惰にさせる結果も生んだ。

　十一時間にわたるそのうち、夜の九時から九時半までの三十分間だけはカードを読み取らせる必要がない。三年生の志望者が参加する夜の自習が終わるのがこの時間で、警備員は二台の車が並んで通れる正面の門を開けておくのだ。

　鄭逢時はその時間に学校へ戻り、カードを読み取らせる手間を省こうとしているようだった。

「鄭逢時に、あなたのカードもいっしょに読み取らせるつもり？」

「あれは別のことを考えてる」そう言って、顧千千は馮露葵をすみへ引っぱっていく。教師の姚に二人の話す内容を聞かれたくないようだった。「薛采君に私のカードを持たせて、私の部屋に泊まらせようと思ってるんだよ。今晩だけ」

「それもいいか、あの二人がいっしょにいられる時間を延ばしてあげましょう」

「実は、方法はほかにもあって」顧千千はさらに声をひそめる。「先週、警備員さんが、夜にカードを使って学校に戻ってくる男子の寮生を見ていたんだけど、そのときは十時四十分を過ぎてて。毎晩十時半に寮監のおばさんが寮の玄関に鍵をかけて、カードを使っても開かないようにするから、次の日の朝六時まで入れないでしょう。つまりその時間に居室棟へ戻ってくるのは無理で、たぶん別のところで一晩過ごしたってことになる。でも私が調べてみたら、その日の夜と次の日の朝、寮のなかで本人を見かけた人がいたの。どういうことだと思う？」

「まただれかが抜け道を開拓したってことは？　五年前のあの窓と同じように」

「私もそう思って、鄭逢時を連れてざっと確認してみたら、居室棟の通用口のドアがおかしくなってて、鍵を掛けても開けられるのがわかったんだ。たぶん老朽化がひどいんだろうね。私が憶えてるかぎり何ヵ月かまえには簡単に開いてしまわなかったはずで、ああなったのはたぶん最近のこと。来週これは学校に報告して、修理の人を呼んでもらおうと思ってる」顧千千は言う。「さっきの方法に薛采君が反対なら、私も一回居室棟まで戻って、カードを読み取らせてから通用口から抜けだして、ここまで戻ってくるのでもいい」

「そんな面倒なことをする必要がある？　あなたのカードを鄭逢時に読み取らせればいいんじゃないの」

「いや、中のあのドアは女子寮に通じてるから、男子がカードを読み取らせるのを見られたらまずい」

「でも通用口は男子寮の側でしょう？　あなたが抜けだすのもまずいんじゃ」馮露葵は言う。「それで結局、薛采君は納得してるの？」

「受けいれてくれた。こっちは、あの子が急に気が変わるんじゃないかってちょっと心配なだけ」

「安心して。薛采君は、ひとに約束したことはやりとおす、その点は保証できる」

この計画を実行するにあたっての最大の障害はやはり姚漱寒だった。自分たちのことを学校へ告発はしないにしても、無駄口をたたくのが好きなこの女が、本を借りにきた生徒へこの件を話さないとは言いきれない。

だからまず先生を送っていかないと――馮露葵は考える。

「こうしようか、もうすこししたら私が先生を連れてここを出るから、私たちがある程度遠くへ行ったら二人を学校に戻らせて。二人が道を知らなかったらあなたが送っていって。ここの合鍵を渡すから」

そう言うと馮露葵はポケットから鍵を出し、つまんで顧千千に渡す。そして姚漱寒のところへ歩いていき、その肩を叩いた。

「もう遅いから、バス停まで先生を送っていきますよ。その歳になっても、家の決まりが厳しいんでしょう」

馮露葵の声には悪意がないでもなく、こう話したあとで意識して声を高くした。「もう帰らないと、先生、お母さんにお尻をぶたれますよ」

2

「あのときの私、はっきり言いすぎた？」集合住宅の入口を出るとき、姚漱寒《ようそうかん》は言う。「ああいう意見はやっぱり二人きりのときに言うほうが良かったわね」

「かまいません、先生はきっと私の見落としを指摘するとわかってました。先生は推理小説ファンですから。しかも本を読んでなにか難点を見つけたらすぐにネットで批判するようなたぐいの」

「そんなことは……」抗弁しようとしたが、結局は受けいれた。「あなたの言うとおり、私はそういうたぐいの人間ね」

「先生の考えた推理、聞かせてくれませんか」

「なに、私が話すのを聞いたら、あなたも見落としを見つけて、仕返しにしようっていうの？」

「そうじゃありません。そもそも」馮露葵《ふうろき》はわずかに足どりを緩めた。「どこに見落としがあるかは、先生自身がいちばんわかっています」

髪に落ちた雪片が融けはじめて、ひんやりとした水へ変化し、頭の肌に沁みる。馮露葵は寒気を感じ、手にしていた黒い雨傘を掲げて、姚漱寒にも傘に入るように誘った。

「たしかに、はじめはたくさんの可能性を思いついたけど、ほとんど自分で否定してしまって……」

「ちょっと面白い推理だとかはないんですか、聞かせてください」

「ひとつ、わりに簡単だけど、すぐには思いつかない答えを聞かせてあげましょうか」姚漱寒は言う。傘の落とす影のもとで、二人が話すときに吐きだした白いもやもたちまち姿をくらます。「推理を進めるときに糸口になるものはたいていい二種類で——ないはずなのに現れたものと、あるはずなのに消えているもの」

「たしかにそう思えますね。警察が出した〝自殺〟という結論で言うなら、結論と矛盾する証拠はこの二種類ある。もし唐梨《とうり》がみずから命を絶ったなら、居室棟の外にあった足跡はあるはずがないのに、そこに現れた。ナイフの柄の指紋はあるはずなのに、消えていた」

「あなたはその二つの疑問点に目を向けて、あの推理をしたというわけ」

「でも失敗した」

「私も、あるはずなのに消えたものを糸口にして一つ似た推理をしたの。でも、他殺を前提にして」

「この事件が他殺だとしたら、あるはずなのに消えたものっていうのはなんですか？　やっぱりナイフの指紋ですか」

「指紋ももちろんそうだけど、でもあなたは一つ合理的な説明を考えだした。あなたの推測には賛成で、あれはたぶん唐梨が拭ったもの。でも、あるはずだったものはそれ一つじゃない」

「ほかになにがありますか。思いつきません」

「足跡──雪の上の足跡よ」

「足跡だったら、居室棟と渡り廊下のあいだに……」

「そこじゃない」姚漱寒は首を振った。「犯人は別の場所に足跡を残したはずなのに、残っていなかったの。これを、推理の出発点にできる」

「どこのことですか」

「事務棟の正面入口から裏口までの道のり、つまり事務棟と教室棟のあいだのあの小道」馮露葵の困惑に満ちた横顔にちらりと目をやって、話を続ける。「犯人が唐梨を刺したあと、唐梨はドアの外まで逃げだして、ドアで道をさえぎった。こうなったとき犯人はドアに体当たりして開けるか、外からドアのところへ回っていくはずでしょう。当時、ドアの錠はいまほどがたが来てはいなかったから女の力でぶつかって開けられたかはわからないけど、屋外から唐梨のところへ回っていくのにたいした時間はかからない——それに、雪はもう止んでいたから駆けつければ足跡が残るけど、犯人は公用物の長靴に履きかえていたから、足跡から自分の正体がばれる心配はしなくてよかった……」

「先生、話が飛びすぎてます。まだ、どうしてそのとき犯人が唐梨のところへ向かわないといけないのかわかりません」

「理屈は単純だから、容疑者について一人ずつ順に分析していきましょう。まずは陸英《りくえい》、かりに犯人はあの子で、木曜に凶器を失くした件はただの誤解、そのあとで折りたたみナイフが見つかり、それを使って唐梨を殺したとする。唐梨は傷を負ってドアから逃げだしたあと、犯人をかばうためにナイフの指紋を拭う、ここまではぎりぎり話が通る」

「ほんとうにぎりぎりですけど」

「とはいえ陸英に、唐梨が自分のため指紋を拭ってくれるとわかるはずはないし、そのうえ、指紋を通してでなくとも警察は凶器という手がかりから自分を捕まえる。となれば、雪の上に足跡を残すのが当然——でもそうではなかった。だからたぶん陸英は犯人ではない」

「たしかに、その方法でも陸英の容疑は消去できますね。でも、ほかの三人はそうする必要がないでしょう？」

「同じように必要はあったと思う、すくなくともそのうち二人には。犯人がわざわざ陸英のナイフで殺人をおこなったのは、そちらに罪を着せるため。そのナイフを現場に残しておけば、陸英は筆頭容疑者になって、実際に少年犯教育所送りにできるかは別にしても、ひとまずこれで警察が自分に疑いを向けることはない。犯人はそうそろばんを弾いていたけど、かろうじて息のある唐梨には、あっさりとその計画全体を無にすることが可能だった」

「どうやって？　唐梨は陸英に濡れ衣が着せられないようにナイフの指紋を拭うことはできたし、実際にそうした。でも、ナイフを処理してしまうことはできないはずでしょう。そのナイフが現場に残っていれば、陸英が筆頭容疑者になるのは避けられません」

「ものを一つ消すのはたしかに大変だけど、もっと簡単な方法があるわ――陸英の犯行だという疑いを消すのではなく、真犯人への疑いを強めるような……」

「どういうことかわかりました。唐梨は、ダ、イ、イ、ン、グ、メ、ッ、セ、ー、ジ、を残すことができたと言いたいんですか？」

「そう、その話をしていたの。唐梨にナイフの指紋を拭う余力があったなら、手に血を付けて、地面に犯人の名前を書くことができた理屈になる。指紋を拭うことを考えたなら、はっきりと犯人を示さなかったのはどうして？」姚漱寒は言う。「同様に、ドアの反対側で唐梨に自分の名前を書かれていることを犯人が心配しなかったのはどうして？　犯人はそれぐらい慎重で小心な人間で、足跡から自分の正体がばれないようにわざわざ共用物の長靴に履きかえてる。この状況なら、屋外から唐梨のところへ駆けつけて、現場にダイイングメッセージが残っていないか確認するはずでしょう。さらに、そうしたなら、雪の上にはかならず足跡が残る――でも残っていなかった。これはどういうことだと思う？」

「たしかに、犯人が呉筱琴《ごしょうきん》か霍薇薇《かくびび》だとすると、万一を考えて、唐梨のところへ駆けつけて、現場に自分の名前があるか確認する必要があります。なら、もしかして先生の結論は……」

「"犯人は葉紹紈《ようしょうがん》"、それが当時たどり着いた結論。唐梨はあの子のことを知らないから名前を書かれるはずはないし、自分でもその点を理解していたわけだから、ダイイングメッセージのことはまったく心配しなくてよかった。だから、あの雪の上に足跡は残っていなかった」

「その推理はだれにも話さなかったんですね？」

「ひとに聞かせるのはこれが初めて」

「ならよかった。そんな無理やりで、退屈なうえにひとを傷つける推理は、口にしないほうがいいです」

「私もそう思う」姚漱寒は言った。「結局、こんな壁を前にひねり出した理屈よりも、警察は実質のある証拠と殺人の動機のほうを信じるだろうから。私にはどうしても、葉紹紈にどんな理由があって、ほとんど面識のない相手を殺さないといけなかったか考えつかなかった。考えついたとしても、きっとひどくこじつけめいた動機でしょう」

「想像がつきます、きっと文学性にあふれた殺人動機なんでしょう。もしかすると、たんに自分の楽しみのために殺しただけなのかも」

「いい加減な推理作家はたしかに、まったく理由がない殺人を書きたがるわね。そういう人たちは、怠惰だから」

二人が開いたままの校門のまえを通ると、夜の自習を終えた生徒たちがちらほらと外へ出てきている。雪は次から次へと降ってきて、生徒の大半が傘を差さず、髪と肩に雪片を積もらせていた。

「雪はいつまで降りつづくんだろう？　明日学校に来たいの。今週終わらせるはずの目録の仕事を、まだすこしやり残しているから」

「出てくるときに携帯の天気予報に目を通してきたら、このまま降りつづいて、止むのは日付が変わってからしいです。明日の午後にもまた降るかもしれないから、傘を忘れないでくださいね」

「あなたたち、明日会議はあるの？」

「それはただの口実です。私は生徒会室へ暖房にあたりに行って、ついでに顧千千《こせんせん》の勉強を見るのかな。期末試験までもう一週間だから、しっかり手助けをしないと。鄭逢時《ていほうし》たちはたぶん、街中でデートでしょう」

「また現場を見にいく？　明日、まだ雪が積もっているうちに」姚漱寒が提案した。「ひょっとすると、またなにか新しい結論が思い浮かぶかも」

「私はもう諦めました。でも、とっても楽しそうですね。行くとしたら早めのほうがいいでしょう、補習授業に参加する生徒に雪を踏み荒らされないように」

「うちのほうからの一番早いバスだと、朝七時ぐらいに着くけれど、あなたは起きられる？」

「たぶん大丈夫です、起きたらがんばって……」がんばって顧千千を起こす、と言おうとしていたが、家に泊まることは姚漱寒に話さないほうがいいはずだ、次の日は一人で行くことにしよう、と考えを変えて、あわてて言いなおした。「起きたら、がんばって朝ごはんを食べてから来ます」

「ここまで送ってくれれば大丈夫。この先がバス停だから」

「長く待つようだったら、傘を持っていってくださいよ」

「大丈夫」左腕にはめた腕時計にちらりと目をやると、九時五分過ぎだった。「もうすぐ来るはず」

「わかりました、じゃあ失礼しますね」

「ええ、早く帰りなさいよ」一歩を踏みだし、雨傘の外へ出ていた姚漱寒が振りかえって笑う。「私の予想どおりなら、顧千千が暖かい家であなたの帰りを待ってるんでしょう？」


階段を上るあいだ、馮露葵のなによりの望みはすぐにでも入浴して温まることだった。ドアを開けたその瞬間、その望みはすぐに満たされないと思いがけず知ることになった。

明かりの点いた浴室からは間断なく水の音が聞こえてきて、顧千千に先を越されたらしかった。やむなく、ひとまず居間のソファに腰を下ろして本を読み、しばらくしてから入浴して寝間着に着替え、寝室に行くことに決めた。傘をドアのわきに立てかけ、コートを脱いで、積もっていた雪片と氷の粒を払い落とすと、本棚へ歩いていき、一般向けの科学書を一冊無造作に手に取って、ソファに倒れこみ迷わずエアコンを点けた。

　理数関係のこういった本は、本棚に並んだ哲学書と同様に眠気を催すために買ってきたものだったが、意外にもそれなりに楽しんで読めた。なにげなく手にしたのは、数学のさまざまな未解決予想を紹介する本だった。本が出たのはややまえで、なかで触れられている予想のいくつかはすでに証明が得られていたが、大多数は依然として人類を悩ませている。

　適当にページをめくると、載っていたのはまだ未解決の問題だった。本のなかではときに〝コラッツの問題〟、ときに〝角谷《かくたに》の予想〟と呼ばれ、さらに〝雹《ヘイルストーン》の予想〟という奇怪千万な名前まで使われていた。ただし章節の題名には、著者はいちばん単純で理解しやすい呼びかたを使っていた——３ｎ＋１予想。

　この予想の内容はというと、任意の一つの自然数が奇数の場合は3を掛けて1を足し、偶数であれば2で割る。これを繰りかえしていくと、最終的な結果はかならず1になるというものだった。

　馮露葵は、自分のいちばん好きな数字、7で試してみることにした。7は奇数、だから3を掛けて1を足すと出てくるのは22、これは偶数だから、2で割ると11、11に3を掛けて1を足すと34、その後も規則に従って計算を続けると、出てきた数は17、52、26、13、40、20、10、5、16、8、4、2、かなりの段階を要したとはいえ、最終的な結果はたしかに1だった。

　本を読みすすめると、触れられている数字のなかには数百の段階を経て結果が得られるものもあった。学者たちはまだこの予想が成立することを証明できていないが、コンピュータの力では反例は見つかっていない。

だから馮露葵はその結論を受けいれた。

いかなる整数も一定の規則に従い、一定の段階を経ると、かならず同じ結果を生む。そのことから馮露葵は、自分が今日みなに話して聞かせた推理のことを思いだした。自分も、姚漱寒も同じように、推理をするときには現場の証拠から出発し、過去に起きたことを復元しようとした。しかし結局のところ証拠は頼りにならない、なにかのトリックを仕掛けて改竄することができるのだから。たとえば自分の推理で触れた、足跡を作りあげる方法（渡り廊下まで後ろむきに歩き、長靴を窓から投げこむ）、あれがいい例だ。もしすべての証拠を〝トリック〟によって作りあげ、抹消することが可能なら。あらゆる数字をさっき読んだ規則に従って1に変えることができるようなもので――段階さえ十分に踏めば――それなら、そうした証拠からほんとうに真相を推理することはできるのだろうか。

馮露葵は、以前別の本で読んだ比喩のことも思いだす。熱力学の第二法則によれば、この世の万物の温度は最終的に均一へと向かい、熱的死の状態を迎える。対して、われわれがその結果を前にしたとき、世界がそれまでにどのような過程をたどってきたか復元できるような方法はなにかあるだろうか。それはまた、山のふもとの石一つが、もとからそこにあったのかもしれない、山の中腹から転がってきたのかもしれない、山頂から来たとしてもおかしくないし、小鳥がくわえてきたと考えたっていいのとも似ている。殺人現場はおそらく初めから熱的死の状態にあって、さまざまな証拠もその石ころのように来歴がわからない可能性は十分にある。

たしかに、トリックを仕掛けていくつかの証拠を作りあげたり抹消したあとには、新しい証拠が残って、犯人がかつてそのトリックを使ったことを露わにするのは間違いない。しかしそれは問題ではない。さらに別のトリックを使ってその証拠たちを破壊すればいい……十分な段階を踏めば、真相は数えきれないほどの可能性のなかに埋もれてしまう。

馮露葵は本を閉じ、寒気を感じた。まったく唐突に、悟ったことがある——自分たちの推理は、無意味でしかなかった。

そのとき、浴室のドアが開いた。

雛《ひな》色のバスローブを着た顧千千が戸口に現れ、空色のタオルで髪を拭いている。バスローブも、そのタオルも、どちらも馮露葵のものだ。

「最初から泊まるつもりだったなら、どうして自分のパジャマとタオルを持ってこなかったの」すこしあとに自分は、あのじっとりと濡らされ、顧千千の髪も引っかかっているかもしれないタオルを使うしかないのだと気づいて、馮露葵はすこし機嫌が悪くなった。

立ちあがって、本を本棚へ戻す。

「ごめんなさい」顧千千は本心から謝っているようだった。「かばんに入れたつもりだったんだけど、さっき開けてみたら歯ブラシしか入ってなくて」

それは不幸中の幸いだった。「歯ブラシは絶対に貸してあげないから」あまり愉快とはいえない話題を切りあげて、質問を続けた。「采君《さいくん》たちは学校まで送っていったの?」

「来た道は憶えてるって鄭逢時が言うから、下までしか送っていかなかったよ」

「方向感覚は良いみたいね。私は暗くなると方向音痴になるから」居間のエアコンを消して、リモコンを手に寝室へ歩いていく。「これ、姚先生の大好きな推理小説のなかなら、たぶん重要な伏線になるでしょうね」

「どんな伏線?」顧千千もともに寝室へやってくる。

「わからない? ほんとうに息が合わないみたい」そう言いながら、馮露葵は寝室のエアコンを点け、リモコンを顧千千に押しつけて、そのまま自分のタオルも取りかえした。「一度来ただけで鄭逢時が帰りの道を憶えたのを探偵が知ったら、きっと疑いの目を向けるし、それどころじゃなくそこから以前に一度ならず訪れたことがあると推理して、さらに私と鄭逢時にはなにか秘めた関係があるとまで推理してみせるわ。もしあなたが夜に襲われたら、犯人はきっと私と鄭逢時ではない、なぜならそのとき二人は逢い引きの最中だったから――くだらないでしょう、推理小説ってものは」

「そんな口から出まかせしかないんだったら、間違いなくくだらないと思うよ。でも、今日聞かせてくれたあの推理は面白かった」顧千千は机のまえの回転椅子に腰を下ろし、エアコンの温度を調節する。「私が襲われるの？　もしお風呂に入ってるあいだに私がこの家で日記を見て、なにか表に出せない秘密に気づいたら……」

「安心して、日記なんか書いてないから。小さいときのアルバムだとか恥になるものはぜんぶ家に置いてきて、ここには教科書と暇つぶしの本しかないの。それに私は、だれかと逢い引きするために出ていって、だれかがあなたを殺す機会を与えたりもしない」むこうを向いて、寝室を出ていこうとする。「外はあんなに寒いし、雪も降ってるのに、外になんか出ないから」


入浴を済ませた十時十五分、馮露葵にとってまだ夜は長かったが、寮生からすると、消灯時間までもう三十分も残っていない。

「眠い？」

「まあまあ。どうせ明日も早起きはしなくていいんだから、寝るのが遅くなってもかまわないし」

「呉莞《ごかん》の関係ではなにも動きはないでしょう？」

「ひとまずおとなしくしてるよ、でもあの子については悪い話もちょっと聞いたんだ。噂を小耳に挟んだだけだけど」顧千千はスリッパを蹴って脱ぐと、かかとを椅子の座面のへりにのせ、膝を両手で抱えて話を続けた。「退寮になってすぐのころ、家がすごく遠いし近くに家を借りるお金もないってあの子がずっと文句を言ってたの、まだ憶えてるでしょ？」

馮露葵はうなずいた。

「でも最近、十時近い時間にこのあたりであの子と出くわしたって人がいて。その生徒は呉莞のクラスメイトで、家が近くにあって、両親といっしょに出かけた帰りに街中で呉莞らしい女の子を見かけたんだ。街灯が暗かったから本人か確信は持てなかったけど、顔と髪型、後ろ姿はよく似てたらしい。目撃した子の話では、八割がたあれは呉莞に違いないって。その時間だと、呉莞の家のほうまで行く最終バスはとうに出てるのに、学校の近くをうろついて、しかも男といっしょだったんだって」

「その男っていうのはうちの生徒じゃないの？」

「三十歳すぎぐらいに見える若めの男で、髪を染めて、バッグを一つ背負ってた。なかにはなにか楽器が入っててもいそうで。それから、その呉莞らしい女の子は、その男がタクシーに乗るのを見送った」

「その件に関わるつもり？」

「いまが期末じゃなかったらな、ゆっくり調べてみる時間もあるんだろうけど……」

「千千、一つぜったいにわかっておいて。その女子が呉莞でもそうでなくても、まったくあなたの責任ではないから。呉莞はもう寮生ではなくて、あの子のことはもうあなたの管轄の範囲を超えてるの」

「退寮させたのは私だよ。ほんとうにあの子が追いつめられて、年上の男と同居してるんだったら、そこに私の責任がないなんてことがある？」

「あの子はルームメイトを脅していて、あれだけの罰を受けるべきだったの。毎日二、三時間バスに詰めこまれて登下校するのも当然の扱い。もし悔いる素振りもなくて、罰を逃れることばかり考えて、その結果一歩ずつ堕落していくなら、それはつまり自業自得ということでしょう」

「ひょっとすると私の裁決は厳しすぎて、もっといい解決法があったのかもしれないでしょ。そもそも私もルームメイトがいないんだから、あのときあの子を私のそばへ移していたほうがよかったのかも。たぶん私があの子を見守って、改心させられた」

「あの子一人にそこまで気を配る義務はない」

「そんなことを言わないで、馮露葵」顧千千はうつむく。「あのときだって、私にあそこまで力を尽くす必要はなかったのに……」

「義務はきっとなかったけど、桂《けい》先輩の命令があった。千千、私はあなたを利用しただけかもしれないの。そもそもは、この務めをやりとげれば生徒会長になれるとだけ思って話を受けいれたんだから」

「わかってる、でも……」

「それに、ほんとうに呉莞と友達になる覚悟があるの？　私たちと同じような、友達に？」

〝友達〟という言葉を聞いて顧千千はふっと顔を上げ、水分の残った髪もつられてすこしばかり揺れたが、すぐにまたうつむいた。「最初から……私と友達になるつもりだったの？　私みたいな人間と……」

「あなたは才能のある人、ただ人づきあいがうまくないせいで、なにより得意なものを諦めないといけなかっただけ。でも私ははじめから才能なんてものはないようだし、そのうえ人づきあいもそこまでできない。千千、あなたは失敗したかもしれない、すくなくとも世間からはそう見られる——もっといい成績が出せたのに、もっと多くの人に姿を見せられたはずなのに、性格のちょっとした問題ですべてを台無しにしてしまった。そうやってあなたを扱う人はいるかもしれないけど、でも、あなたを羨む人だっている。あなたは悲劇の英雄だと、古典文学で何度も見るような主人公だと……失敗しても、それでも主役ではある」

顧千千は激しく首を横に振った。「そんなのは嫌。

ひとに期待されて、ひとの期待を裏切って、そういうのはぜったいに嫌。それよりもまだ、はじめからだれも自分に幻想なんて持たないで、はじめからごくごく普通に……」

「だから私は普通になるための方法を教えたの。私はだれよりも、〝普通〟っていうのがどういうことかわかってるから」

「あんなに成績がよくて、しかも生徒会長で、どこも普通じゃないよ。それに自分にあこがれて、慕ってくる人がたくさんいるのに、そんなことを言ったらその人たちを傷つける」

「なら傷つけておきましょう」

「ほんとうにそれでいいの?」顧千千は苦笑いを浮かべるが、その膝には涙が一滴ずつ落ちてくる。「私も〝その人たち〟の一人なんだ。ほかのだれよりも……」

「ごめんなさい、私……」


「わかってないんだ、たくさんの人が普通の人間になるためだけにどれだけの努力をしてるか。そっちからしたら、人と人のあいだには平凡と偉大の違い、一番とそのほか全部の違いしかないかもしれないけど、そんなことはないんだよ。平均の下で這いずり回ってる人もいれば、そっちが〝平凡〟と呼ぶような人々に唾を吐きかけられる人もいるし、日常生活を過ごすだけで全力を使いはたしてしまう人もいる——もう走ってない私だって、そういう人間なんだよ。どうしてわからないの……いや、ほんとうに理解できないのかもしれない、だってこの〝普通〟はそっちにとって簡単すぎて、どんな努力も払わないで〝普通の人間〟のなかで抜きんでることができて、そして限られた天才を見上げてひとり悔しがるんでしょ。でも私からすれば、そんなことを考える余裕なんてなくて、その悩みは贅沢すぎる。だったら、あなたみたいな人にあこがれることのなにがいけないの?」

「もしかするとあなたが正しくて、私が満足を知らなさすぎるのかもしれない。でも千千、わかるかな、小さいころからいままで、私はどんなことだって楽々と及第点以上にできたし、うまく仕上げることだってできたけど、一度だって一番は取れなかった。どんなに努力を尽くしたってだめだった。成績だって、ピアノだって、踊りと歌も習ったし、いろいろな文芸コンテストにも投稿したけど、すべてにおいて一番は取れなかった。たぶんこれが私の才能の限界なんでしょう、この壁はいつまでかかっても私には破れないのかも。だから省で一番の成績を取ったことがあるあなたは、私からしてもあこがれるにふさわしい相手なの、わかる？」

「そんなこと言わないで、馮露葵、そんなことは。生徒会長に当選するのは、一番を取るのとなにが違うの？　生徒会長も全校で一人だけでしょ。〝壁〟とかいうものはもう破ったんだから、これからきっと得意なものも見つけられるよ」

「そうだといいけれど」

「ほんとうに感謝してる。もしあのとき私を助けてくれなかったら、いまはもう陸英みたいに退学してて、高校生活を続けられなかったかもしれない。あのころには、自分が生徒会に入って、生徒会長と友達になれるなんて想像もできなかったし……」

「そうとも限らない。私があなたをだめにしたのかもしれないの。ほんとうにぎりぎりまで追いつめられたあなたはコーチに頭を下げて謝って、陸上部に戻って自分の才能を発揮していたかもしれないでしょう。多少の苦しさは感じるにしても、いまより良い結果になっていたこともありえる」

「いや、いまより良い結果はないよ。陸上で世界一になったってそれがなんなの、独りぼっちのままじゃないの？　それよりも、目のまえの幸せをつかむほうがいいよ」

「あなたの幸福は、ひとの家の椅子に座って涙を流すことなの？　ほんとうに安上がりな……」

「自分の膝を抱くより、友達の膝の上で泣くほうがいいに決まってる」顧千千はそう口にしながら、顔を上げて馮露葵のほうを向いたが、視線はいつまでも定まらず、相手の目を直視する覚悟がなかった。「私に力を貸してくれる？」

「かまわないわ。来て」そう言い、馮露葵は太腿の半ばを叩いた。「そう、私に鼻水は付けないでね。こんな時間になって、もう一度お風呂には行きたくないから」

3

アラームを止めると、馮露葵《ふうろき》は携帯を枕元に放り、寝返りを打って、自分のほうを向いた顧千千《こせんせん》の寝顔に目をやった。相手はまだ華胥《かしょ》の国に遊びつづけているようで、目はまぶたの内側の夢幻を見つめたまま開こうとしない。馮露葵は先に顔を洗ってくることにした。またベッドへ戻ってくるころにはすでに身だしなみを整え、パンも一つ食べおえていた。ベッドのふちに座って靴下を穿き、友人の幸福な寝顔を軽くたたいた。

「もう明るい？」

顧千千は目を開けたがらなかったが、話しかたははっきりしていた。

「まだ」馮露葵は答え、頰をつつく。「今日は曇りだから、明るくならないかも」

「それじゃあ……寝坊するのにぴったりじゃない？」

「起きたくない？」

「ない」

「なら寝てなさい。用事は私ひとりでも大丈夫だから」

「そうか」顧千千は目を開いたが、馮露葵のほうに目は向けない。「先生とは上海と南京にも行ったんだから、学校へいっしょに行っても問題ないよ。私がわざわざ付いていかなくても、どうせ話には入れないし……」

そこで馮露葵は左手を伸ばし、顧千千の額に置いて、そのすっと伸びた鼻筋に沿って下へ滑らし、指先と手の腹で目を閉じさせた。「寝なさい、もう寝なくてよくなったら連絡して。学校で待ってる」

「晩安《おやすみ》」窓の外はまだ暗闇に包まれており、顧千千の言葉もまったくおかしくはなかった。「またあとで」


馮露葵は顧千千の頭を撫でて、椅子に置いていた肩掛けのかばんを手に取り（前の晩に用意しておいたものので、なかには顧千千の指導に使う教科書と問題集が入っている）、居間でマフラーを巻き、手袋をはめて、傘を手にし、住んでいる部屋を出た。下りていくと、地面は銀灰色の薄く積もった雪に覆われているのが目に入る。耳元を吹きすぎる風の音はまえの晩、寝入りぎわに窓の外から聞こえてきたもののように目まぐるしくはなかったが、それでも吹きつけられた顔はわずかに痛んだ。長い傘をわきに挟み、革の手袋をした両手で毛糸のマフラーを直し、あごまでできるかぎり覆われるようにする。

建物の近くの歩道に積もった雪はほとんど乱れておらず、車道には豆炭ほどの大きさになった泥のかたまりがいくつかあるくらいだった。この時間には店を出しているはずの朝食の屋台も姿が見えない。ときどき足跡が続いているのを見て、近づいて目をこらしてみるとそこには梅の花びらのような犬の足跡も混じっているのに気づく。

振りむけば、雪の上へ自分の歩いてきた跡が残っているのが見える。積もった雪とともにたちまち消えるだろうその跡は細長く続く感傷の象徴で、人それぞれの生涯か、全人類の歴史に譬えられるだろう――ただの、背景とともに雲散霧消するだけのもの。

天気予報によれば、今日の午後にもまた雪が降り、昨夜よりも激しく、時間も長くなるらしい。昨夜の雪は、愚にもつかないピアニストが弾いたまとまりのない前奏のようなものだった。これが悩ましい冬だ。馮露葵は、降雪がまもなくやってくる期末テストに影響しないことばかりを願った。

七時二分、校門とのあいだは通り一本をへだてるだけになった。姚漱寒《ようそうかん》が向かいに立って、手招きをしてくる。コートの下は今日もOL風の出で立ちだった。天気予報は午後にも雪が降るかもしれないと言ったのに、姚漱寒は昨夜馮露葵に言われたことを聞かず、傘は持っていなかった。ただ、手提げかばんに折りたたみ傘を入れている可能性は否定できない。

「顧千千は起きなかったの?」通りを渡ってきた馮露葵をまえに、姚漱寒はあいさつもなにも言わず、そう一言だけ訊いた。

「もうすこし寝かせてあげましょう」馮露葵は答える。「きっと私のベッドを気にいったんです」

この時間、平日には警備員がすでに校門を開けて、朝の自習に来る生徒を通しているはずだ。土曜日の補習授業が始まるのは八時半からで、参加する人数も限られていて、門の開く時間もいくらか遅い。姚漱寒は自分の磁気カードを取りだし、読み取らせるとわきの小さな入口を入っていき、馮露葵もすぐあとに続いた。

守衛室の庇から下がった白熱灯の光に助けられ、二人にも校門の内外に積もった雪へすでに多くの足跡が付けられていることがわかった。また三十センチほどの幅で、雪をほうきで片づけた跡まで残っている。足跡と掃除の跡はどれも奥へ伸び、入口を入って、自転車置き場を通りすぎ、居室棟と渡り廊下に近いところまで続いていた。掃除の跡はそこで終わるが、足跡たちは図ったかのように敷地の東側にある体育館のほうへ向きを変えていた。

「バレーボール部は今日も練習なの？　毎週土曜日は朝七時に体育館へ集まって夜まで練習するんだって聞いたけれど、冬もそうだったなんて」

「今学期の最後の練習になるんだと思います。来週はスポーツ特長生の練習はのこらず休みになるので」

「大変ね」

「でもその代わり、あの子たちにとって成績はたいして重要じゃないので。普通の生徒にとっては、この先の二週間ずっと苦しむことになります。これから一週間の復習期間も、そのあとの試験と結果発表も、両方気楽ではないはず」

「しくじったら、冬休みのあいだじゅう苦しむことになるわね」

「先生はそういう経験はありますか？　冬休みのあいだじゅう家に閉じこめられて、外出を許されなかったことは」

「私にはどういう感覚かわからないな。学生時代の成績はものすごく良かったから」

「そうでしょうね。あの大学に受かったんですから」

馮露葵の言葉には軽蔑がにじむ。「メイドと司書を生産する名門です」

「大半の同級生は上海に残って立派な仕事を見つけて、私とあの子が特別なだけだから。でも私も、母校にはたいして好感を持ってない。なんだかあそこではなにも学べなくて、日ごとに堕落していくだけだったような気がして」

「それは自分の問題じゃないんですか」

二人は屋外の渡り廊下を通り、事務棟の正面入口のまえまでやってくる。

「なかを通っていく?」姚漱寒が訊いた。

「はい」

馮露葵は目のまえの鉄のドアを手で引きあけ、姚漱寒は携帯を出して照明のアプリを開いた。暗い廊下を歩くあいだは二人とも一言も発さず、示しあわせたわけでもなくかつての事件を思いおこしているようだった。そのうち、携帯の発する明かりが裏口のドアのすき間を照らし、二人の目にそのわずかなすき間とでこぼこだらけの地面が見えるようになった。

「そういえば、先生」馮露葵はなにかの可能性を思いついたようだった。「地面がこんなにでこぼこなら、糸をドアのすき間に通せる場所があるはずです、犯人はもしかしたらそういう方法で密室を作ったのかも……」

「そういった可能性なら考えたことがあるわ。でも、警察はドアにそういう跡を見つけていないから、きっとそれはない」

「あと考えたのは、唐梨《とうり》がドアの向こうへ逃げるのを見た犯人は、ドアの錠をかける前に外へ出るのに間にあって、唐梨がもう死んだのを確認したあとなにかのトリックで密室状況を作ったとしたら。もしそうなら、先生の言ったあの疑問は合理的に説明できます——どうして雪のうえに、あるはずの足跡がなかったのか」

「そうかもしれないわね。でもその仮説をとると、新しい問題に出くわすでしょう。そのトリックとはなにか」

「密室を作った理由なら想像しやすいです。たぶん自殺に見える状況を作るためでしょう、だからわざわざ凶器を現場に残したんです」

「理由は理解しやすいけど、やっぱり問題になるのは方法ね。実を言えば、私はたくさんの密室トリックを考えてた——笑わないでよ、あなたも推理小説ファンだったらそうしたから」姚漱寒はすこし恥ずかしそうに見える。「糸を使う方法はもちろん考えたけど、ドアに痕跡が残っていないということはおそらく糸ではない、それに糸を使ったとしても錠を閉めるのはうまくいかないの。氷やドライアイスも考えたけど、でも氷を使ったら次の日の朝になっても溶けないでしょう？　しかもそんな手段を使っても閂を受け口に押しこむことはできないし……結局、私は実行可能なトリックは思いつかなかったし、あの女子四人のだれかが思いつけたとも思わない」

そう話して、姚漱寒が携帯を軽く上へ向け、内側の錠を照らすと、錠はかかっていないのが目に入る。意識せずにそっと鉄のドアを押してみる。しかしドアは動かなかった。

つまり、外側の錠が……

ある不吉な予感が心の底から湧いてくる。

そのとき、錠の斜め下に突きだしているドアの取っ手に視線が走り、そこにいくつか、黒々とした楕円形のものが張りついているのが見えた——正確に言えば、楕円形の跡が。

すこし近寄ると、それではっきりと見える——並んでいるのは血の指紋だった。指紋の大きさと方向から判断するなら、いちばん上の、わずかに左に寄った位置にあるのは親指だ。右下に一列に並んでいる四つの指の跡は、上から下へ順番に人差し指、中指、薬指、小指の跡。

「先生……」

馮露葵は質問を口にしないうちに、こちらも取っ手の異常を目に留めている。

「向こうから見てくる」そう言って姚漱寒は向きなおり、馮露葵を押しのけて、正面入口から屋外へ出て裏口の外へ回ろうと考えた。馮露葵は鉄のドアへ歩いていき、力をこめて何度か押してみる。

——なにかの裂ける音がドアの向こうから聞こえたような気がした。

ゆっくりと、ドアが開く。

「ええと……」

馮露葵が一言しか口にしていないうちに、姚漱寒はふたたび向きなおり、また馮露葵を押しのけてドアへと駆けよった。

「私、現場を壊したんじゃ……」

姚漱寒はそれに取りあわず、慎重にドアを自分が頭を出せるくらいまで押しひらき、外へ一度目をやると、ドアを完全に開いて飛びだしていった。

馮露葵もすぐあとに続く。姚漱寒の肩越しに、庇から下がった電球の光に照らされ、地面に女子が一人倒れているのが見えた。

顔を下に向け、チェック柄のマフラーを巻いて、白と黒が縦縞になった毛織のコートをまとい、裾は膝までを覆っている。下半身にはジーンズと茶色のショートブーツ。帽子はかぶっておらず、茶色の髪は軽く巻いて、ちょうど肩先まで伸び、束ねられてはいない。

頭は北を向いていて、姚漱寒のいる場所からは靴の底がはっきりと見えた。上半身は庇の外へ突きでているが、身体と髪に雪は積もっていない。

手袋はしておらず、両手を下向きに開いて雪の上に置いているが、左の手のひらと指にははっきりと血が付いているのが見え、右手はきれいなままのようだった。コートの左腹もまた、血で暗紅色に染まっている。

左膝のそばに、真新しく見える白色の飛び出しナイフが落ちていた。刃はしまわれておらず、そこに残った血の汚れはすでに凍りついている。

姚漱寒は何歩か足を進め、コンクリートの足場の外に積もった雪を踏むと、うずくまり、薄手のマフラーをずらして、頸動脈にまだ拍動があるかを確かめようとしているようだった。

結果は残念なものだった。姚漱寒が首を振る。

馮露葵も数歩進みでて、それで死者の横顔が見えるようになった。震えながらひとりつぶやき、あとじさる。鉄のドアはすでに閉まっていて、あやうくそこへぶつかり足をもつれさせるところだった——

「呉莞《ごかん》……どうして」

「知っているの?」姚漱寒が立ちあがり、携帯を取りだしながら訊いた。

「顔を合わせたことがあるくらいです」

「通報が終わったら、この子のことを聞かせて」

姚漱寒はすぐさま警察へ電話をかけ、発見の経緯と学校の住所を手短に伝えた。警察の車が駆けつけてくるまで、二人はその場に立ち、死体となった生徒のことを話しはじめた。

「この子は呉莞といって、一年三組の生徒です。ルームメイトをいじめたのが理由で退寮の処分を受けて、先週からはやむなく自宅から登下校することになったんです。その件で寮委員の顧千千には恨みを持ってて、まえに処分を撤回できないかと生徒会室に私を訪ねてきて、顧千千と鄭逢時にも文句をいろいろと言ってました。でもルームメイトをいじめてたことは事実で、本人も認めていたし、処分の撤回なんていうのは私に決められることでもなくて……」

「それ以降にも会いに来たの?」

「いえ、それからは会ってません。あとは」馮露葵は軽くためらい、昨夜聞いた噂を姚漱寒に話すべきか迷った。結局話すことにする。「最近、呉莞についてのよくない噂がちょっと流れてて、私も顧千千から聞いたんですけど。かなり遅い時間なのに学校の近くに姿を現したのを見た人がいて、しかも男の人といっしょだったっていうんです」

「外泊していたかもしれないって?」

「その女子の見間違いでなかったら、たぶんそうです。それか、もっとひどいかもしれない」

「もっとひどい?」姚漱寒は同情にあふれた目を地面の死体に向けると、静かにため息をつき、物憂そうに白い息を吐きだした。「言いたいことはわかる。寮に入る必要があったというなら、家がかなり遠くにあるってこと。それなのに夜に学校の近くにいたなら、たぶん帰ることはできない。最悪の可能性といったら言うまでもなく、毎晩家に帰らず、学校の近くで暮らしはじめているってこと——おそらくはその男の家で。そう言いたいんでしょう？」

馮露葵はうなずく。「そうでないことを望みます。この子はもうたくさんのものを失いました。ルームメイトとの友情に、その次は寮生の資格、そして命。すくなくとも、死んでから名誉まで失わないように……でないと、あまりにもかわいそうで」

「あなたは怖くないの？」死体のことを言っているようだった。

「怖いというよりも」腕を抱え、肩を震わせる。「いまは寒いです。心ではまったく怖がっていなくて、死体を見ても、血を見ても、凶器を見ても、たいして恐ろしいものとは思えない、のに。どうしてなのか、ものすごく寒いんです。熱を出したみたいに、どんなに服を着こんで、どんなに布団を被ってもまだ寒い——そんな感じで。先生、私、震えてますか？　どうして……」

「大丈夫、無理はしないで。事務棟のなかに入りましょう」

そう言って姚漱寒は手を伸ばし、風に吹かれてひどく縮こまっている馮露葵を落ちつかせようとしたが、胸のまえへ手を上げたところで、自分が先ほど死体に触れたことを思いだし、その手を引っこめた。

「ほんとうに大丈夫ですから。それよりも、私は顧千千のほうが心配です」

「警察に疑われるのを恐れてるの？　なるほど、二人は少しまえに軋轢があったばかりだっていうなら、たしかにそれは……」

「疑われなかったとしても、あの子は自分を責めます。呉莞が外泊してるって噂が流れてから、あの子はひどく自責の念にかられて、きっとそれが自分の責任だって考えてるんです。もしはじめに心を入れかえる機会を呉莞へ与えていれば、そんなことにはならなかったかもしれないと。でも〝そんなこと〟どころでなく、いま〝こんなこと〟が起きてはるかに先へ行ってしまって……」

「あの子は自分の職務を果たしただけよ――こんなときになにを言っても無駄ね。こうなってしまったからには、警察が早く真相を明らかにしてくれるのを望む以外にない。その果てに、呉莞の死が実際に退寮処分と間接的に関わっていたとしても、できるかぎり顧千を説得して、その結果を受けいれさせる以外にはない。あなたならできると思ってる」

「だといいんですが」馮露葵はうなだれ、抑えた声で言う。「人ひとりの死というのはあまりにも重たくて、百分の一、万分の一の責任を肩に負うだけだとしても重すぎます」

十五分後、二台のパトカーが校内へ入ってきて、渡り廊下のまえで停まった。学校の警備員の案内で六人の警察官が事件現場にやってくる。うち四人は機材を背負っていて、専門職員なのだろう。ただ一人の女性の警察官（おおよそ三十歳前後）は首にかけたカメラで現場の撮影を始めている。目にまぶしいフラッシュが何度か焚かれたあと、四人も機材を取りだし、指紋や足跡、血液の採取を始めた。そのあいだ女性警官の撮影も続いている。残った一人、中年の刑事は、一同のなかでいちばん年上だった。その身には、ほぼすべての中国男性にとって逃れがたい運命が現れていた――まばらになった頭頂と、膨れあがったビール腹だ。浅黒い顔の、厚ぼったい涙袋と深々と刻まれた目尻の皺は、リレーでもしているかのように鼻のつけ根と白くなりかけたもみあげを繋いでいる。

刑事は鑑識員たちに指示を出したあと、姚漱寒のとところへ歩いてきた。

背は馮露葵よりわずかに高かったが、背中をひどく丸めていて、二人へ下から視線を向けている。目つきは悪辣と言おうか、むしろ決まりどおりにものごとを処理する落ちつきと冷淡さが現れていた。

「君たちが死体を見つけたのか」

馮露葵はうなずく。

「週末なのに、なんでこんな早くに学校に来たんだ？」

「この学校の生徒会長の、馮露葵です」訊かれたこととは違ったが、そのまえに儀礼的に自己紹介をする。「最近、生徒から、五年前に学校でひどい事件が起きていたと聞いて、清掃員の人がここで女の子の死体を見つけたと知ったんです。そのときも雪の止んだあとの朝で、今日とそっくりでした。だからこの機会に現場を観察してみて、当時の状況を再現できないかやってみようと思ったんですが、まさか……」

「またこんなことに出くわすとは思わなかった？」

「そうです」馮露葵は普段いつも全校の生徒職員のまえで話をしていて、初対面の相手を前にするとかえって冷静でいられた。ありあまる自尊心のせいで、脆弱な一面を見せるのは親しい相手の前でだけになっていた。「それで、この方は学校図書館の司書をしている……」

そのとき、姚漱寒が唐突に口を開いた。「洪《こう》刑事、こんなところで会うとは思いませんでした。私を憶えてますか？」

「憶えているよ。忘れられるもんか」洪刑事は眉間に皺を寄せる。「これだけ経ったのにまだここにいるとはな。立場は五年前と違うが」

「先生、お知り合いですか？」

洪が先んじて質問に答えた。「唐梨の事件のときも担当だったんだ。そのとき、この人にずいぶんと迷惑をかけられてね。部下の一人は何度も公務執行妨害の罪で逮捕したがってた」

「先生はいったいなにをやったんですか」

「警官にくっついてあれこれ訊いてきて、鑑識報告を盗み見て、こっちが証人を尋問するときはなかに居座って出ていかないで、つまみ出されたあともドアに張りついて盗み聞きして……こっちからしたらお手上げだった」

「想像がつきます」

「そういえば」姚漱寒が言う。「王《おう》刑事はいっしょじゃないんですか？　あのときは、ずっと私を逮捕すると言ってたでしょう」

「あいつは現場には来ないよ」眉間の皺がさらに深くなる。「一昨年、公務中に怪我をして障碍が残ったんだ。ずっと戻りたいとは言ってるが……」

「そうですか」姚漱寒はさびしげに一言返した。

このときには、警察官たちは呉莞の死体を運びだしていて、そばに落ちていた凶器も証拠品袋に入れて、地面に残っているのはチョークで書かれた人の形の輪郭だけだった。

「ひとまずこの話はよそう。とりあえず、死体を発見したときの状況を改めて話してくれ」

そこで二人は死体を発見した経緯をありのままに繰りかえした。話したのは基本的に姚漱寒で、馮露葵の謝罪で締めくくられた――「すみません、私があの錠を壊して、現場を破壊してしまいました」

「それまで錠に問題はなかったのかな？」

「完全には言いきれないですけど、その可能性は高いです」姚漱寒が答えた。「私が軽く押してもドアは開かなくて、この子がかなり力をこめてようやく開いたので。あの錠はもう長いこと使われてて、唐梨の死体が見つかったときもあれが閉まってたんだから、かなりもろい状態で、壊すのもそこまで難しいことじゃなかったんでしょう」

「難しいかどうかは鑑定の結果しだいだ」二人の背後

にある鉄のドアと、二つに折れて地面に落ちている閂に目をやってうなずく。「たしかに壊れやすそうで、女の力でも苦労はしないだろうな。地面にも擦れた跡はない、ドアにも氷は張っていない、最初に押しても開かなかったのは錠がかかっていたんだろう」

「私もそう思います」

「二人とも、こんなところに立ってないで、どこか暖かいところで休んでなさい。もうすこししたら、またいくつか確認したいことを訊くかもしれない」

「私は問題ありません」姚漱寒は馮露葵を向く。「あなたは生徒会室にしばらくいたら」

首を振る。「私も大丈夫です」

「こっちは、きみたちがここにいたら、仕事の邪魔になるんじゃないかと言ってるんだが」

「洪刑事」姚漱寒が言う。「私はこの五年でなにも変わってないんです、すくなくとも好奇心の面ではなにも。いまから私は、五年前みたいにあなたたちに手間をかけさせるかもしれませんよ」

「だとしても、逮捕だと言いだすやつはいないんだ、好きにしなさい」洪刑事の口の端がわずかに持ちあがる。「ただすこし注意していてくれないか、もう現場を破壊しないように。でないと共犯者として扱うからな」

それを聞いて、馮露葵は深々とうなだれる。洪刑事はそれ以上責めることはしなかった。

「五年が過ぎてまた似た事件が起きるとはな。だれかが当時の現場の状況を真似たのか？　生徒たちはたぶんあのことは記憶してないだろうが……」

「寮生はよく唐梨のことを話してるみたいですよ」馮露葵が答えた。「ネットでもたくさんの情報にたどりつけます。でもその件のいきさつを一番知っているのはたぶん私と姚先生で、あとは生徒会役員の何人かも事件の情報は知ってます。最近、私たちはあのことを調べなおしているんです」

「そんなことを言ったら自分への容疑が強まるでしょう」姚漱寒が言う。「私への容疑も」

「死んだのは寮生だったのか？」洪刑事が突然なにかを思いついたかのように、一つ訊いた。

「いまは違います」馮露葵が答える。「二週間まえまではそうでした」

「寮生でないなら、どういうわけで学校のなかにいたんだ？　どう考えても、襲われたのは夜のあいだだろう。詳しい時間は検死の結果待ちだが」

「学校の警備体制は五年まえとすこし変わっていて、いまは夜間でも、生徒用のカードを読み取らせれば正門の横にある小さい入口が開くんです」

「それは五年まえとは大違いだな」

「そうです。唐梨の事件では、基本的に学校は閉ざされていたと断言できたでしょう。殺人だと考えるなら、容疑者もその晩学校に残っていた数人です。でも今回は……」

「校門のところの監視カメラは、やっぱりお飾りなんだな？」

「たぶん」姚漱寒は言う。「注意して見ましたが、ランプは一回も点いていません」

「すこし厄介だな」

姚漱寒はふと、門のまえの掃き清められた跡のことを思いだした。「犯人は外の人間の可能性が大きいです。私たちが来たとき、校門のところで不自然な跡を目にして。積もった雪をだれかが掃除してあって、いま考えてみたら自分の足跡を消しさるためだったんじゃ」

「なるほど」馮露葵はうなずいて口を開く。「外から入ってきたというなら、犯人に迫れない心配はないですね。私もあれは、犯人が足跡を掃除しようとして残った跡だと思います。そして、学校の壁は高いし上には有刺鉄線があって、普通の人が乗りこえるのは難しいし、越えられたとしても痕跡を残さないわけにはいかない……」

「いまのところ、なにものかが壁を乗りこえて学校に入った痕跡は見つけていないな」

「無理もありません。夜間に学校へ入るなら、最善の選択はやっぱり素直にカードを読み取らせて、正門の横の入口を開けることとです。ただカードを使えばかならず記録が残るから、警備員のところで調べればわかります」

「なら、いますぐ行きましょうか」姚漱寒は馮露葵に目をやって訊いたが、質問は明らかに洪刑事へ向けられていた。

「ほかにもすこし力を貸してほしいことがあるんだが」

「警察には協力しますよ」

「いま図書室の司書をしているなら、学校の記録も管理しているんだろう？　呉莞の記録を渡してくれ、原本だ。あとで守衛室のあたりで会おう」洪刑事が言う。

「そのうち、もしうっかりこちらの調査報告書を見てしまって、たまたまなにか思いついたら、できるだけ教えてくれ。王刑事とは違って、君たちを逮捕はしないから」

4

「私って、呉莞《ごかん》のことをすこしもわかってませんでした」

「なに、記録を見て改めて理解しなおしたの？」

二人は並んで歩き、乳白色の光沢があるタイルを敷いた教室棟の廊下を進んでいく。建物のどこにも人の姿はなかった。死体が発見されたあと学校は閉鎖され、寮生も居室棟から出られなくなった。現在自由に行動できているのは、この二人だけのようだった。このときすでに馮露葵《ふうろき》は雨傘を握ってはおらず（肩掛けのかばんとともに図書室へ残してきた）、呉莞の個人記録を入れた茶封筒を手にしている。

「そうです」馮露葵は茶封筒をさらにきつくつかんだ。「あの子が音楽の特長生で、小さいころからピアノを習って、合唱団にも参加していたなんて夢にも思いませんでした。そんな人がほんとうにいじめをするんでしょうか」

「人は芸術に感化されて、より善良で高潔になると思ってるの？」姚漱寒《ようそうかん》の言葉に皮肉が覗く。

「私もそうは思ってません。ただ」無意識に足どりを緩める。「そういう話なら、なおさら惜しく思えて。呉莞も才能のある人だったなんて……その人生が、こんなにあっさりと終わりを迎えるのはよくないです」

「普通の人間なら死んでもかまわないの」

「そういうことじゃないんです。だれだってみすみす命を落とすのはよくないことです、それは人ひとりの暮らしを終わらせて、ひとつの家庭の暮らしまで終わらせるから。でも呉莞の死はさらに多くのものを終わりにしました。たとえばその音楽を——なにもなかったとしてもその音楽人生はいずれ終わっていたけれど。

三年生に上がったときか、高校を卒業するときか、就職したときか、どちらにせよあの子が生きていたとしても、指先か喉から湧きだす音楽はそう先まで続かなかった。でも、たとえそうだとしても、こんなにぷつりと終わってしまうよりましだった」

　そのうち二人は教室棟の正面入口にやってくる。姚漱寒は鉄のドアを開いた。ドアの外は、渡り廊下の屋根に覆われた数メートル幅の道をのぞけば一面に白色が広がっている。肌を刺す風がいまも吹いていた。

　馮露葵は言葉を続ける。「先生、思いついたことがあります。呉莞についての例の噂には、また違う事情があったのかも。顧《こ》千千《せんせん》の話だと、あの子は三十歳過ぎの、楽器を背負った男といっしょにいるのを目撃されたらしくて。ひょっとするとあの子は自分の理想の音楽を追求していただけなのかも、校則では許容されないやり方だったとしても……」

「また〝素敵な方向〟に想像しているみたい。そうすればましな気分でいられるの？」

　馮露葵は苦笑いして首を振る。「私はほんとうに、生徒会長失格です。千千は……あの子も寮委員失格です」

　それから二人は一言も発さず、渡り廊下を抜けて、自転車置き場を通り、守衛室の入口までやってくる。

　二人の鑑識員は、正門わきの小さい出口で指紋を採取しているところで、洪《こう》刑事はすでに守衛室のなかにいるようだ。

　ドアは閉まりきっていなかったが、姚漱寒は儀礼的にノックをし、洪刑事の許しを得てからなかへ入った。奥側の部屋に、洪刑事に加えて警備員一人と警察官一人がいた。

「呉莞の資料を持ってきました」

　そう言って、茶封筒を洪刑事に渡すよう馮露葵をうながす。洪刑事は何気ないそぶりで、報告書を机の上、パソコンの横に広げた。報告書は紙一枚だけ、手書きで文章は手短、筆跡はぞんざいとまではいかなかった。おそらく鑑識員がすこしまえに洪刑事のため書いて渡したものだろう。

そこに記録されているのは、呉莞の身につけていたものと指紋の採取結果だった。

コートの左ポケット――ノキアのストレート型の携帯電話、百元札が二枚（傷口に比較的近い場所で、携帯と紙幣には血が付着）。

コートの右ポケット――空。

ジーンズの左ポケット――生徒用のカード、キーチェーンが二つ（どちらも最低限のつくりで装飾品はなく、それぞれ一本ずつ住宅の玄関用の鍵が付いている。二つの鍵はあきらかに違っている）。

ジーンズの右ポケット――青いハンカチが一枚（シルク、名前の縫いとりはなく、丸めてポケットに突っこんであり、取りだしてみると皺だらけだった）。

ジーンズの後ろポケット――空。

身につけていたものの記録を確かめたあと、二人は続いて指紋についての情報を読んでいく。呉莞の指と適合する指紋は、いままでのところ以下の場所から見つかっていた。

飛び出しナイフ――計九つ、すべて右手のもの。柄の両側に四つずつ、それぞれ人差し指、中指、薬指、小指。片方は上（刃に近いほう）から下へ、人差し指から小指の順で並び、裏側はちょうど反対だった。刃を飛び出させるためのボタンにも一つ、親指の指紋があった。

事務棟の裏口、ドア内側の取っ手――血の付いた左手五本指の跡。呉莞が取っ手を握ったことを裏づける。

内側の錠――右端から、右手の人差し指と中指の指紋を検出。

外側の取っ手――呉莞の指紋は発見されず。

外側の錠――右端から、右手の人差し指と中指の指紋を検出（内側の錠における位置と類似）。

ほかに、取っ手や錠からは別の指紋も見つかったが、そうした指紋すべてのうち呉莞のものはどれもいちばん上にあり、つまりいちばん新しく残されていた。

ドアのほかの場所から呉莞の指紋は見つかっていない。

ほかの持ち物からも呉莞の指紋は検出されており、携帯とハンカチ、生徒用のカード、鍵にはどれもいくつか指紋があって、紙幣二枚からも左手の指紋がいくつか検出された。

報告書全体を締めくくる文章は持ち物とも指紋とも関係なく、外側の錠の受け口に、いく筋かこすれた跡が残っていたとあった。


二人が（こっそりと）報告を読んでいるあいだ、洪刑事は警備員からの聴取を続けていた。

「……わかった。そのときは奥のこの部屋にいて、ずっと外を見張ってはいなかったから、なにも見ていないと。じゃあ、なにか物音は聞いていないのか？」

「いいや」黒い制服を着た警備員は言う。「夜は風がすごく強かったし、ラジオを点けてたからな」

「なにも聞きだせそうにないな」洪刑事は長いため息をつく。「昨夜出入りした人間の記録を出すんだ」

「外出は記録が残らなくて、カードを使って入ってきたときだけ……」

「こっちの言い間違いをつつくのはよせ。早く出すんだ」

洪刑事は軽くいらだった様子で言い、警備員は察しよく応じた。マウスを操って、パソコンのデスクトップに一つだけ表示されたアプリケーションを開くと、いささか旧式のデスクトップ型のパソコンは反応するのに三十秒をかけた。現れた青いウィンドウには、昨夜以降、通常外の時間にカードを使って学校の敷地へ入った人間のリストが表示されている。

2：24 呉莞
6：35 陳璧
6：45 陸君実
6：47 孟璞玉
6：49 李庭芝
6：52 蕭燕燕
6：55 江文宜
7：03 姚漱寒

「君と呉莞のあいだにいる六人は何者なんだ？」洪刑事が訊く。「知ってる人間か？」

「たぶんバレーボール部の子たちでしょうね」姚漱寒が答えるが、どちらかというと馮露葵に確かめているようだった。

「六時五十五分に入ってきた江《こう》先生は体育を教えていて、バレーボール部の顧問です。三年生の蕭燕燕《しょうえんえん》と陸《りく》君実《くんじつ》はバレーボール部の中心メンバー。李《り》庭芝《ていし》は私のクラスメイトで、リベロをやってます。ほかは知りませんが、この時間からするとみんなバレーボール部員でしょうね」

「バレーボール……体育館で練習していた生徒たちか？」

　馮露葵がうなずく。

「あっちにはもう人を回してあるから、確認はつくだろうな」そう話して、洪刑事は眉間に皺を寄せる。

「つまり、事件に関係があるのは呉莞の記録一つだけかもしれないのか？」

「残念ですが。そうなんでしょうね」姚漱寒が言う。

「ほかの記録は今日の朝のものだけで、たぶん事件とは無関係」

その結果に洪刑事ははっきりと落胆し、そばにあった回転椅子を机のところへ蹴って動かし、そこへへたりこんだ。手にしていた茶封筒をほとんど破るように開け、呉莞についての資料数枚を乱暴に取りだして、目に近づけ入念に読んでいく。読みおえてもとくに収穫はなく、紙を机に叩きつけると、立ちあがって鑑識員たちのところへ進展の具合を聞きに行こうとした。

「夜間に学校へ入った記録が呉莞しかないっていうのは、どういうことだと思う?」姚漱寒が小さい声で馮露葵に訊いた。

「可能性はたくさんあるでしょう。犯人が呉莞といっしょに入ってきたとか、犯人は昨夜校内に残っていたとか、なにかの方法でカードを使わずに入口を開けたか、あとは自殺ってことも……とにかく、可能性はいろいろあります」

「どうにか可能性を消して、最後の一つを残さないといけないみたいね」

話しながら、二人は洪刑事に付いて守衛室を出ると、正門に向かった。

入口には鑑識員が一人だけ残っていて、アルミ粉を付けた刷毛で小さいほうの入口の内側にある取っ手を何度もなぞっていた。

「なにか進展は?」

「外側の取っ手は採取が終わりました。被害者の指紋は取れましたが、上からもっと新しい指紋がかぶさってます。朝にほかのだれかが学校に来たみたいですね」

「バレーボール部の生徒だろう。いまは全員体育館にいる。あとで指紋を取りにいけ」

「こっちが済んだら行きます」

「内側の取っ手からも呉莞の指紋は見つかったのか?」

「照合してるとこです」呉莞の指紋を記録した紙を手元に持ってきて、しばらく見比べたあと答える。「ありましたよ、しかもいちばん上です」

「いちばん上?」洪刑事はやや怪訝そうだった。「つまり、昨夜最後に学校を出たのが呉莞だったのか?」

そこに姚漱寒が、鑑識員から向けられている訝しさに満ちた視線を無視して口を挟んだ。「そうとは限りません、夜にここから入ったあと、取っ手を握って閉めたのかも」

「取っ手を握って……どうしてそうしたんだ? 物音を立てないためか?」

「そうでしょうね。なにせこっそり学校へ入ってくるわけだから、ドアが勝手に閉まるままにしたらことによると大きい物音がして、宿直の警備員に気づかれるかもしれない」

「それも大いにありうるな」洪刑事はうなずく。「昨夜最後に学校を出たのがだれか突きとめないと、この指紋が残ったのが学校を出たときなのか、学校に入ったときなのかは確かめられないな。でもきっと、突きとめるのは難しいだろう」

「私は候補の心あたりがありますよ、たぶんそれが最後に学校を出た人です」そう言って姚漱寒は携帯を取りだし、ある相手に連絡するための画面を開いた。

「ちょっと電話をかけて確認してみましょう、ついでにここを出たとき手袋をしていたかも訊いて」

「こちらでやろう」洪刑事は携帯を受けとると、電話をかけた。

通話のあいだ、馮露葵が姚漱寒の耳元に寄って尋ねる。

「先生、いま言ったのってもしかして……」

「地理の鄧《とう》先生」答えがあった。「それ以外にだれがいる?」

「やっぱり」

洪刑事が電話を切って、携帯を姚漱寒に返した。

「昨夜帰ったのは十一時過ぎだったらしい。出ていくときも手袋はしてなかった。呉莞がそれより遅くに出たはずはないだろうな。そうなると、これはたぶん夜に学校へ入ったときに付いた指紋だ。だが、いったいいつ指紋が付いたかが、ほんとうにそこまで重要か？」

「重要ですよ……いまの時点はそこまでじゃないですが」

「そうです」馮露葵が加勢した。「あの可能性しか残らない場合、この結論はとても重要です」

「どんな可能性だ？」

姚漱寒は馮露葵に視線を送り、そちらで答えるようにうながす。

「昨日の夜間にカードを使って学校に入った記録が呉莞しかないなら、すなわちいくつかの可能性しか残らないということです――」先ほど姚漱寒に話したことを繰りかえす。「一つめの可能性、犯人は呉莞とともに入口に入ったから、それでカードの記録が残らなかった。二つめの可能性、犯人は昨夜学校に残っていた人間。寮生かもしれませんし警備員か寮監のおばさんかもしれません。三つめの可能性、犯人はなんらかの方法で、カードを使わずに学校へ入った。壁を越えたのかもしれませんが、それでは痕跡が残って調べればすぐにわかります。もちろん、どうにかして入口の内側にあるボタンを押して開けたというのもありえます。最後の可能性は、自殺です。私が思いついたのはこの四つですが、一つめの可能性、つまり犯人が呉莞とともに学校へ入った場合は、さらに二つの状況に分けて考えられます。犯人が呉莞と連れだって歩いていて、学校へやってきた可能性。もう一つは呉莞の後をついて歩いて、呉莞が入口を開けたあと、ひとりでに閉まるまでのその時間で扉を押さえてすき間を残し、鍵がかからないようにして、呉莞がいくらか離れてからまた追ったという可能性。一つめの場合では、犯人はきっと呉莞の身近にいた知り合いで、二人の関係は間違いなく、深夜に二人で学校へ来るほどに親しかったということです。二つめの場合では、犯人は呉莞を尾けていたわけだから、犯人を知っていたとは限りません。いま、内側の取っ手に呉莞の指紋が残っていたことで、二つめの可能性は消去できました」

「たしかに、呉莞が学校へ入ったあと自分で入口を閉めたなら、犯人が後について入るのは無理だな。となると犯人は呉莞の身近な知り合いに違いないということで、容疑者の範囲は一気に狭められる」洪刑事はそう話すが、いくらか落胆していた。「だがそれも、四つの可能性の一つでしかないんだろう？」

「ほかの可能性もできるだけ消去しましょう。とりあえず、カードを読み取らせずにここを開けた可能性はすぐに否定できるはずです」馮露葵は、東側の壁に取りつけられた白いボタンを指さす。「この位置では、格子戸のあいだから手を入れてもきっと届かないでしょう」ボタンのまえまで歩いていき、話を続ける。「なにものかが棒や石をこれに当てて扉を開けないように、学校ではガラスの覆いを取りつけて、下からでないと手を入れられないようにしています」

そう言いながら覆いに手を入れ、ボタンを押すと、軽い音が静かに響いて入口の錠が開いた。ただ鑑識員が採取を続けているので扉を開けにいくことはできない。何秒かあと、扉はまた施錠された。

「それに、なにか硬いものをボタンに当てて入口を開けたら、ぶつかったときの跡が残るはずです。ですがここはきれいなまま。なにかの方法でカードを読み取らせずに入口を開けるというのはたぶん成りたたないので、この可能性は否定できます」

これを聞いて、指紋の採取を終えた鑑識員も近づいてきて洪刑事に話しかける。「実を言えば、鑑識のほうでは自殺だっていうほうに傾いてますね。ナイフの柄からはぜんぶで九つの指紋が見つかったんです。一つはボタンに。四つは順手にナイフを握ったときに付いたものに違いなくて、もう四つは逆手に持ったとき付いたもの。これはたぶん、呉莞がコートのポケットからナイフを出したとき順手に持って、そのあと親指でボタンを押して、刃を出したら左手の指で刃をつまんで逆手に持ちかえて、自分の身体に刺したんです。あいにく刃は全体が血まみれで指紋は取れなかったですが、柄にあった掌紋でこっちの推測は裏づけられます」

「私は、自殺の可能性はあまり大きくないと思う」姚漱寒が言った。

「五年前も、似たことを言ってた女子高生がいたな」この鑑識員は三十手前に見えるから、五年前に唐梨《とうり》の事件を捜査したときはまだ初々しい新参者だっただろう。ひょっとするとそれも理由で、当時のことが深く印象に残っているのかもしれなかった。「あのときは王《おう》刑事の態度が強硬で、話をさせなかったんだ。こっちは聞きたかったんだけどな。素人の話はたいがいでたらめだけど、それでもときどき普段どおりの考えの型を外れることもあって、もしかすると役に立つかもしれない」

「私がその女子高生ですよ」姚漱寒が笑った。「いまはもう違いますけど」

「いまは図書室の先生なんだ」洪刑事が説明した。「高校から大学に入って、卒業してまた高校に戻ってきて、本人からしたらその五年は長いかもしれないが、こっちからすればほんとうに一瞬の時間だな」

「私にとってもそうです。たった一瞬の時間でした。でも思いかえしてみると遥か昔に思えます、まるで一度命を落としたみたいに」首を振る。「この話はやめます。もしよければ、自分の考えを話してみましょうか。素人の私を参考にする意味はないかもしれないですが」

「聞かせてほしいな」

「まずは、この掃除の跡です。もし呉莞が学校へ来たのが自殺のためなら、どうして自分の足跡を消したんでしょう？」

「消されていなかった足跡のなかから呉莞のものが見つかったよ。あの掃除の跡は呉莞が残したものじゃない」

「なら、あれは犯人が自分の足跡を隠すために残したということですね」

「たしかに。その可能性は大きいよ」

「あとは指紋の問題です」姚漱寒は話を続ける。「いまのところあの飛び出しナイフの素性はわかっていないので、さまざまな点をひとまず推測するしかありません。そのナイフはおそらく別のだれかから手に入れたもので、だからもともとは別人の指紋が付いていたんでしょう。呉莞が自殺しようとしていたなら、友達に累が及ばないように、きっとナイフの指紋はすべて拭ってコートのポケットに入れたはずです。だからナイフから別人の指紋が見つからなかったことはおかしくありません。ただ昨日の夜は雪が降っていて、寒い日でした。呉莞は手袋をせず、傘も差していませんでしたが、そうなると、学校への道のりをやってくるとき、両手はどこにあったはずですか？」

「コートのポケットに入れていた？」

「私もそう思います。それに傍証も見つかります。さっき、守衛室で偶然手書きの報告書を見てしまったのですが、そこには呉莞がポケットに入れていた百元札二枚にもいくらか指紋が付いていたと書いてありました。おそらく手をポケットに入れていて、偶然触れたものでしょう。呉莞の服のポケット五つのうち、二つにはなにも入っていませんでした。そのうちジーンズの後ろポケットは使いにくいし、ふだんものを入れることもめったにないでしょうが、コートの右ポケットはどこよりも使いやすいのに、死体が発見されたときにもなかは空っぽでした。そこから推測できるのは、あのナイフはもともとコートの右ポケットに入っていて、しかも呉莞は学校に来るときに手をコートのポケットに入れていたと……」

「それはつまり、ナイフにほかにも指紋が付いているはずだってことか」

「はい。その状況では、柄に付いた指紋は九つだけではないはずです」

「でも、学校に到着したあとでそれまでに付いた指紋を柄から拭ったというのもありうるだろう、それなら……」

「それはなおさら妙な話です。呉莞が自殺のまえにナイフの指紋を拭うとしたら、どういう手順になるでしょうか——右手でナイフを取りだし、ボタンを押して刃を飛び出させ、左手の指で刃をつまんで、右手でジーンズの右ポケットからハンカチを取りだし、柄の指紋をすべて拭って、そのあとハンカチをジーンズのポケットに押しこんで、逆手にナイフを持って自殺する。考えてみれば、先に刃を出しておかないと、ボタンを拭ったときに刃を出してしまうかもしれなくて、困ったことになるし、自分を傷つけてもしまう。でもそうだとすると、逆手で持ったときの指紋四つしか残らないでしょう。要するにどう考えたとしても、柄の指紋には疑問が残ってしまうわけで、自殺という結論はまったく支持できません」

「自殺でないなら、あの九つの指紋はどうやって残ったんだ？」

「こうじゃないかと思います——呉莞がはじめナイフを持っていて、ボタンを押して刃を出した。それからナイフを犯人に奪われてしまう。犯人は手袋をしていて指紋は付かなかった。そして呉莞自身がナイフを引きぬいて、そのときは逆手の動きだったんでしょう。そういえば、呉莞の手のひらに飛沫血痕は付いていましたか？」

「いいや」鑑識員が答えた。「どこかを触って付いた血が少しだけだった」

「それなら、たぶん自殺ではないし、ナイフを抜いた可能性だってあまりありませんね。ナイフが落ちそうになって一度支えたぐらいじゃないでしょうか。結局、呉莞はたぶん自殺ではない」

「となると、残った可能性は二つだけだ」洪刑事は姚漱寒の話を受けいれているようだった。「犯人は呉莞と連れだって学校に入ったか、もしくは昨夜学校に残っていた人間か。だが、寮生の犯行という可能性はどうなんだ？　夜に寮の建物の外には出られないんだろう？　唐梨の事件のあと、あの窓の外には鉄格子が取りつけられたはずだが」

「方法はおそらくあります」そう言って、馮露葵は携帯を取りだした。「だれよりも居室棟を知っている人を呼んできましょう。夢を断ち切るのは忍びないですが、これはやっぱりあの子が説明したほうがいい話です」

5

顧千千《こせんせん》が呉莞《ごかん》の死を知らされたあと、長いあいだ沈黙が続いた。

自転車置き場のそばにある居室棟の通用口のまえまで来て、その観音開きの鉄の扉をどう開けるか示すよう洪《こう》刑事に求められたときも、軽くうなずいただけだった。扉を引き開けるのには多少の力が必要だったが、スポーツ特長生だった顧千千からすればもちろん問題にもならず、女子でも全力をこめれば可能なはずだった。開けるときの物音は小さくなく、近くの部屋で寝ていた男子の耳には届いたかもしれない。

居室棟の通用口にも外に庇が設けられ、その下に雪は積もっていない。庇は、そのそばの屋根のある自転車置き場とは一メートルと離れておらず、軽く跳べばあいだを越えることができた。

自転車置き場は二年前に建てられたばかりで、それまではずっと空き地が広がっていた。学校はもともと地下に車庫を作っていたが、そのうち自転車を使う学生が日増しに増え、地下には停めきれなくなったので地上にも自転車置き場が作られたのだ。自転車置き場の屋根は守衛室のそばまで伸びている。週末ゆえにその下はがら空きで、自転車は何台も停まっていない。

仮に居室棟の通用口を出た人間が、身を躍らせて自転車置き場まで跳び、校門まで歩いていったなら、積もった雪は一寸たりとも踏むことがなく、雪に足跡が残る心配もいらない。この通り道の存在ゆえに、寮生には犯行の可能性があった。

一同は居室棟のなかに入り、顧千千が突きだしたラッチボルトと受け口を慎重に揃えて扉を閉め、内側から扉を押しひらく手順を見せた。こちらはいくらか簡単にできた。

それからみなは廊下を通り、居室棟一階の中央にある活動室へ歩いていく。すこしまえに、警察は校内放送を使って昨夜寮にいた生徒を活動室に集めていた。

活動室の戸口までやってきて、洪刑事はすぐにドアを開けず、あたりに一度目を向けた。

活動室の入口は居室棟の正面入口の向かいにある。二つの扉をつないでいるのが狭いホールだった。ホールの西の壁には窓と小さいドアがあり、ドアは寮監の宿直室につながっている。彼女もいまは活動室に呼ばれていた。もう一方の壁には黒板が掛かっていて、成績評価に関するいろいろな情報が書いてあり、右下の空いていた場所には昨夜寮に泊まっていた生徒の名前が書きだされていた――董恩存、謝春衣、鄭逢時、顧千千、孟騰芳、杜小園。

活動室の右側に小さい防犯扉が取りつけられていて、

廊下を寸断し、男女の寮を分けていた。

扉の近くにはカードの読み取り装置がある。

ひととおりあたりを見回したあと、一同は活動室に入っていった。いま黒板に名前が挙がっていた生徒は、顧千千を除いてみな長机を囲んで座っている。寮監もすみに座っていた。部屋には二人の警察官(ただ一人の女性警官もいた)と中年の鑑識員一人が立っていた。男の警官が洪刑事に向かい、居室棟の内部は入念に調べだれも身を隠していないことがわかったと報告した。鑑識員は紙の束を手にしていて、集めたばかりの指紋のようだが、ほかの記録も合わさっているかもしれない。洪刑事が部屋へ入るのを見て慌てて近寄り、資料の一ページを渡した。

「これは昨夜から今日の朝にかけて居室棟と、女子寮に出入りした人間のリストです。建物に入るときもあの防犯扉を入るときもカードの読み取りが必要で、カードを使うと記録が残ります。パソコンの記録を印刷してきました。学校のシステムには侵入された形跡がなくて、この記録は信頼できるはずです」

洪刑事は記録を受けとったが、すぐに見始めることはなくこれからすること——寮生を一人ずつ横の小部屋に呼んで話を訊く——の準備を始めた。そこは小規模な図書室で、二つ三つ本棚が置かれ、並んでいるのはすべて卒業生が学校に寄付した本で、ほかには机が一つと椅子が四つあり、聴取に使えるようになっていた。

洪刑事が話をしているあいだ、その後ろに立った姚《よう》漱寒《そうかん》と馮露葵《ふうろき》は刑事が手にしている資料を入念に読んでいた。表が二つある。一つめは居室棟に入るときのカードの読み取り記録。

18:17　杜小園
19:51　謝春衣
20:44　孟騰芳

21：15　鄭逢時
21：35　董恩存

もう一つの資料は、居室棟内、女子区画のまえにある防犯扉の記録だった。

18：18　杜小園
19：52　謝春衣
20：14
20：20　杜小園
20：44　孟騰芳
21：16　顧千千
6：42
6：43　孟騰芳
6：46
7：30
7：31

資料を読みこんでいるとき、馮露葵は内心軽い戸惑いを覚えた。二つめの表で、時間に対応する姓名が空欄になった箇所があるのはどうしてなのか。顧千千の耳元でこっそりと尋ねたが、顧千千は洪刑事が話しているときにその質問へ答えたがらなかった。そのうち、洪刑事が話を終え、表に目を落として同様にその点に気づき、寮監に同じ質問を投げかけた。寮監がしどろもどろになってうまく説明できないでいるところに、顧千千が口を開いた。

「外からあの扉を入るときにはカードを読み取らせますが、なかから出るときには必要なくて、壁のボタンを押せばいいんです。要領は校門と寮の入口と同じです。ただ、女子寮に入るこの扉は設定がすこし違っていて。なかから開けたときにも記録が残るんですが、カードを読み取らせる必要がないので記録できるのは時間だけで、開けたのがだれかはわかりません。こんな設定になっているのは、女子がなかから手引きして男子を連れこまないようにするためかもしれませんが、詳しい理由は私にもわからないんです」

つまり、20：14、6：42、6：46、7：30、7：31、この五つの記録は、内側から女子が防犯扉を開けたということだった。

「わかった。あとでまた話を聞くかもしれない」洪刑事はそう言いながら、また別の若い顔に視線を向けた。彼女も顧千千と同様に気落ちして、目は憤怒に近い悲しみで満たされていた。洪刑事は直感的に、ほかより事件と深く関わっている生徒だと考え、最初に話を聞く気になった。「君、横の部屋まで付いてきなさい」

しかしその女子は、命令されたように立ちあがって付いていきはしなかった。うなだれ、唇を噛み、肩をしきりに震わせている。

「洪刑事、あの子は……」顧千千はためらっていた。自分の言葉がこの女子により大きな面倒をもたらすのではないかと心配しているかのように。それでも続ける。「呉莞のルームメイトです。すこし時間が必要かもしれません」

「わかった、なら男子から始めよう。学年順にこっちへ来なさい。二人のうち三年生はいるか？　付いてくるんだ」

ということで三年生の董恩存《とうおんそん》が立ちあがった。

憔悴した面持ちで、女性の警官よりも髪を長く伸ばし、顔は無精ひげと憂いに覆われている。身にまとっているのはゆったりとして分厚い、薄い灰色のバスローブで、クリムトが自ら制作したあの服にいくらか近い。このような格好で警察官の前に姿を現す男はそうそういないが、董恩存はまったく気に留めていない。おそらく一目見た者は、自分が対面しているのは詩人か数学者だと考えることだろう——しかしそれは、完全な考え違いだった。実際には董恩存もまた音楽の特長生で、合唱団に入り指揮を務めている。卒業したあとは、外国に行って音楽を学ぶのだと以前から噂されている。

横の図書室に入るまえ、洪刑事は二人の部下を向いて尋ねた。「昨夜寮にいた生徒は全員ここにいるか？」

「孟騰芳《もうとうほう》はバレーボール部で、いまは体育館のほうにいます」

「だれかに連れてこさせろ」

男の警官は命令を聞いてすぐさま体育館の側の警官に連絡を始め、女の警官は洪刑事たちに付いて図書室に入り、扉を閉めた。

顧千千は呉莞のルームメイトの杜小園《としょうえん》のところへ歩いていき、そのまえに片膝を突いて、手を握り慰めの言葉を口にした。自らの心も悲しみと悔い、不安に埋めつくされているというのに、顧千千は寮委員のあるべき責任を果たしていた。

「私たち、どこかに座りましょうか」

「そうね、座りましょう」

口ではそう言いながら、姚漱寒に腰を下ろす考えはなく、素知らぬ顔で図書室の戸口に足を向ける。連絡を済ませたところだった警官はそれを止めようとしたようだったが、中年の鑑識員が手で合図を送り、諦めていた。姚漱寒はすぐに鑑識員へうなずいてみせ、相手も微笑みを返す。どうやら、この鑑識員も唐梨《とうり》の事件の調査に加わっていたようだった。

この流れを見て、馮露葵も慌てて姚漱寒のそばへ近づいていく。

二人は戸口に立って、息をできるかぎり殺し、なかの洪刑事と董恩存との会話を盗み聞いた。

「昨夜はいつ帰ってきた？」

「夜の自習が終わって、九時半ぐらい」

「どうして学校に泊まったんだ？」

「三年生は補習があって。三年生で寮生は三人だけで、僕のルームメイト以外は泊まってます」

「ルームメイトはどうして泊まらないんだ？」

「学校の代表で外国の物理の大会に行ってて、帰ってくるのは来週の火曜日」

「三年の寮生は君と、ルームメイトと、あとはだれなんだ？」

「あとは女子です。違うクラスで、謝《しゃ》って名字だけ憶えてて、名前は忘れました。まえに寮委員をやってた」

「昨夜、帰ってからはなにをしていた？　寝たのは何時かな」

「昨夜は独学のドイツ語の勉強をして、しばらく譜面を読んで、二時半まで起きてて……もうすこし遅かったかな。疲れきってて、時計も見ないで寝たので」

「夜間、居室棟を出ることはあったか？」

「いえ。十時半になると寮監のおばさんが鍵をかけて、絶対に出られなくなるから」

「なにか物音は聞いたか？」

「物音？　たしかにあったような、待ってください……寝ようとしていたとき、外でなにか物音がしてました。なにとは言いづらいんですけど。錆びたものが擦れるみたいな、ぎいぎいって音で、次に金属のものがぶつかる音、銅鑼みたいでしたけど、ずっと静かです。そういう音を聞いたのは初めてじゃないんですが」

「部屋の場所はどこなんだ」

「二階のいちばん南です」

「通用口からは近い？」

「まあ、近いですね」

「そのあとは？　昨夜聞こえたのは一度だけ？」

「そのあとはベッドに入りましたよ。寝るまえは音楽が聴きたいんで、ベッドに入ったらイヤフォンをしたから、もっとあとでなにか新しく物音がしたかはわかりません」言葉を継ぐ。「昨夜聴いてたのはフィッシャー＝ディースカウが歌ったフーゴー・ヴォルフの歌曲です。そのCDはまだ機械に入ってますよ」

「最後の質問だが、呉莞のことは知っていたか?」

「知ってます。合唱団の後輩で、こっちはいろいろ迷惑をかけられました。遅刻、早退、理由なく欠席したり、先輩や指導の先生にたてついたり、めちゃくちゃなことをたくさんしてました。でも、いろいろ助かってもいたんです。ピアノが弾けて、音楽理論がわかって、移調が必要なときにも代わりにパートごとの譜面を作ってくれて」図書室にため息が響く。「退寮になったとき、次の学期からは合唱団の活動に参加できないって言われました。帰りのラッシュのまえにバスに乗るからって。僕はとくに受験の苦労はないから、卒業まで合唱団に残ると思いますけど、僕よりも早くいなくなるのを見るのはなんだかとっても悔しかったです。学期が始まったら、教務と生徒会に行って交渉してみようかとも思ってて。まさか、ぜんぶ手遅れになるなんて」

「呉莞とは、たんなる普通の先輩と後輩の関係だったのか? それ以上の関係はなかった?」

「呉莞は校外に彼氏がいたんですよ。名前はわからないけど、たしかやっぱり音楽をやってて。彼氏のライブを見にいったって言ってたから、たぶんバーとかどこかのライブハウスで歌ってるんでしょう、インディーズのバンドのメンバーっていうのもあるかな。合唱団の練習中でも、ときどき出ていって彼氏と電話をしてました」

「最後に呉莞を見たのはいつ?」

「木曜。昼に廊下で出くわして、ちょっと話しました」

「どんな話を?」

「どうするつもりなんだって僕が訊いて。学校にはもういられないし、いっそ〝彼氏を頼ろうか〟って言ってました。どのぐらい真剣かはわからないです、あのときは笑いながら言ってたから。でも、退寮のことがかなりの打撃なのは僕にもわかりました。退学を考えてたとしてもおかしくない。それで僕は、外の男をあんまり信じるなって言ったんですけど。向こうは気にするどころか、かえって楽しそうに笑ってました――すくなくとも、そういうふうには見えました。〝あの人を信じるなって、まさか先輩に頼るってことですか〟って言われました。出会ったときから、呉莞との会話はだいたいそんな感じでした」

董恩存への取り調べを通じて、二つの重要な情報が手に入った。

一つは二時半ごろ、董恩存が外の物音を聞いていることで、きっと鉄の扉が開いて立てた音だろう。馮露葵は、顧千千が力をこめて扉を開けたときの音を思いだしていた――たしかに、董恩存の話した雰囲気ととても近かった。

二つめは呉莞の彼氏についての情報だ。その名前は聞けなかったが、呉莞の携帯の通話記録を調べてみれば見つけるのは難しくないだろう。姚漱寒は洪刑事がこの線を辿って調べを進めることを願ったが、考えなおしてみると、董恩存が聞いた音から判断すれば寮生の犯行という可能性のほうが大きく、呉莞の彼氏を調べても意味があるとは限らないと思えた。

ただ、これ以降の取り調べではここまでの収穫は得られなかった。

次に小部屋へ呼ばれたのは鄭逢時《ていほうし》だった。相手が質問するよりもまえに、率先して二つのことを自白している。一つは事務棟の裏口でテグスを使い実験をしたこと、もう一つは薛采君《せつさいくん》と顧千千に生徒用のカードを交換させたことだった。

「糸で錠をかけられる方法をなにか見つけようとしていた、ということか。それで、見つかったのか？」

「いえ。いろいろな方法を試してみたんですが、ぜんぶだめでした」

「二人にカードを交換させたのは、なにが目的だったんだ?」

「たいした目的はなかったんですよ。薛采君が寮生活に興味を持ってて、顧千千さんは生徒会長の家に泊まりたがってたものだから、薛采君に顧さんのカードを持たせて、寮に一晩泊まったらどうかなって僕が提案したんです」

「つまり、出入りの記録のこれは」ここで指している のは、21：16に顧千千のカードを読み取らせて女子区画に入ったという記録のことだろう。「ここの〝顧千千〟というのは、実際には顧千千のカードを持った薛采君だったんだな?」

「そうなんです。生徒会長の家で二人とも夕飯を食べたあと、だいたい九時過ぎに向こうを出発して寮に戻ってきました。玄関は僕のカードで通って、なかに入ったら薛采君が顧さんのカードで女子寮に入って、僕もそのまま自分の部屋に戻りました」

「君は部屋に戻ったあと、どう過ごしたんだ?」

「復習です。あと一週間で期末試験ですからね。十二時近くまで勉強して、寝ました」

「なにか物音は聞いていないか?」

「なにも」

鄭逢時に続いて取り調べを受けたのは薛采君だった。部屋に通されるときはひどく緊張して見えて、唇を嚙みしめ、うつむいて、もとからそういう性格なのだと知らなかったらその様子を見て筆頭容疑者にされかねなかった。幸い、杜小園の反応のほうがはるかに激しく、警察がこちらへ疑いを向けることはないだろう。

洪刑事は糸を使ったトリックの実験のことから質問を始め、薛采君は正直に答えていく。

「昨日は顧千千の部屋で寝たのか?」

部屋のまえの二人の耳に、薛采君が答える声は聞こえてこない。ただ、この質問にうなずいて答えたのだろうと想像はついた。

「居室棟に来たのはこれが初めて？」

答えの声はない。ただ馮露葵と姚漱寒には答えがわかっている。

「どうして、校則に違反してでも寮生活を体験したいと思ったんだ？」

「それは……これから住むことになるかもしれないから、です。逢時は生徒会長になりたいけど、だれも千千先輩のあとに寮委員になれる人がいなくて。もし、私が二年生で寮に住んで、寮委員になったら、逢時は安心して生徒会長になれるんです」

「そんなに好きなのか」

答えはない。もちろん、答えないとならない質問でもなかった。

「昨夜は顧千千の部屋に入ったあと、なにをしていたんだ？」

「復習です」しばらくの沈黙のあと、付け加えた。「教科書は持ってきてて、活動室に置いてきたあのかばんに入ってます。洗面道具もそこに」

「必要だと考えたら調べることにするよ」洪刑事が答える。「昨夜は何時に寝たんだ？」

「十時です」

「なにか物音が聞こえたことは？」

答えはない。ただ洪刑事がそれ以上質問しないところを見ると、首を横に振ったのだろう。

「朝起きたのは何時？」

「七時ぐらいに」

「最後の質問だ。呉莞のことは知っていた？」

「一度生徒会室に来てたことがあります。でも私は口をききませんでした」

薛采君が取り調べを受けているあいだに、孟騰芳が一人の警官のあとについて活動室へやってきた。入口にいちばん近い席へ腰を下ろす。

孟騰芳は顧千千のクラスメイトで、顧千千がのけ者扱いされていたとき味方になった数少ない生徒だった。同じスポーツ特長生として相手の苦しみを理解できたのだろうか。二人はその運命もどこか似ていた。孟騰芳は入学当初、中心選手として育成を受けていた。ただ故障が原因で一度、重要な大会に出場できなくなり、それからは日増しに冷遇を受け、同じ学年の李庭芝《りていし》がコーチと先輩たちのお気に入りとなっていった。二年生になってからも、出場の機会はめったに得られないでいる。将来への焦りからか学業にかなりの精力を注いでいて、成績は顧千千すらも上回っていた。

　孟騰芳は、バレーボール部で唯一寮住まいの選手でもある。

　薛朵君を図書室から送りだしたあと、洪刑事はやってきたばかりの孟騰芳とすこし言葉を交わし、身元を確かめてから、もと予定していたとおり三年生の謝春《しゃしゅん》衣《い》を従えていった。

　謝春衣は前年度の寮委員だった。顧千千にとっては、馮露葵に次ぐ第二の師と仰ぐ相手である。ただし謝春衣自身は顧千千に好感を抱いていない。年度が変わったとき、馮露葵が顧千千を謝春衣に引きあわせようとすると、断りはしなかったものの、〝やることを投げ出す人は嫌いなの〟と口にした。そのこだわりは外面にまでにじみ出ていて、とくに黒く真っすぐな髪といつでも変わらない前髪に表れていた。かつて同室の生徒に話したところでは、前髪を二対八の割合で分けられないと一日中最低の気分になるらしい。服装にも神経を配っていて、一年生のときに一度、校則違反の家電を持ちこんだことで掃除の罰を受けていたが、そのとき持ちこんだのはアイロンだった（そして大停電を引きおこした）。

　洪刑事に名前を呼ばれると、謝春衣は慌てる様子もなく立ちあがり、自分の慣れた足どりで悠然と隣の部屋へ歩いていった。

「昨夜はいつ部屋へ戻ってきたのかな」

「八時まえです」

「君も三年生だが、夜の自習には行かなくてよかったのか？」

「昨夜は体調があまりよくなくて、早退したんです」

「申請はだれに？」

「英語の鄭《てい》先生に言いました」

「こちらで鄭先生に確認しておこう」洪刑事は言う。

「部屋に戻ったあとはなにを？」

「アスピリンを一つ飲んで、寝ました」

「いまは大丈夫なのかな」

「起きたらずっと良くなってました」

「生理痛？」なかにいた女性の警官が初めて質問を発した。

答える声は聞こえてこないが、警察から続けて質問がない以上は、謝春衣はうなずいたのだろう。

「夜のあいだ、なにか物音を聞いたことは？」

「いいえ。ぐっすり眠っていたので」

「朝は何時に起きたんだ？」

「六時半です。そのあとお湯を沸かして」意識して、長い答えを返している。「コーヒーをポットで淹れて、ビスケットを何枚か食べました」

「君のルームメイトは三年生じゃないのかな、いないのはどうしてだ？」

「違います。一年生で、土曜日の補習を受けなくていいんです。もともとのルームメイトは三年生になったら移っていってしまいました。きっと私に耐えられなかったんでしょう」

「いまのルームメイトは？」

「あの子は同類です」

「呉芫とは知りあいだったかな？」

「知りませんでした。まえに寮委員を務めていたから、二、三年の寮生は全員名前が言えます。ただ呉芫の学年は無理で」

「寮委員をやっていたなら、通用口が鍵を使わなくても開けられることは知っていたのかな」

「開けられるんですか？　わかりません。通用口は男子の居室の側で、もう長いことそっちには行ってないので」

「いまの寮委員との仲はどうなんだ？」

「顧千千ですか？　正直に言えば、最悪です」改めて自分の信条を繰りかえした。「やることを投げだす人は嫌いなので」

　謝春衣への取り調べが終わったあと、先ほど体育館から連行されてきた孟騰芳の番がここで回ってきた。

　今回、洪刑事は小ぶりなドアから出てこず、自分より頭一つ背の高い孟騰芳と並んで立ちたくないようだった。孟騰芳も不機嫌な表情を浮かべているが、今学期の最後の練習がこうして邪魔されたのが不満なのだろうか。すこしでも顔色を察することができる人間なら、その顔が伝えようとすることを読みとれる——私に話しかけないで。

　しかし洪刑事に選択肢はない。

「昨夜は何時に寮へ戻ったんだ？」

「練習が八時半に終わって、ほかの子たちとちょっと話して帰ってきました」

「戻ってきたあとはなにを？」

「お風呂と、あとは復習です」ややいらつきながら答える。「スポーツ特長生だからって勉強で落ちこぼれたくはないので」

「寝たのは何時？」

「十時半に」

「夜間になにか物音は聞かなかったかな」

「いいえ」

「こちらには防犯扉のカードの記録があって、君たちが女子寮区画に出入りしたときの記録が残っているんだ。今日の朝六時四十三分、君はカードを使っているね。これはどうしたんだ？」

「朝に練習があるんです。慌てて出ていったら、足にあんまり合わない靴を履いてて。寮の玄関まで来てすごく違和感があると思って、部屋に戻って履きかえたんです」

「呉莞とは知りあいだったのかな」

「食堂で何度か会いましたけど、なんて名前かは知りませんでした」

こうして孟騰芳への取り調べも終わった。

呉莞のルームメイト、杜小園から話を聞くまえに、洪刑事は寮監の取り調べを済ませた。ただ彼女からは役に立つ情報はなにも得られなかった。毎日夜十時半には居室棟の正面入口に鍵をかけ、朝六時ごろにまた開ける、と改めて答えるばかりだった。そのあいだの時間には、カードを読み取らせようと、内側のボタンを押そうと、居室棟に入るその扉は開かない——これは十数年前から続いているルールだった。まえの晩、六時十七分に杜小園が居室棟へ戻ってきたことは記憶していたが、七時半から十時までの出入りについてはなにひとつ知らなかった——テレビを見ていたせいだ。寮監も夜間になんの物音も聞いていない。朝の出来事も、孟騰芳が入口まで駆けてきてまた引きかえしていったことしか記憶していなかった。

そして、活動室へ戻った洪刑事はふたたび視線を杜小園に向けた。顧千千の慰めを受けて気分は落ちついており、もう震えても、荒い息をついてもいなかった。とはいえ、血の気の消えうせた面差しとは対照的に、赤みを帯びた目のふちはまるで血を流しているかのようだった。涙はもう止まっているが、それも一時のことでしかない。

直後、洪刑事は杜小園へあまりに厳しい裁きを下した——

「申しわけないが、杜小園さん、われわれに付いてきてくれないか」話しかたはとてもゆっくりで、忍びないがどうすることもできない様子だった。「警察署で訊いたほうがいいことが、いろいろとあるんだ」

警察に連れていかれると知らされたとき、杜小園の反応はその場のだれが予想するよりも落ちついていた。立ちあがり、顧千千の手を握っていた手を離し、ゆっくりと洪刑事のところへ歩いていく。涙がふたたび目のなかに湧きだし、口の端も絶えずひくついているが、足取りは安定していた。いちばん近くにいた女性の警官のまえを通ったとき、無意識に両手をまえへ出したのは、相手が自分に手錠をかけるのを待っているかのようだった。二、三メートル離れてそれを見つめていた洪刑事は首を振り、この場を出ていく。なので、女性の警官は杜小園のそばへやってきて、背中をそっと叩き、洪刑事に付いていくようにうながした。杜小園がそれに従うと、警官もあとから活動室を出ていく。

ほっと息をついた姚漱寒はトイレに行くことにした。顧千千は自分のカードを貸していいからと言って、女子寮側のトイレに行ってもらおうとした。しかし姚漱寒は達観していて、どうせだれもほかにいないのだから、男女どちらのトイレでもかまわないと答える。馮露葵もそれに付いていった。

二人が活動室に戻ってくると、洪刑事が引きかえしてきていて、警官たちに対応を割りふっているのを目にした。残った警官一人には体育館のほうから何人かを呼んでこさせ、居室棟に徹底的な捜索をかけていた。まえの捜索の重点はだれも建物に隠れていないのを確かめることだったが、これからおこなう捜索はおもに物証を求めてのことだった。

とくに、犯人が足跡を消すのに使ったほうきを見つけたい。

そのあと洪刑事は姚漱寒をそばに呼んだ。まえに手渡された茶封筒を手にしている。

「すまないが昨夜泊まっていた全員の資料をまとめて、警察署に届くようにしてくれないか」

図書室へ向かう道のり、最初に口を開いたのは顧千千だった。

「杜小園はたぶん無実でしょう?」

「そうだといいけど」馮露葵の答えにはほとんど自信が感じられない。「警察があの子を疑うのも、わからないわけじゃない。呉莞のルームメイトで、二人はぶつかったこともあるし、それに補習を受ける必要も練習に参加する必要もないのに、金曜日の夜に学校に泊まってたんだから。いろいろな角度から見て、いちばん怪しいのはあの子」

「あの子が週末も学校にいるのは理由があるんだ」顧千千はためらう。「言わないって約束したけど……」

「こうなったらそんなこと構ってられないでしょう。私は秘密を守るから」馮露葵は、後ろを歩く姚漱寒をちらと見る。「先生もそうでしょう?」

「理由はたぶん、ある程度予想がつくわ。鄧先生が学校に泊まっていた理由と同じようなことでしょう、きっと家庭の事情ね」

「両親が離婚して、裁判中なんです。奪いあってるのか押しつけあってるのか、とにかくあの子の親権はすぐに定まらないらしくて。だからしばらくは、学校で暮らしてるんです」顧千千は言う。「しばらくで済んでほしいけど」

「そのことは呉莞も知っていたの?」馮露葵が訊く。

「知ってた。あの子は、この件を持ちだして杜小園を脅してたんだよ。二人には多少の行き違いがあったの。杜小園がいちばんつらかった時期、呉莞はギターを寮に持ちこんで、毎日夜遅くまで練習してた。ある日、もう弾くのをやめてと杜小園が言って、言いあらそっているあいだにギターが床に落ちて壊れてしまったの。呉莞は修理費を出させて、杜小園はその通りにした。家族の仲はひどかったけれど、経済的には恵まれていたのはたしかで、おこづかいで苦もなく新しいのが買えたんだ。実際にもそうした。呉莞の家はひとり親で、生活は余裕がなくて、ギターも長いことお金を貯めてやっと買ったものだったんだ。新しいギターが手に入ったあと、二人の関係はいちど良くなった。でもいい日は続かなくて、十一月の初めから、呉莞は急にお金が必要になって、毎週金曜日には杜小園にかなりの額を要求するようになったの。でも杜小園はおこづかいを分け与えたくはなかった、なにせお金は両親とのわずかなつながりだったんだから。そうしたら呉莞は、家の事情をばらすと言って脅すようになって……この件が明るみになって、呉莞は退寮の処分を受けたの」

「呉莞がお金に困るようになった理由はわかるの？」

顧千千は首を振った。「でもそれなりの想像ならいちおうできるでしょう。たぶん男がらみ」

「私もそう思う。もし呉莞が、バーとかライブハウスで歌う仕事をしてる男を好きになったなら、近づくためにはきっとお金が必要でしょう。高校生にとってはきっと安くない額のはず」

「そうだ、だからいつも金曜日に杜小園を脅してたんだ。週末に、その男が働いてるところへ会いに行ってたから」

「でもぜんぶ、私たちの推測でしかない」馮露葵は言う。「警察なら裏づけが取れるかも」

「さっき杜小園が、昨夜のことをすこし話してくれたんだ」

一行は教室棟にある図書室へ着き、姚漱寒を先頭に書庫のなかへ入っていく。いちばん奥にある仕事机のそばに腰を下ろして、顧千千はついさっき、杜小園に聞かされた話を繰りかえしはじめた。

「あの子は昨夜の八時すぎに、私に会いに部屋まで来たんだって。ノックしてから私がいないことを知って、男子の部屋のほうにも行って鄭逢時に相談してみようとしたけれど、結局そっちもいなかったから諦めたらしくて」

「そういえば、女子寮に出入りした記録もたしかに二つ残っていた。八時十五分ぐらいに女子寮から出てきた人がいて、八時二十分に杜小園がカードを読み取らせて入っていった。六時すぎにいちどカードの記録が残っているから、それ以降はずっと女子寮のなかにいたということ。八時すぎに出てまた戻ってきたのは、鄭逢時に会いに行ったときなんでしょうね」

「記憶力がいいね。そのとき私たちに会おうとしたのは、呉莞についてのことで相談したかったんだって」

「心変わりして、呉莞を寮へ戻らせたくなったのかな」

「当たりね」

「わかりやすい話」馮露葵は言う。「でもそれは、あとから本人がそう言っただけでしかない。もしかしたらそのとき、別の用があってあなたたちに会いたかったのかも。たとえばまた呉莞に脅迫を受けただとか。でもいまそんなことは言えない、だって自分への容疑を強めるだろうから……」

「考えすぎだよ。あの子は本当のことを言ってると思う」顧千千が言う。「そして潔白。たぶん、ほんとうに呉莞を寮に戻らせたかったんだ。それなりにわかるよ、あの子の考えは、いちおう……いや、感情って言ったほうがいいか。杜小園はほんとうに孤独なんだ。きっと自分が、世界すべてから捨てられたと感じてる。だから、自分を傷つけたことがある相手でも、その友情を失いたくはないんだ」

「そんなことを言っても、遅すぎるけど」

「私が、なるべく力になってあげる」

「私もあなたの力になる」馮露葵は、回転椅子に座りこんだ姚漱寒に顔を向ける。「先生は、洪刑事に頼まれた資料の整理はいいんですか?」

「ひと息つかせて」姚漱寒は手の甲を額にのせて言う。「ちょっと後悔しているの。さっき校門のところで、余計なことを言って自殺の可能性を否定するんじゃなかったって。もし自殺で決着したら、すくなくともだれも罪を着せられることはない。いまはすべての証拠が杜小園を向いていて、あの子の状況はかなりまずいわ」

「なら先生は責任を取って、犯人を探しださないと」

「その気がないと思ってるの？　そんなにうまくいくわけが……」

馮露葵にはこの先相手をする気はなく、視線を顧千千の悔いに満ちた目に向けた。「そういえば、謝春衣先輩の携帯の番号はわかる？」

「わかる。でも、一度もかけたことはない」

「ちょっと携帯を使わせて。私は知らないから。ちょっとあの人に、確認したいことがあるの」

携帯を受けとって、馮露葵は電話をかける。話しはじめたのは相手のほうだった。

「あなたが電話してくるなんて」

「先輩、馮露葵です。携帯の電池が切れてて」思いついた嘘を口にする。「だから顧千千の携帯で電話をかけました。いま、お話をしていても大丈夫ですか？」


「大丈夫、医務室のベッドで横になってる。また痛くなってきて。入口では警察が見張ってるの」

「先輩、今日の朝のことは思いだせますか？」

「朝？　お湯を沸かして、コーヒーを淹れて、ビスケットを食べて。正直に警察に話したけど」

「そのあとは？　校内放送を聞いたあとのことを聞かせてくれますか」

「放送を聞いたあと……言われたとおり、活動室のほうに歩いていった。一階に下りたら、呉莞のルームメイトが一人でまえを歩いてるのが見えたな。私とはすこし離れてたから、むこうも私には気づかなくて。そのあとはあの子がボタンを押して、扉から出ていった。こっちは早足になって、扉が閉まるまえに追いつこうとしたけど、あと一歩遅くてドアは閉まってしまったから、また一回ボタンを押して……」

「先輩の後ろからいっしょに出てきた人はいませんでしたか？」

「だれも。どうして？」

「なんでもありません。気になって訊いただけです。ありがとうございました」

「顧千千の気分は大丈夫よね？　電話をかけてきたのを見て、こっちは心からびっくりしたの。てっきり、なにか相談したいことがあるんだと思って。私に話さないといけないということは、きっとどうしようもないことでしょう、たとえば、辞めたいとか。あの子のことはあんまり好きじゃないけれど、続けていてほしいとは思うから……」

「いえ。顧千千は辞めません」馮露葵の言葉は断固としていた。「だってあの子は先輩と同じで、やることを投げだす人間がなによりも嫌いなんですから」

電話を切ると、事件への一つの仮説が馮露葵の胸のなかで形づくられていく。いま考えだしたこの答えにはどれほどの自信もなく、だれかに信じてもらうことができるか確信できない。姚漱寒が昨夜言っていたように、すべての手がかりを繫ぎあわせた解答は、理屈に合っていたとしても、おそらくは大量の可能性のなかの一つでしかない。ただ、それより筋の通った説明をだれも考えだせないなら、自分のこの答えにも〝真相〟となる望みがあり、すべてを賭ける意味はある。

残る問題は、どうやって警察と姚漱寒を説きふせるかだった。

6

警察署へ向かうタクシーのなかで、馮露葵《ふうろき》はいくらか緊張していた。なにしろそういった場所に行くのはこれが初めてだし、しかも警察の捜査に協力するという理由なのだ——そのうえ、洪《こう》刑事は以前からの知りあいの姚漱寒《ようそうかん》へ資料を持ってくるように言っただけで、これは姚漱寒の管轄の範囲なのに、自分も付いていくのはほんとうにふさわしいのだろうか。さらに頭を悩ませている問題は、先ほど思いついた解答はいったい口に出すべきなのかどうかだ。

すべて流れに任せよう、と考える。もし話して聞かせる機会が生まれれば、みずから恥を求めることにはならない。

警察署に到着したあと、二人は運よく入口のまえで、煙草を吸っていた洪刑事と行き会うことができた。

姚漱寒から分厚い茶封筒を受けとったあと、刑事はクラフト紙のその封筒をわきにはさみ、煙草を吸いつづけていて、事件について考えているようにも、二人が勝手に話しだすよう誘っているようにも見えた。

「杜《と》小園《しょうえん》の記録もそこにあります」姚漱寒がうまく話を切りだした。「なにか聞きだせましたか？」

「なんでもないことばっかりだ」煙草の煙を吐きだす。「たしかなのは、あの子に呉莞《ごかん》を殺す理由があることぐらいだ」

「私も聞きました、呉莞に脅されていたんでしょう。でもそれはずっとまえのことです、最近はやっていなかったはず。ほんとうに呉莞を殺すならもっと早く実行するでしょう」

「なんとも言えないな。最近脅迫を受けたのかは、あの子自身しかわからない。肝心な問題は、杜小園へ会いにいくという以外に、なにか呉莞が真夜中に学校へやってくる理由があったのかだよ」

「たしかに。私にもほかの理由は考えつきませんね。呉莞の携帯に、二人の通話記録はあったんですか？」

「なかったな。はじめは、犯人が携帯の記録を削除したのかと考えて、技術部門の奴らにデータを復元させたんだが、結局、ここ何日かで削除されたのはスパムが何通かだけだってわかった。昨夜呉莞はだれにも電話をかけていないし、メッセージもだれにも送ってない。もちろん、ほかの手段を使って杜小園に連絡を取った可能性は否定できないがな、メールとか、QQとか掲示板なんかの経路は、まだ調査中だ。それに、事前に杜小園へ連絡しなかったとしてもいいわけだろう。相手の部屋の外に行って窓を叩けばいい――あの部屋は一階だった」

「そうしたら、雪の上に足跡が残りませんか」

「そこは問題だな。寮の周りからはまったく足跡が見つかってない。事務棟の周りにもだ。とにかく二人にはなにか連絡法があったはずなんだ、こちらがまだ知らないだけで」

「呉莞の彼氏は見つかりましたか？　電話の記録をたどれば難しくはないでしょう」

「見つかったよ。携帯のなかはその男との通話記録だらけで、だからすぐにわかった。音楽なんてやってる若造だ。こっちが電話をかけたときにはむこうはまだ寝てて、はじめはかなり乱暴で、電話をかけてきたのが警察だとまったく信じてなかった。でもなんとか住所を聞きだすことができて、すぐに人を向かわせたよ。警官が駆けつけたときには、奴はもう身だしなみを整えてこっちを待ってた。一晩寝てないように見えたし、かなり酒も飲んでたのかもな。こっちが事情を説明したら、声をあげて泣きはじめて……」そう話したところで、洪刑事の手元の煙草は火がフィルターまでたどりついていた。煙草を地面に捨て、踏みつけたが、また新しく火を点ける気は失せている。

「それからいくつか話が確認できた。一つは呉莞がここ一週間、奴と同居してたことだ。退寮処分を受けてそんなに経たないころからなんだろう。もう一つは、奴には昨夜充分なアリバイがあったことだ。雪が降ったせいであんまり繁盛はしてなかったが、十時から始まって休み休み三時過ぎまで歌って、ずっとバーを出ていかなかった。そのあとは常連と酒を飲んで、そのまま朝の閉店になったと」

「まだ呉莞の死亡推定時刻は定まっていないんですか」

「詳しいところはまだ固まってないな、わかるには解剖が必要だ。だが直腸温度と死後硬直と、角膜の混濁から考えると、たぶん二時から三時のあいだで、これ以上遅くはならない」

「雪が止んだ時間は？」

「ちょっと質問が多いぞ」そう言いながらも、口ぶりに相手を責める響きはなかった。「気象機関から受けとった資料だと一時二十分前後、地区が違えば多少誤差は出るかもしれないが、とくに影響はないだろう」

「つまり、呉莞が外出したとき雪はもう止んでいた……」

「そうだろうな。彼氏が住んでた場所は学校から近くて、十分かそこら歩けば着く。ただ残念だが、そこは高層建築で、出入りが多すぎて足跡は取れなかった」

「監視カメラはないんですか？」

「警察ものの番組の見すぎじゃないのか、いつもカメラ頼りで事件を解決してると思ってるのか？　ここは北京や上海みたいな大都市じゃないんだ、あんな数のカメラなんてないさ。エレベーターには付いてたが、奴らが暮らしてたのは二階で、上がるときも下りるときもエレベーターは使わない」

「それはたしかに、ちょっと厄介ですね」姚漱寒が言う。「その彼氏は拘束してないんですか？」

「アリバイがあるんだ、こっちにも引っぱってくる理由がないよ。それと奴に一つ確認してみたら、あの飛び出しナイフの持ち主がだれかわかったんだ」

「その彼氏の？」

「だったらよかったんだ、あれは規制されてるナイフだからな、引っぱってくる理由ができる。呉莞のだったよ。杜小園にも確認したが、呉莞の持ちもののなかにあのナイフを見たことがあると言ってた。ほかに収穫はない」そう言って、洪刑事はコートのポケットから青い名刺を一枚取りだした。「ちょっと力になってくれるっていうのはどうだ、こっそり呉莞の彼氏にあって、なにか探れるかやってみるのは」

姚漱寒は名刺を受けとって、そこに書かれた名前に目を留める——晏茂林《あんぼうりん》。肩書きは歌手となっていて、下には歌っているバーの住所が書いてあった。「ここに行けば会えるんですか？　彼女が殺人犯に襲われて、きっとしばらくは落ちこんでるでしょう」

「今晩も歌いに行くと言ってたよ」ため息をつく。「なにもかも食うためだ」

「なら、やってみます。警察から経費は出ないんですか」

「それは君が、なにか金を出すに値する情報を訊きだしてこれるかにかかってるな」洪刑事は視線を馮露葵に向ける。「どうして一言も言わないんだ、なにか気になることがありそうだが」

「私が考えてるのは、自分のような未成年はバーみたいな場所に入れないんだろうなってことです」

「もちろん無理だ」

結局、洪刑事がその場を去っていくまで、馮露葵は自分の考えた推理を口にすることができなかった。その直後、最後の機会も逃した——署の入口に向かっていた洪刑事が突然立ち止まり、なにかを思いだしたかのように振りむいたのだ。

「そうだ、話していないことがあった。犯人が足跡を消すのに使ったほうきが見つかったよ。居室棟の一階の、男子トイレの用具入れにあって、もとからそこに置いてあったらしい。見つかったときにはほうきはびしょ濡れだったよ。男子二人と寮監のおばさんに訊いてみたが、全員、自分は最近使っていないと言っていた」

しばらく黙りこんだあと、一言付けくわえる。

「それとだ、あの男を恨んでやるな。呉莞は処女だった」

二人が学校の近くまで戻ってきたとき、また雪が降りだした。馮露葵は図書室へかばんと傘を取りに戻ってから帰ることに決めた。校門に来ると警察官に引きとめられて、姚漱寒がどれだけ説明しようと相手は二人を入れようとしない。どうにもならず、馮露葵は姚漱寒を、自分の家で少し休んでいくように誘った。

ソファに腰を落ちつけたあと馮露葵は、姚漱寒が事件について話を始めてくるものだと思っていた。実際には違った。

「今日はほんとうに色々なことが起こったわね。私の頭も回らなくなっていそう」

「それならゆっくり休んでください。呉莞の彼氏に会いにいくのはやめて」馮露葵はエアコンを点けながら言った。「鉄壁のアリバイがあって、容疑なんて皆無みたいなものなら、会いにいってもなんの意味もないでしょう。かえって全員が不愉快になるだけです」

「そうとも言いきれない。被害者について私はほとんどなにも知らないようなものだから。理解をいくらか深められるなら、いずれにせよ助けになるでしょう」

「先生はまだ探偵ごっこを続けたいんですか?」

「わたしは警察に協力したいだけ」

「嘘つき」

しばし休んだあと、姚漱寒は馮露葵の本棚に近づき、時間つぶしにする読物を物色しようとした。本棚の上にかけられた時計は三時四十五分を示している。バーへ向かうのに最適な時間まではすくなくとも四時間は残っていた。ヴァージニア・ウルフの小説を一冊手に取り、同時に、そう遠くない昔に終わりを迎えたばかりの少女時代への追憶にひたった――かつて自分はこの作家を深く愛して、かわいそうなほど少ないこづかいと食費を節約した金で国内で手に入る彼女の作品を買いそろえ、ひどく粗末な再生紙に印刷された英語の原書まで何冊か探しあつめていた。高校のあいだじゅう、同好の士には一人も会わなかった。ウルフの本を友達に貸すと相手はかならず、一章たりとも最後まで読みとおすことができなかった。向こうが読みたいのは起伏のある物語で、くどくどした〝意識の流れ〟ではないのだ。大学に入ってついに、副専攻の中国語文学科の教室で、ウルフの愛好者に出会うことができた。二人は、学校の近くの漫画喫茶で夜を徹してこの作家について語りあったものだった……しかし、現在の自分には読みすすめることが難しかった。かつて自分を魅了した長い文章、微妙な起伏がこめられた長い段落、うっかりしたかのような脱線は、いまではすべて読書の障害となっている。かつて自分に、目前に期限が迫った課題をあきらめさせ、消灯時間を無視させ、取りつかれたようにのめりこませた言葉は、自分の胸と喉をきつく締めつけた心理描写は、いまでは苦痛に変わっている。姚漱寒は、読書に手軽さを求め、丸呑みするように筋をたどることばかり考える人間に自分もなってしまったのだと気づいた。眠ってしまうまえに、手にしていた『灯台へ』を本棚に戻した。

自分ははたから押しつけられたリズムを受けいれざるを得ず、そのリズムに従って生活するしかなく、数年前には想像すらしなかった貧しく軽薄な日々を過ごしている――自分にできるのはそれだけ、選択肢はなかった。

ほんの一瞬、自分のペースに従って生活することができる馮露葵に軽い嫉妬を覚えた。

ただ、そのペースも、馮露葵はいつまで保っていられるだろうか……

「私、夜はやっぱり先生といっしょに行くことにしました」

「よく考えてみて、見つかってしまったら生徒会長なんて続けられないわ」

「大丈夫です、私は政治家でもアイドルでもなくて、だれも私の行き先なんか気にしません。先生がどうしても不安なら、あとで伊達眼鏡を買うのに付きあってくださいよ」

「あなたが入口で引きとめられることだけが心配なんだけれど」

「そうはなりませんよ。化粧はできないけれど、すこし大人っぽい服さえ着れば、だれだって女子大生だと思ってくれます」そう言ったところで、馮露葵は横に座っている姚漱寒を眺めまわした。「先生のほうこそ、化粧はしたほうがいいです。なにがあろうと中学生に見られて止められることはないように」

「大丈夫、化粧ポーチはずっと持ち歩いてるから、いまからでも化粧はできる」手提げかばんから、手のこんだ紺色の小さな入れ物（一見すると任天堂が売りだした携帯ゲーム機かなにかに見える）を取りだし、ふたを開けて馮露葵に見せた。「どうせ時間はあるんだから、あなたに化粧をしてあげましょう、大学でも友達にやってあげてたの。あの子も化粧をしなかったから」

「先生はだれから教わったんですか？　お母さん？」

「高校のルームメイト」答えたあと続ける。「いまはもう疎遠になったけど……」

「機会があったら私にも教えてくださいよ」

「たしかにあなたは教わってみる必要があるわ。それだけ隈が出てると、すこしコンシーラーを使うのがいい。でも眉毛はもとから濃いから、眉を書く工程は省略できるでしょう。ただ目は力がなくて、アイラインを引いて、まつ毛も手を加えたほうがいいかも。口紅は、私のは似合わないかもしれないからちょっと我慢してね。最後にだけど、チークは付けたほうがいい？中国の女はだいたいチークが嫌いで、わざとらしいって思うんだけれど。でも日本では化粧となるとかならずすこしチークが入るから。そういえば、最近〝二日酔いメイク〟っていうのを開発した人がいて、あなたみたいな元気がなく見える女の子にはぴったりじゃ……」

「二日酔いがどうのはやめてください。一度経験したあとはもう結構です。それに、二日酔いになるまで飲む女なんて好きになる人がいますか？」

「いるでしょう。私は酔っぱらった女の子がなにより可愛いと思う」

「先生、それは趣味じゃなく、ただのナルシストです」

「さて、座ったまま動かないで、話もしたら駄目。私が化粧してあげるから」姚漱寒はアイライナーを手にする。「あまり動いたらペンが目に入って、失明するかもしれないから」

アイラインを描いているとき馮露葵は自分が先端恐怖症だったのだろうかとまで疑い、逃れたいという衝動を必死に抑え込んで、動いてしまうと惨劇が起きるのだと恐れた。姚漱寒がようやくアイライナーを手放し、ビューラーを手に取るその隙に口を開いた。

「そういえば、呉莞の事件について、先生は心のなかでなにか目星は付いてるんですか？」

「まだなにも。今回の事件は唐梨《とうり》の事件と似ているところがたくさんあるけれど、違ったところもいくつかあるでしょう。似たところばかり注目して同じ方向に考えていたら、道を間違えて、落とし穴に踏みこんでしまうでしょうね。だから私は、ほんとうの糸口はきっと二つの事件の違いにあると思うの。その糸口が見つかれば、真相がわかるまでは近い。五年前の事件を参照できるわけだから、解決の望みもすこし大きくなる。すくなくとも、唐梨の事件よりは解決できる望みが……」

「一つ違いに気づきましたよ、推理を進めるのにちょっと助けになるかもしれません」相手が口紅を取りだしている隙に馮露葵は言う。「携帯が――」

話している途中なのには構わず、姚漱寒は上唇を口紅で押さえつけ無情に話をさえぎる。「それは、呉莞が携帯を身につけていたけど、唐梨はそうでなかったということ？　それはたしかにはっきりした違いね。その筋で推理していくと、どんな結論が出てくるの」

「いまはちょっとした思いつきだけです。先が見えたら先生に話しますよ」

「なら待ってる。ただ」姚漱寒は入れ物のなかの道具を整理しながら言う。「犯人に思いあたっても、たったひとりで犯人と〝対決〟なんてしないで。殺されてしまうから」

「ええ？　ハードボイルドの推理小説にしか登場しなさそうな展開に聞こえますけど」

「ハードボイルドはそんなものじゃないの、探偵は犯人がだれなのかわかっているのに、わざと女の子を敵の魔の手に送りこんで、土壇場で現れていつもどおり英雄になってみせる――いや、実のところハードボイルドだとかはぜんぜん読んでいなくて、これはクイーンが『ダブル・ダブル』で言っていたんだけど」

「なら、先生が助けてくれることを期待しますね」

「呉莞の彼氏の手から？」

「アリバイがあるなら、たぶん犯人ではないでしょう」馮露葵は言う。「私は充分な理由があって、犯人は昨夜学校に泊まっていた数名のなかにいると思っています」


薬物の乱用、販売禁止。

賭博禁止。

売春禁止。

窓に近い場所へ腰を下ろしたあと、まず馮露葵が目を留めたのは真鍮のプレートに印刷された三行の黒い文字だった。慌てて店内に〝未成年入店禁止〟の文字が貼られていないか探し（先ほど入口では見なかったので）、幸い見つからなかった。気づかれたとしてもそこまで大ごとにはならない、そう自分を落ちつかせる。

あまり規模の大きくないバーで、川岸に位置している。近くの窓からは、雪片がひとひらずつ川に消えていくのが見えた。窓辺には情緒のないペットボトルが置かれていて、枯れかけた緑の植物が差さっている。

店内の装飾は大ざっぱで、むしろ粗末に近く、薄暗い青の照明でごまかすことになっていた。明かりに照らされて客たちには床や壁、もしくはソファのそもそもの色がわからず、テーブルに置かれたアロマキャンドルも照明の下で恐ろしく陰惨な姿になっていた。そのせいで、店内には温風が出ているのに、座っているとぞくりと寒気を感じた。

店内には、九〇年代初めの広東語の歌が流れていた。

壁には洋酒のポスターがぽつぽつと何枚か貼られている。どう考えてもこんな店で出てくるはずがないものもあったが。国産ビールの広告も一、二枚目に入った。入口のそばには明かりのない水槽が置かれていて、なかには一匹の魚もいない。水槽の下には電源タップがあり、三、四本のケーブルがもつれあっていた。

ステージに近すぎるせいなのか、カウンターのまえに座席はない。棚には洋酒の瓶がまばらに並んでいるが、棚とカウンターのあいだにバーテンダーは立っていなかった。

ステージはこの空間で、いちばん光の強烈な場所だった。椅子と譜面台、マイクスタンドは、歌手が席を外している状況で、あるべき位置に置かれている。ほかにはアップライトピアノが薄暗い隅にあり、その横にはマイクも用意されていた。部屋の四隅にそれぞれスピーカーが置かれているが、音響効果にはつゆほども期待できない。

店に入ったとき、すでに二つのテーブルに客がいた——はじめはそう思ったのだが、しかし数秒後、片方のテーブルの〝客〟が立ちあがって二人を迎え、メニュー表を渡してきた。

メニューに姚漱寒の最愛のラフロイグはなく（ヨードチンキによく似た風味のこのスコッチウイスキーを店員は聞いたことがあるのだろうかとすら疑った）、次善の策としてマッカランを頼み、ロックにするよう伝えた。馮露葵はというとおとなしくオレンジジュースを頼んでいる。飲み物はすぐに運ばれてきて、一目見た姚漱寒はどんな表情をすればいいか困った——四角いグラスには半パイント弱のウイスキーが入っていて、なかにはかわいそうなぐらい小さな氷のかけらが浮かんでおり、しかもすぐに融けてしまった。高脚のグラスに入れて、緑のストローを差したオレンジジュースはごく普通だった。

二人のあとにはもう一卓へ客がやってきて、こちらはカップルだった。カップルは店員が占領していた席を気にいり、店員たちはそこを譲りわたし、窓からいちばん離れたテーブルに移る羽目になった。

およそ十五分後、二人の目当ての男が店にやってきた。晏茂林は店員たちのいる席へまっすぐ向かい、ギターを入れた黒色のバッグを下ろしてテーブルに置き、脱いだカーキ色のロングコートを慣れた手つきで畳むと空いている席に放った。そしてバッグのジッパーを開け、なかから出したギターを手にステージへ向かい、座ってチューニングを始めた。

そのとき、姚漱寒は手を上げて、店員を一人呼んだ。

「ここの歌手とちょっと話したいことがあるの。あの人の彼女について」

「個人的な話なら、歌が終わってからにできないかな」

「なにも聞いてないの？」

「なにをだ？」店員はややいらだって見えたが、しかしこらえる。「そうだな、訊いてきてやるよ」

「お願いね」

それで店員はステージへ向かい、晏茂林と数言話して、姚漱寒のまえに戻ってきた。

「あいつも、個人的なことは歌が終わってから話すよ」そう口にする。「あと、あいつはもう店長に挨拶を済ませてて、あのステージに上がるのはこれが最後なんだ。聞いたかっていうのはこのことだったのか？」

姚漱寒は首を振ったが、説明はしない。「歌はいつ終わるの？」

「まえは選曲は固定で、あいだに二回休憩があって、だいたい夜中の二、三時まで歌ってたんだ。でも今日は自分で選曲するって言ってな。これだけ客が少なかったら、あんまり遅くまで歌う気にはならないだろうから、一時ぐらいまでか？」

「わかった。歌い終わるまで待つわ」

店員が立ちさったあと、馮露葵は向かいに座った目上をからかう。

「先生、またお母さんにお尻をぶたれますね。昨日のがまだ治ってないでしょう」

「すこししたら電話してくる」姚漱寒はもう泣きそうになっている。「友達の家に泊まるって嘘をつくしかない」

「それはいい口実ですね。居間のソファを貸しても構わないですよ」

「ぜんぜんよくない」額に手を当てる姚漱寒は、まるで夏の盛りにたくさんのかき氷を一気に食べたかのようで、この雪の舞う夜にはひどく滑稽に見えた。「あの人には、Z市に一人も友達がいないのを知られてるから、きっとすぐに見ぬかれる」

　姚漱寒が外で電話を終え席に戻ってきたときには、晏茂林もチューニングを終わらせていた。ただしすぐに演奏を始めず、立ちあがると隅に置かれたピアノに歩いていき、暗がりのなかで上にかぶせられていた暗紅色のビロードの布を外しわきに放って、座り、ピアノのふたを開けて横にあるマイクのスイッチを入れた。

　なんの前ぶれもないかのように、初めのコードが鳴った。係留和音《sus4》だ。続いて、その四度音程は解決を迎えた。馮露葵ははじめ、演奏が始まるのはAKB48の今年の夏にヒットしたシングルだと思っていたが、いくつかのコードが鳴らされたあとになって、もっと堂々たる曲だと察した――X JAPANの《Say Anything》。

　晏茂林の声は寂しげというより、やや薄っぺらですらあった。原曲の聴く者を引きつける力にははるかに及ばない。それでも力を尽くしてはいて、すくなくともすべて正しいコードを弾き、すべての音を正確に歌い、日本語と英語の発音もかろうじて合格だった。その歌声には感情も欠けておらず、声と技術が自身が伝えたい、あるいは吐きだしたいものを込めることができていないだけだった。

　続いて晏茂林はX JAPANの別の名曲、《Tears》を弾き語りした。その次は、アニメに関係した古い歌が三曲――芹澤廣明《哀しみのカレリア》、《あれから、君は…》それと安全地帯の《碧い瞳のエリス》。この三曲を歌うときにはライトに照らされたステージに戻り、ギターで伴奏した。

　そのとき、先に来ていたテーブルの客（父子二人に見えた）が不満をくすぶらせて、〝日本の歌〟ばかり歌うなと文句を言った。晏茂林は長いこと二人を見つめ、その目からはなんの感情も読みとれず、なにも言わないまま最後にはうなずいた。ふたたびギターを下ろし、ピアノに歩いていって、ビリー・ジョエルの《And So It Goes》とアルバート・ハモンドの《落葉のコンチェルト》を、ほかに馮露葵や姚漱寒にも題名のわからない英語の歌を歌った。あきらかに、例のテーブルの客は英語の歌にも興味がないようで、まもなくバーを出ていってしまった。二人の退出に抗議するためなのか、晏茂林は続けて普通の中国語の歌と広東語の歌を歌う。それぞれ許美静の《挽歌》と王菲の《暗涌》だった。

ようやくステージに戻ってきてギターをまた抱えると、森高千里の《渡良瀬橋》を、その次に同じ歌手の《SNOW AGAIN》を歌った。歌が終わりに来ると、その声ははっきりとしわがれはじめていて、グラスの水を勢いよく飲んでも無駄なことだった。

最後のコードを弾きおえ、ギターを床に置いた。

馮露葵は、今晩のショーはここで終わりだとばかり思っていたのだが、思いがけないことに晏茂林はまた立ちあがってピアノに向かい、最後の一曲を弾き語りした——森田童子の《ぼくたちの失敗》。この歌を歌いおえるとステージへ戻り、軽く頭を下げて、テーブル二つだけの客に感謝を述べた。

「おれの最後のショーを見にきてくれて、ありがとうございました」

もう一つのテーブルの客はどこか気まずげに見えたが、それでも拍手を送り、それから晏茂林がギターをバッグに戻しているあいだにバーを出ていった。

何分かして、晏茂林が二人のもとへ姿を現した。馮露葵は姚漱寒の横へ座るよう意識し、相手を二人の向かいに座らせた。呉莞の恋人を近い距離から眺めるのは二人にとってこれが初めてだったが、その容貌も服装も普通で、眺めるほどの価値はとくにないと揃って思った。顔立ちはなんの印象も残さないタイプで、身にまとっている服もすべてユニクロで買ってきた安物。わずかに太りだした体型は特徴と言えるかもしれないが、かえってそれが平凡さを感じさせる。そもそも三十歳前後の男にとってはありふれたことと言うしかない。唯一触れるべき点としたら髪で、緑の混じった金色に染めているのだが、この情報はすでに顧千千から聞いていたものだった。ともかく、一つ確信できるのは、呉莞が気にいったのはこの男の見た目でないということだ。

「なにか飲みます？　おごってあげる」姚漱寒が言った。

「いらない。二人とも、呉莞の知りあいなのか？」

「私は図書室の司書、この子は生徒会長」

「生徒会長？」馮露葵に視線を向ける。「ここは未成年が来るようなところじゃないけど」

「ここじゃないと会えなかったから」

「まだ質問に答えてないよ。呉莞とはどんな関係だ？」

「ちょっとした縁が」姚漱寒が言う。「私たちが死体を見つけた」

その言いかたは失礼だし誤解を生みやすいと馮露葵には思えて、慌ててつけくわえた。「呉莞が退寮になったあと、私のところに来たことがあったけれど、こちらは取りあわなくて。こんなことになったのは、私の責任でもあるんです」

「おれが悪いんだ。ここに来させなかったから。ここに来るのを許していたら、昨夜学校に行くことはなかったし、それに……」

「呉莞が夜に学校へ行った理由を知ってますか？」

晏茂林は首を振った。

「だれと約束があって学校に行くのか、言ってましたか」

「いや。自分のことはめったに話してくれなかった。退寮になった理由も警察から聞いたんだ。一週間とちょっといっしょに住んではいたけど、お互いの生活にはほとんど干渉しなくて。正直に言うなら、自分たちのことは恋人だと思っていなかったし、向こうもはっきりとなにか言ってきたことはなかった。想いは知ってはいたけれど、わかってくれるだろ……応えられなかったんだ」

「それなら、どうして家に住ませたの」

「はじめから話させてくれ」店員にいちばん安い酒を注文し、晏茂林は続ける。「おれはここで歌って稼ぐほかにもアルバイトをしてる、たとえば楽器を教えるとか。そういうバイトは長い休みの時期がいちばん見つかりやすくて。今年の夏休み、青年宮（公共の文化施設）でギターを教えてて、マンツーマンのコースだったんだけど、そのときに呉莞と出会ったんだ。あの子は楽器の経験があって、理論もわかっていたから上達は早かった。ギターのほかに、作曲についての知識もすこし教えたな。あのころは受験が終わったばかりでほかにすることもなくて、楽器のことに集中できたんだ。学校が始まるまえには、いくつか曲を書いてたよ。こっちはいちおういろいろなテクニックを知ってるし、中途半端になったけどいちおうそれなりの教育も受けた。自分に才能なんてないのは認めないといけないけど。おれにとって、〝創作〟っていうのは聞いたことがあるメロディを新しく組みあわせるだけで、しかもだいたいの場合自分でもそれに気づかない──ともかく、それは本当の音楽とはほど遠い。でもあの子は違った。天才って呼んでいいのかはわからないよ、それはある程度のテクニックを手にして、たくさんの経験を積んでやっと判断できることだけど、でもあの子は絶対に才能があったんだ、おれとはまったく違って。それに気づいてから、高校に入ったら合唱団に所属して、音楽の勉強を続けるように提案した。もちろん、おれから教えられることはもうなにもない。練習を続けてさえいたら、何年かのうちにギターの演奏のレベルもおれを超えただろうな。夏休みが終わってからもおれたちは連絡を取りあってた。一回、なにげなくバーで歌ってることを話したんだ。思いかえしてみたら、あの言葉が大きな間違いのもとになったんだよ。
あの子はおれのショーを見にバーに来たがった。でもまだ十五歳で、ここは出入りしていいとこじゃない。おれは、十八歳になったらまた来るように、それまで歌いつづけてるから、って言ったんだ。こっちにとってそれは、実現が難しい約束だったけど。とっくにやめるつもりでいて、胸のなかでは音楽の才能がないのがわかってて、しかも三十何歳になってこうやってふらふらしててもなんにもならない。まえはおれもここを出発点にして、上海に行って、北京に行って、大阪に二年住んで、いろんなオーディションに参加なんかしたけど、こんなに時間をかけてもうだつはあがらないし、結局大都市にはいられなくなって、最後にはこのバーに戻ってきて……

ごめん、なんだか自分の話ばっかりだな。あのとき呉莞はたぶんほんとうにおれが好きになってた。おれみたいな人間に会うのは初めてで新鮮だったから、それを恋の感覚だと間違えたのかもな。それから週末には格好を変えてバーにやってきて、おれのショーを見ていった。かなり長いあいだ、おれも気づかなかったよ。こっちも客のことはめったに見ないから。たしかに化粧のテクニックもたいしたもんで、まだ十五歳だってことはずっとばれなかった。でも最後には気づいたけどな。女がひとりでバーに来るのは目立つから。店員に言って追いださせて、もうおれのまえには現れないものだと思ってた。

そうしたらある日の夕方、あの子はおれの家のドアを叩いてきたんだ。ルームメイトといざこざがあって寮から追いだされて、そのあとは母親とも大げんかをして、家にもいられないんだって言ってた。しばらく置いてほしいって言うんだ。おれは閉めだすつもりだったが、結局、心を鬼にしてドアを閉めることはできなかった。ちょうど冬になったころで、薄っぺらな服を着てたから、とりあえずすこしだけ中に入れてやったら、出ていかなくなった。その夜もおれは歌の仕事があったんだ。出かけないといけない時間が来るまであの子は粘りつづけて、しばらく住むのにおれは同意するしかなかった。どっちにしろ戻ってくるのは次の日の朝で、おれはあの子になにもしない——そうやって自分を落ちつかせたよ。その日はまっすぐ帰る気がしなくて、向こうがもう目を覚まして、学校に行こうとしてる時間を見計らって帰った。もちろんおれたちにはなにもなかったよ。あの子は朝飯を食べて出ていって、おれもいつもどおりにベッドで寝た。まさか夕方になって、またノックが聞こえるとは思わなかった……。

今日、あの子が死んだって聞かされて、そのあとになって警察から、退寮の処分を受けたいきさつを聞いたんだ。そうしたらおれが理由だった。おれのショーを見るためにルームメイトをゆすってたって……いまはもう、あの子との約束は果たせないし、そもそも果たせなんかしなかったんだ。諦める頃合いだよ。おれの音楽は女の子一人を間違った道に進ませたんだ、ならここで終わらせようじゃないか。このステージにはもう立たないし、どんなステージにももう立たない。音楽は、おれにとって重すぎるんだ、ほんとうに重すぎて……」

「重いのは音楽じゃなく」馮露葵が言う。「恋ですよ」

「いいや」晏茂林は首を振った。「それぐらいの歳であこがれて、褒めたたえて、信奉するようなものは、きらきら輝いて見える言葉は、ぜんぶ重すぎるんだ。音楽も、文学も、美術も、哲学も、夢も、恋も、ぜんぶ重すぎる。人はもろいもので、そんなものに押しつぶされてしまうから」

「才能」馮露葵はその輝かしい一覧に、なによりもきらびやかな言葉をつけくわえた。「才能っていう言葉も、重すぎます。ふだんから口に出さないのがいちばん、自分が潰れてしまうから。そうだ、そのことで言えば、学校の合唱団の指揮者も呉莞の才能にほれこんでいて、退寮になって合唱団での活動を続けられなくなるのを、その指揮者はとても惜しがってました。それと……」

晏茂林は両手をこめかみに当て、目の前に置かれたグラスを見つめて、馮露葵の言葉の続きを待っていた。

「それと、ルームメイトは呉莞のことを許していますす」

「ありがとう。それを教えてくれて」

二人がバーを出たとき、雪はもう止んでいた。川は変わらずゆっくりと流れている。

二人はタクシーを呼びとめ、姚漱寒は運転手に、馮露葵の家から回るように言った。あまりに疲れたからか、車内では二人とも沈黙を守っていた。学校が近づいてきたころ、姚漱寒から口を開いた。

「そのうち、あなたの推理を聞かせてね」

「先生は、頭のなかでなにか糸口は見つかってるんですか」

「まだ」

「私も、考えをちょっと整理したいです。それに来週は期末試験です。こんなことが起きて、きっと繰り延べにはなりますけど……」

「大丈夫、ひとまずこのことは放っておいて、ゆっくり勉強しなさい。顧千千のほうもあなたの補習が必要なんでしょう？　試験が終わってから話してくれてもかまわないから。もしかするとそのときには、私にも考えができてるかも」

「同じ結論が出せるといいですね」

住まいの敷地の入口にタクシーが停まった。馮露葵は車を降りてドアを閉めると、姚漱寒に手を振って、向きなおり家を目指す。気温が低すぎるせいでタクシーのエンジンがしばし止まった。ふたたびエンジンがかかるまで、姚漱寒は馮露葵が立ちさっていった方向を見つづけ、もやのなかの建物に、薄暗い街灯に視線をやり、最後には地面についた一筋の足跡に目を向けた。

そのときタクシーがふたたび走りだし、すべてを姚漱寒の背後へ残していった。

第四章　たとえ、人々の異言、天使たちの異言を語ろうとも

1

学校の温室は教室棟の南の壁に接した、半地下の建物だった。ガラスの壁の西側にある扉からなかに入ると、真っすぐ進み何段か階段を下れば、中央の庭に向かうことができる。また左手側の鉄の階段を上れば、空中回廊に向かうことができた。空中回廊の中央にも扉があり、教室棟の二階に通じている。温室の壁のうち東、南、西の三面はすべてガラスでできていて、東西の二面は地面から垂直に伸び、南の壁は六十度ほどの角度が付けられていた。温室は、例の生徒会長の提案で建てられたものだった。そもそもの考えでは、西の壁にはステンドグラスを使い、シャガール風の宗教画を組みあげることになっていた。そうすれば、放課後に生徒が温室を訪れたとき、夕陽がちょうど夢のような絵を地面に投げかけるだろう。経費の関係で、その考えは最終的に実現しなかった。

完成当初に、好奇心に胸をふくらませた生徒たちが続々とここに押しよせ、毎日温室を立錐の余地もないほど混雑させて、うっかり草花を踏みつけてもしまっていた。幸い、飽きるのはすぐのことだった。毎年、新入生が入学してきて一ヵ月のあいだはここも一時たいへんな人気になるとはいえ、新鮮さが去って十月に入ると、ここは人を引きつけなくなる。冬に入ればふたたび温室は人気を取りもどすが、それもそう長くは続かない。このなかは照明設備を欠いていて、みるまに日が短くなり空の色も連日はっきりしない冬の日、とくに期末が近づくころには、温室はなかに座って勉強をこなすにはまったく向かず、登下校のときに遠くから眺める以外の役には立たなかった。

　温室中央の庭に向かう煉瓦の道の左右には、大ぶりなブロワリアと色とりどりの彩葉草《コリウス》が植えられ、赤や白のアンスリウムがそこに混じっている。また空中回廊からは植物の鉢が列をなしてぶらさがり、地面から半メートルほどの距離へ吊るされている。なかに植えられているのはネオレゲリアで、宝塔のごとき葉が層をなして積みあがり、星形に色づいた頂上はいまにも空中回廊のへりに触れそうになる。中央の庭の周囲にはオオイワギリソウにハマユウ、デンドロビウムが植えられていた。

　庭は小さく、円卓が三つ置けるくらいで、テーブルにはそれぞれ四つ、椅子が置かれている。四人の生徒会役員と姚漱寒《ようそうかん》は、二つのテーブルに分かれて座ることになった（例のカップルが一つに、残りの三人がもう一つに）。

　二日半続いた期末試験はようやく終わりを迎え、生徒たちはもうほとんど家に帰り、成績が出るまでの最後の気楽な時間を楽しんでいる。対してこの一同は、学校の食堂で昼食をとったあと、この温室へやってきていた。

　時は正午、空はひとまず明るいが、雲を突きぬけガラスの天井へ降りそそぐ陽光はごく限られていた。もうすこしすると雪が降るという。

　約束どおり、馮露葵《ふうろき》は自分の推理を発表することになっていた。あれ以降警察からはなんの情報も得ていないが、運よくこちらもあれ以上の情報は必要でなかった。さらに喜ぶべきは、杜小園《としょうえん》の拘束が長引かず、日曜日の夜には解放されたことで、警察へ連れだって迎えにいったのは馮露葵と顧千千《こせんせん》だった。馮露葵は、自分の推理を見とどけるその場に杜小園を呼ぶことも考えたが、改めて考えるとふさわしくないと思えてやめることにした。もう一人呼ぼうと考えていたのは晏《あん》茂林《ぼうりん》——呉莞《ごかん》の彼氏だった。ただ晏茂林はすでにZ市を離れている。音楽を諦めたあと、上海に行って安定した仕事を探すことにしたのだった。

そのため、今回の集まりに参加したのは一週間まえに馮露葵の家で火鍋を食べたのと同じ面々だった。ただし、今回推理するのは自分たちの身近で起きた事件である。うち四人は死者の生前に接触があり、姚漱寒は呉莞と面識がなかったとはいえ、最初にその死体を発見している。

「始めましょうか」

馮露葵が言う。立ちあがりはせず、手元のメモに目を落としている。

姚漱寒もうつむいて、なにかを考えている様子だった。

「まさか五年をへだてて、また学校でこんな惨劇が起きるとは、しかも私の任期のうちに起きるとは思わなかった。私は生徒会長として、自分には真相を探りだす義務があると思う。その真相が、だれもが見たくないものだったとしても。まえに唐梨《とうり》の事件に向きあったときには、挫折を味わったの。いまになっても私は、あの事件については確信のおける結論を出せないでいるわ。だとしても、五年前の事件を一種の参照先として考えて、二つの事件のさまざまな条件を比べることはかまわないでしょう。唐梨の事件を解決はできなくても、ひとまず呉莞の事件に考えをもたらすことはできる。

二つの事件には似たところがたくさんあるでしょう。死体のあった場所、致命傷の位置、密室状況と扉の指紋、こういうことはだれでもわかるから長々とは話さない。とくに注意すべきなのは、二つの事件で密室状況が作られた経緯はおそらく同じで、どちらも被害者が廊下で刺されたあと、自分でドアの向こうへ逃げて錠をかけたということ。ただ、二つの事件には違っている点もいくらかある。すこしまえに姚先生と話をしたら二人とも、その違った点こそ、さまざまな謎を解決する鍵だと考えていた――

まずは、学校の警備体制が大きく変化したこと。正門の横の入口は夜間にもカードを読み取らせて入ることができて、出ていくときにもボタンを押せばそれでいい。五年前の事件では、夜間に学校を出入りするには警備員さんのところで名前を記入する必要があって、それはつまり問題の夜、学校は完全に閉鎖環境にあってだれも出入りできなかったということで、だから容疑者の範囲を限定することができたの。でも呉莞の事件では、学校に出入りすることは可能だった。幸い、夜間にカードで学校に入ると記録が残ることになっていて、あの夜は呉莞一人だけがカードを使って学校に入った記録が残っていた。それに、警察は小さい入口の内側の取っ手から呉莞の指紋を見つけているから、つまり本人が扉を閉めたということで、つまりだれかが後を尾けていてこっそり入りこんだ可能性は否定できる。よって、一つ基本的な結論を得ることができる。犯人が外部から入ってきたとすると、呉莞と連れだって入ってきた以外にない。もう少し進んだ推測だってできる――深夜、いっしょに学校まで来るのはきっと仲の良い相手のはず。もちろん、犯人が外から入ってきた状況にしかあてはまらないけれど。

次に、学校の建物にも多少の変化があった。新しく作られた設備、たとえば居室棟のそばの自転車置き場がある。それに建物の一部も老朽化しているところがあって、たとえば居室棟の通用口は、いまは鍵がなくても開けられる。あとは事務棟の裏口、外側の閂錠は、五年前より壊れやすくなっていた。錠のことはあとで考えることにして、まずは自転車置き場と居室棟の通用口の話をしましょう。唐梨の事件が起きたときは、洗面所の窓の外の鉄格子が一時的に外されていて、だから被害者と犯人は――犯人がいたとすれば――自由に居室棟を出入りできた。いまは鉄格子に問題はないし、居室棟の正面入口も夜の十時半から朝の六時までのあいだ施錠されていたから、いろいろな状況から考えると、寮生は夜間校門を自由に移動はできなくて、容疑者リストからは排除できるようにも見える。でも事実はそうではない。通用口が老朽化しているせいで、寮生には居室棟を出入りして犯行に及ぶ機会があったの。違いがあるのは、五年前には出入口になる窓は女子寮の側にあって、女子寮の区画に入るにはカードが必要だったから男子の犯行の可能性は否定できたこと。今回通用口は男子寮の側で、女子にも自由に出入りができるから、寮生全員と、寮監のおばさんにも疑いがかかる。それと、居室棟の横に自転車置き場が作られて、居室棟を出て校門に向かっても一度も足跡が残らない、これも唐梨の事件との違いの一つね。

三つめの違いは凶器。唐梨の死が自殺かそれとも他殺かはたしかではないから、凶器と言うのはふさわしくないかもしれないけれど、わかりやすさを考えるとこの言葉を使うことになる。唐梨に致命傷を与えたのは折りたたみナイフで、その持ち主は容疑者の一人であり、唐梨のルームメイトでもあった。一方、呉莞の命を奪ったのは飛び出しナイフで、持ち主は呉莞自身。呉莞の持ちものから考えて、あの晩はおそらく本人があのナイフを学校へ持ってきたんだとおおよそ確定している。死体が発見されたときコートの右ポケットにはなにも入っていなくて、あのナイフはたぶん、もともとそのポケットに入っていたものと考えられるの。つまり、呉莞の事件では犯人が計画を立てて殺人をおこなったんじゃなく、争いになって呉莞のナイフを奪いとって刺し殺してしまった、ことによっては自衛が目的だった、という可能性がきわめて高い。

四つ目の違いは被害者の持ちもので、これはいちばん重要な点でもあるの。唐梨の事件では、被害者が着ていたのはワンピースの寝間着で、しかも寮から閉めだされて、持ちものはなにも身につけていなかった。呉莞は状況がまったく違って、警察は死体から携帯、紙幣、生徒用のカード、鍵やハンカチを見つけていて、推測では凶器も本人の持ちものだったとなっている。このなかで、被害者が身につけていた携帯が、おそらくこの事件を解決するにあたってのかなめの一点になるの」

ここまで話して言葉を切り、持ってきていたミネラルウォーターを一口飲む。

「携帯になにか重要な情報が入ってるの？」顧千千が訊いた。

「重要なのは携帯の中身ではなくて携帯そのもの、正確に言えば〝呉莞が携帯を身につけていた〟という事実なの。なぜなら携帯が存在していたかどうかによって、犯人の行動にも違いが生まれるから。事件のちょっとまえ、姚先生は私に唐梨の事件についての推理を話してくれた。その推理が唐梨の死に関して正確かはわからないけれど、呉莞の事件に当てはめてみることはできる。先生、自分の推理についてすこし説明してもらえますか？」

「ごめんなさい」姚漱寒は首を振り、弱々しく答えた。「あなたが説明して」

「わかりました。では私が思いだしましょう。姚先生の考えでは、唐梨の事件を他殺だとすると、その場合、唐梨が裏口から逃げて錠をかけたあと、四人の容疑者のうち最低でも三人には唐梨のそばへ駆けつける必要があるということになる。もし犯人が陸英《りくえい》だったら凶器を回収する必要がある、なぜなら自分自身の私物だから。もし犯人が呉筱琴《ごしょうきん》か霍薇薇《かくびび》だったら、この二人は、唐梨が死にぎわに自分の名前を書きのこしていないか確認する必要があるでしょう。そのとき雪は止んでいて、犯人が屋外から駆けつけたなら教室棟と事務棟のあいだの通路にかならず足跡が残る。でもそこの雪には足跡がなかったから、犯人はそうしなかったということで、つまり、犯人は唐梨のところへ駆けつける必要のなかった葉紹紈《ようしょうがん》。行く必要がなかったのは、凶器から自分のことはばれないし、唐梨は自分の名前も知らなくて、自分のしわざだと明らかになる心配はまったくなかったからね。

ただ、この推理はあきらかに強引がすぎる。〝ダイイングメッセージ〟は推理小説のなかではよく見かける要素であっても、現実ではめったに出会わないもので、犯人が推理小説ファンでなければ、犯行後に〝ダイイングメッセージ〟の存在を考えることはないでしょう。でも、呉莞の事件では、携帯の存在があるせいで、ここにこそ姚先生の推理を当てはめることができるかもしれないの。

呉莞の致命傷があったのは左の脇腹、携帯が入っていたのはコートの左ポケットで、場所はすぐ近く、犯人は呉莞を刺したときにきっとコートごしに携帯に手を触れて、その存在を意識していたでしょう。触れていないにしても、常識から考えて、夜にひとり外出するときには携帯を持っているもの。どちらにしても、犯人は被害者が携帯を身につけているという事実を意識していたことになる。となると、呉莞が刺されて扉のむこうへ逃げだし、錠をかけたあと、犯人はそのまま放っておくわけにはいかない。相手は携帯を持っていて、きっと警察に通報するか知っている相手に電話をかけて、この状況ではたぶん犯人の名前を口にするんだから。こうなったとき、犯人には二つの選択肢があるの。一つは外側から回りこむことで、そうすると雪の上に足跡が残る。五年前と違うのは、外側の閂錠がひどくもろくなっていた点で、だから犯人にはもう一つ選択肢があった。閂を折って、扉を開けることね。

でも明らかに、犯人はそんなことはせず、自然の作った雪の密室も、人の作った錠の密室も壊すことがなかった。犯人はすぐに逃げだすことを選んで、しかもほうきで校門の足跡を消していった。つまり、犯人にとっては足跡を消すことが呉莞の行動を止める以上に差しせまっていたの。犯人が密室を破らなかったからには、呉莞が死にぎわに自分の名前を口にする心配をまったくしていなかったということ。

よって、一つめの重要な結論が導けるわ——呉莞は犯人のことを知らず、犯人自身もそれを理解していた。

ここからは、二つめの重要な結論も導ける。これまでに論証したように、正門のところで見つかった呉莞の指紋を根拠に、犯人が外からやってきたならかならず呉莞とは親密な人物でなければならないと確信できる。でもこれは、呉莞が犯人を知らなかったという結論と矛盾するでしょう。だから犯人は、呉莞と連れだって外から学校に入ってきたのではない——言いかえると、犯人はあの夜学校に泊まっていたうちのだれかだった。つまり、犯人は董恩存《とうおんそん》、謝春衣《しゃしゅんい》、鄭逢時《ていほうし》、薛《せつ》采君《さいくん》、孟騰芳《もうとうほう》、杜小園、寮監のおばさんと警備員さんのなかにいるの。

この結論には一つ傍証もあって、それは犯人が足跡を消そうとして付いたあの痕跡。あの跡が学校への入口の外まで続いていたのは、犯人が外の人間だという証明だと思う人もいるかもしれない。でもそれはとても単純でずさんな考えに思えるわ。寮生は自転車置き場を通って校門まで来ることができるけど、校門から屋根のある渡り廊下までは距離があって、犯人はどうしても足跡を残してしまうし、どうしてもその足跡を消す必要がある。その作業を終えたあと、すこしだけ労力を割いて、掃除の跡を門の外まで付ければ、警察に犯人は外の人間だと思わせられる。実際には、重要なのは掃除の跡がどこまで伸びているかではなく、犯人が足跡を消すのになにを使ったか。犯人が使ったのは居室棟に置かれていたほうき。となるとつまり、犯人は居室棟の通用口の秘密を知っている必要があり、ほうきがどこに置いてあるかも知っている必要があるわけで、当日泊まっていた人間だという可能性は高まるでしょう。

この八人のうち、董恩存は呉莞の合唱団での先輩、杜小園はかつてのルームメイトで、呉莞が知らないはずはないでしょう。鄭逢時は呉莞が恨みを持っていた相手で、まえに私たちのところへ抗議に来たときに名前を呼んでいたから、知っていたことがわかる。寮監のおばさんはなおさら言うまでもないでしょう。警備員さんについては、ちょっと話が違ってくる。居室棟に住んではいないから、通用口の秘密とほうきの場所を知るのは難しい。それに、もう証明したようにこれは計画せずに起きた殺人のはずで、だから警備員が犯人だとすると、事前に制服から着替えているはずはない。それでは自分の身元がすぐに知られてしまうから、となると、呉莞が警察に連絡したならすくなくとも犯人の職業を言うことができる。つまり、呉莞に憶えられているとはかぎらなくとも、この場合同じように密室を破壊して、かろうじて生きている呉莞が電話をかけ、自分を名指しするのを止める必要があるの。まとめると、董恩存、杜小園、鄭逢時、寮監のおばさんと警備員さんへの容疑は、比較的簡単に否定することができた。

これに比べると、残りの三人は微妙ね。謝春衣は寮委員をしていたけれどもう退任して、呉莞が名前を憶えているかはたしかじゃない。孟騰芳はバレーボールの選手だけど、主力ではないし、出場機会すらめったにないから、呉莞はたぶん知らないでしょう。最後は薛采君、呉莞が生徒会室へ抗議に来たときには居合わせていたけど、一言も発言はしなかったし、自己紹介なんてするわけもなく、しかも存在感がとても薄いから呉莞が憶えていたという確証はない。この流れで考えられるのはここまで」

そう言うと、馮露葵はある表を掲げた。

18：18　杜小園
19：52　謝春衣
20：14

20：20　杜小園
20：44　孟騰芳
21：16　顧千千
6：42
6：43　孟騰芳
6：46
7：30
7：31

「幸い、私たちにはほかの手がかりもある。これは事件の夜、女子寮に出入りした人間の記録。男子寮と女子寮を分ける防犯扉を通るにはカードを読み取らせる必要があって、時間とカードの持ち主の名前が記録される——出ていくときにはボタンを押せばよくて、名前は記録されないけれど、時間は残る。変わった設定ね。この設定が、私たちには大きく助けになってくれたの。表には顧千千の名前があるけど、このときカードを読み取らせたのは本人ではなくて、そのカードを持っていた薛采君。この表を見るかぎり、この晩泊まっていた女子は事件のときにはすでに女子寮へ戻っているでしょう。謝春衣は夜七時五十二分に帰っていて、このときは体調が悪かったので夜の自習を早退している。孟騰芳は八時四十四分。薛采君がいちばんあとで、九時を過ぎてる。杜小園はというと、六時すぎに部屋へ戻ってきて、八時すぎに男子寮のほうへ行って鄭逢時と話をしようと考えたけれど、そのときはいなかったものだから、八時二十分にまた部屋へ戻っている、要するに、この表によればその晩女子は全員、カードを読み取らせて女子寮の側にいたということ。

　同時に、夜間自由に出入りできた通用口は男子寮の側にあるというのもわかっている。事件のとき、その晩泊まっていた女子四人は全員防犯扉の向こう側にいて、もし外で犯行をおこなおうとしたらボタンを押して扉を開け、男子寮の側に向かう必要があるの。そうすると、名前は残らないにしても、扉が開いた記録はシステムに残る。警察のおおまかな推定では呉莞が襲われたのは午前三時よりもまえで、だから犯人はその時間までに居室棟の外に出ていないといけない。でもこの表を眺めてみると、最後の一人が防犯扉を入ったあと、次の日の朝六時四十二分になるまで、扉が開いた記録はないの。つまり、夜間にはだれもあの扉を出入りしていなくて、ということはだれも外に出て呉莞を殺すことはできなかった――女子全員の容疑を否定することができたの。

ただし、信じがたいことに、男性二人と寮監のおばさんの容疑ももう否定されているの、呉莞に身元を知られていたわけだから。これはつまり、だれも犯人になれないことを意味する。

でも呉莞は自ら命を落としたわけじゃない。この点については姚先生が論証してくれた。それによると、もし自殺なら、凶器に残った九つの指紋はまったく筋が通らなくて、もっと少ないはずか、もっと多いはずか、とにかく九つのはずがない。これも姚先生らしい推理で、厳密なように見えて実際にはすこし強引なんだけど。ただその結論に私も賛成。呉莞はおそらく自殺ではなく、校門のところで足跡を消そうとして付いたあの跡も、それを証明してくれる。

でもそうなると、すべての可能性が否定されてしまった」

馮露葵はここでもふたを開け、水を一口飲んだ。その数十秒のあいだ、一同はおし黙り、馮露葵自身もその静けさを楽しむ。これが長く残る業績かのように。

話を続けた。

「ばかげた結論が出てくるのは、現実そのものがばかげているからというときもあるけれど、それ以上にどこかの段階で間違いが起きていることのほうが多い。たぶん、この表は私たちにもっと多くの情報を提供してくれるはず。一人一人の証言をもとに、それぞれ扉から出ていったのがだれなのか、空白の部分も埋めていくことにしましょう。

一つめの空白はさっき埋められた、杜小園ね。朝の六時四十二分と四十六分の空白は、どちらも孟騰芳と考えていい。扉から出ていったあと、靴が足に合わない気がして部屋に引きかえして履き換えたから、六時四十三分に入った記録が残ったのね。靴を換えてもう一度出ていき、六時四十六分の記録が残った。つまり、第二、第三の空白二つは孟騰芳が出ていったときに記録されたもの。

最後の二つの空白は、もう死体が発見されたあとの時間で、あのとき警察は居室棟にやってきていて、寮生を一階の活動室に集めたでしょう。これは、寮生が放送を聞いて活動室に向かったときに記録されたものということになる。謝春衣の証言では、杜小園が一足早く出ていって、そのあと扉が閉まり、謝春衣がもう一度ボタンを押したらしい。ということで、最後の二つの空白は杜小園と謝春衣が出ていったときの記録のはず。

でもそうなると、一つ疑問が生まれてしまうの。薛采君さんに訊いてみたいんだけれど——あなたはいつ、女子寮を出ていったの？」

質問を聞いて、薛采君は答えずに黙ったままうつむいた。横に座っている鄭逢時はなにか言いたげな様子でいる。

「はじめ私は、他の女子のだれかといっしょに出ていったのかもしれないとも思った。でも、その可能性もすぐに否定されてしまう。まず、あなたは警察に七時まで寝ていたと話したけど、孟騰芳が最終的に出ていったのはそれよりもまえのこと。次に、謝春衣はいっしょに出た人はいないとはっきり言っていた。最後に、謝春衣は、一階の廊下に来ると杜小園の姿が見えて、相手とはすこし距離が離れていたと言ったけれど、杜小園の手前にだれかがいたとは言っていなかった。つまりあなたは、杜小園とともに出ていったこともありえない」そう言うと馮露葵はもう一つの表を手にする。自らが整理した、人の出入りの表だった。「それで薛采君さん、答えてくれる？　あなたはいったいいつ、女子寮を出ていったの」

18：18　杜小園（入）
19：52　謝春衣（入）
20：14　杜小園（出）
20：20　杜小園（入）
20：44　孟騰芳（入）
21：16　薛采君（入）
6：42　孟騰芳（出）
6：43　孟騰芳（入）
6：46　孟騰芳（出）
7：30　杜小園（出）
7：31　謝春衣（出）

薛采君はまだ黙りつづけている。

「あなたが話したくないなら、私が答えてあげましょう。あなたはあの晩、顧千千の部屋に泊まってなんていないの。防犯扉のまえでいちどカードを読み取らせたあと、そのままそこを離れて鄭逢時といっしょに男子寮の部屋へ行って、一晩をずっとそこで過ごした。それが、あなたたちの本当の計画だったんでしょう」

結局、口を開いたのは鄭逢時だった。「僕がむりやりやらせたことだから、彼女を責めないでください。悪いのは僕です」

「この件がだれの責任かはもうどうでもいいの、すくなくとも殺人事件のまえではちっぽけなこと」馮露葵は鄭逢時の目を見すえながら言う。「まだわからないの？　私はこれまでの論証で、あの晩女子寮の側に泊まっていた人には犯行の可能性がなくて、あなたを入れた男性二人と寮監のおばさんも違うと説明したの。

そしていま私は、もう一人、あの晩男子寮の側に泊まっていて、しかも被害者が知らないであろう人間がいたと証明した。これはつまり……」

ついに、馮露葵は結論を口にした。

「呉莞を殺した犯人は、薛采君だった」

2

その声が消えるよりも早く、鄭逢時《ていほうし》が立ちあがっていた。

「采君《さいくん》が……なんでそんなことをするんですか？　呉《ご》莞《かん》を殺す理由がないです」

「ないのはたしか」馮露葵《ふうろき》の答えは冷静で、その冷静さは奇怪なほどだった。「これまでに、事件が計画された殺人じゃないということは証明できた。犯行は完全にその場の考えによるもので、自衛が目的だったということさえありうる。きっとあの晩、あなたが寝入ったあと采君は一人で居室棟の外へ出たんでしょう。それと同じときに、呉莞も学校にやってきた。二人はそれぞれに目的があって、しかも二人とも他人に知られたくはなかったの。事務棟の一階で二人は出くわして、そこから諍いがあって、そして悲劇が起きた。呉莞が学校に来た理由はよくわからないけど、ただ薛采《せつさい》君《くん》のほうはある程度想像はつく。私と同じように薛采君は生徒会室の鍵を持っていて、生徒会室にはほかに、教科の準備室の鍵もある。事件のときは期末試験が一週間後に迫っていて、印刷と運搬にかかる時間を考えると、それぞれの科目を担当する先生はもう期末試験の問題を作りおえているはずで、采君はそのときききっと、試験問題を盗み見るために……」

「ぜんぶただの推測だ」そうは言いながら、鄭逢時の気力はすべて馮露葵の言葉に吸いとられている。両膝から力が抜け、ゆっくりと席に腰を下ろした。

「そう、ぜんぶただの推測。ほんとうの理由は、本人にしかわからない」そう言うと、視線を薛采君に向けた。「あなたもなにか言ったら」

薛采君は馮露葵の目を直視することができず、首を振るばかりだった。「私がやったんじゃありません」

「否定すればいいわ、結局のところあなたを直接指す証拠はないし、私が警察へ突きだすこともない。でも、あなたが男子寮の部屋に泊まったことは黙認できない。校則に大きく違反した行動で、もしかすると退学を迫られるかもしれない。生徒会役員がそんなことをしていて、殺人事件にも拭いきれない疑いがかかっている、となれば私は責任を取って生徒会長の職を辞さないといけないし、あなたとカードを交換した顧千千《こせんせん》も辞める以外にはないでしょうね」

「会長に責任はないですし、顧千千先輩の責任もありません。悪いのはぜんぶ私です。私は、自主的に退学します」薛采君は言う。「でも、呉莞は殺してません。この期に及んでこんなことを言っても、だれも信じてくれないでしょうけど……」

「私たちも信じてあげたいけど、あなたはあの夜に一度嘘をついていて、きっとまた嘘をつく。申しわけないけれど、私たちはもうあなたを信じられない。すくなくとも私は。殺人事件が起きなかったなら、この件はきっと隠蔽してあげたと思う。でもいまでは無理。今回はどうしても、力になってあげられない」

薛采君はこれ以上ないほどにうなだれ、垂れた髪が顔をすべて隠している。涙が髪をつたって落ちていく。

「じゃあ、私はいったいどうすればいいんですか？　いったいどうすれば……」

叫んでいるのに、その声はひどくかぼそかった。これでも、薛采君が叫ぶことができる精いっぱいの声なのかもしれない。足下に置いていたかばんに飛びつくと、ジッパーを開けて、なかから青い長方形のものを取りだし、手に握って、それからだしぬけに立ちあがると、鉄細工の椅子を倒して数歩後ろに下がった。

かちゃ、かちゃ、かちゃ――その手元から軽い音が聞こえる。それは、カッターナイフの刃が一段階ずつ押しだされて立てる音だった。

刃の先を自分の喉に当て、薛采君は全身を震わせている。

「采君――」

鄭逢時はこの状況にあわてて立ちあがるが、相手の一声で動きを止める――「来ないで！」

「采君、ばかなことはしないで、あなたの学校生活はここで終わるかもしれない。でもあなたの人生は違う。呉莞を殺しているかどうかは関係なく、あなたは生きていけるんだから、自分の命を捨てる必要はないの。生きていれば……」そう言って、馮露葵はためらった。「生きていれば……なにも起きない気がする」

「いまはそんな話をしてる場合じゃない」顧千千が思わず話をさえぎる。「退学になんか、私がさせない。処分は受けるかもしれない、しかもとても厳しい処分を受けるかも、だけど辞めることにはならないよ。それは私が保証する。あなたたち二人で責任を負えば、きっとこの危機も乗りこえられる」

「やめてください」薛采君は首を振った。「学校に残ったとして、ほかの人はどんな目を向けてきますか。殺人犯として見てくるんじゃないですか？　いや、私の容疑が晴れたとしても、向こうの目からは、私はただの、男子の部屋に泊まった……あばずれです。それに私はほんとうに……ほんとうに……ほんとうに、そういう人間なんですから！」

「君ひとりには背負わせないよ」鄭逢時が言った。

「僕も……」

そこに、ずっと沈黙を保っていた姚漱寒《ようそうかん》が立ちあがり、上を向いて、深く息を吸いこみ、長いため息を吐いて、それからひどく縮こまっている薛采君に視線を向け、なんの感情もない声で一言口にした。

次の瞬間、薛采君が握っていたカッターナイフが音をたてて落ちる。

「――唐梨《とうり》も呉莞も、殺したのは私」

薛采君が鄭逢時に支えられてもとの席に腰を下ろすと、姚漱寒は話を続けた。

「顧千千さんは覚えているはず。あなたたちが図書室へ来て私と会ったあの日の夕方、私はあなたたちに、高校に通っていたころ夜に温室へ来ていたと話したでしょう。おかしいとは思わなかった？　温室が開放されるのは昼と放課後だけで、ほかの時間には鍵がかかっているのに、私はどうして夜間に自由に出入りできたのか。理由はあなたたちにも想像がつくでしょうけど、薛采君と同じように、生徒会室の鍵を持っていたからなの。

唐梨の事件で、容疑者のリストに私は含まれていなかった。それは、私が教室棟に隠れていたから。警察はあの夜、教室棟には鍵がかけられてだれもなかには隠れられなかったと思っていたけど、実際にはそうでなかったの。私は生徒会室から教室棟の鍵を取ってこれたから。あの夜、私は教室棟に隠れて内側から入口に鍵をかけた。そうしたら、二階の廊下の窓から唐梨を見つけたの。そのときは雪が止むまえで、わたしはまず居室棟に戻って、共有物の長靴に履きかえた――陸英《りくえい》がまた窓を開けていたのは運が良かったわ。そのあと、唐梨の後を尾けて事務棟まで行き、隙をついてあの子を殺した。もちろん、陸英のナイフを持っていったのも私。盗むことにしたのは、今後人を殺すときに身代わりにするためね。そのナイフがあんなに早く役に立つとは思わなかったけれど。

唐梨を刺したら、あの子は扉の向こうに逃げたけど、私は放っておいた。どうせ私のことは知られていないから、地面に名前を書かれることもない。そのころには雪が止んでいて、居室棟に戻るときには一筋足跡が残った。それから洗面所で長靴を履きかえて、人目につかない隅に放っておいて自分の部屋に戻ったの。朝の六時、寮監のおばさんが寮の入口の鍵を開けたから、あの人がトイレに行っている隙に私は建物を抜けだして、渡り廊下を通って教室棟まで戻り、あらためて鍵をかけて、ふだん使われない部屋を見つけて隠れてた。教室棟には鍵がかかってたって先入観からの思いこみがあって、警察はあそこを熱心には探さなかったし、私がいるのにも気づかれなかったの。

呉莞の事件も同じようなことだった。あなたたちはみんな、学校は閉鎖されていて犯人が現場で犯行をおこなうための経路は二つしかないと考えていたでしょう。でもそんなことはなかったの。みんな、ある可能性を見落としていた――犯人ははじめから学校に身を隠していて、殺人のあとに出ていったということを。あの夜、馮露葵は私をバス停まで送って帰っていったけれど、私はバスに乗って帰りはしなかった。そのときはちょうど九時すぎで、三年生の自習が終わる時間に重なっていたから、学校の正門は開いていて、カードを使わないでこっそり入るのは難しくなかったわ。事務棟で、私はあの子が現れるのを待った――私は事情があって、あの日、呉莞が夜にかならず姿を現すと知っていたから。二時半になると、予想どおり呉莞がやってきた。あの子が学校に来たのは秘密の目的があったからで、だから私を見たらものすごく怯えて、飛び出しナイフまで出してなにも言わないようにって脅してきた。私は、向こうのナイフがふらふらしているときに奪いとって、呉莞を刺したの。

呉莞も、刺されたあとに扉の外へ逃げだして、同じように錠をかけていった。運よく、あの子は一度も図書室に来たことがなかったから私のことはまったく知らなかったし、電話をかけて私の名前を言われる心配もしなくてよかった。とはいっても、あの時点では雪がもう止んでいて、私が学校を出ていくとかならず足跡が残るでしょう。そのときに、ふとすこしまえに聞いた噂を思いだしたの。居室棟の通用口が老朽化していて、鍵がなくても開けられるって。だめでもともとと思いながら、自転車置き場を通って通用口のところまでやってきて、力を入れて引っぱったらほんとうに扉が開いたの。わたしもまえは寮暮らしだったからほうきの置いてある場所は知っていて、すぐに男子トイレで見つけられた。そのあとは、そのほうきでちょっとした道を作った。ほうきをもとに戻したあと、その道を通って私は逃げだして、足跡は残らなかった。そして、学校を出るときにはカードを読み取らせる必要はないし、記録も残らない。結局、だれも私の犯行とは気づかなかったし、私に疑いを向けることすらしなかったでしょう。いまこの時代には、一度警察に疑われたら罪を認めるしかないの。向こうが捜査の対象を定めたら、かならず科学捜査を使って証拠を見つけだすんだから。でも私をだれも疑わなかった。これは完全犯罪だったの」

「完全犯罪だったのなら、どうして自分から言いだしたんですか」馮露葵が訊く。

姚漱寒は座りなおし、質問には直接答えなかった。

「さっきのあなたの推理はすばらしかったけれど、でも前提を勘違いしていたわ。あなたは現場が閉鎖状態で、容疑者の範囲を限定できると考えて、容疑者のなかに消去法を当てはめて、条件を列挙して最後の一人になるまで排除していけると思っていた——たしかに、私もその方法は好きだし、美しさがあるし、役に立つことは多い。ただ残念ながら、呉莞の事件にはあてはめられないの。この事件では、容疑者の範囲を絞るのは難しいから。単純に言うなら、あの夜九時半から二、三時のあいだにアリバイのない人なら、だれでも呉莞を殺した犯人でありうるの」

「犯人が学校に隠れていればいい、というんですか」

「そうよ。警備員は九時半の時点で正門を閉めて、呉莞が襲われたのが、二、三時のこと。つまり、犯人は夜九時半よりもまえに学校に忍びこんで身を隠し、殺人のあとに出ていったの。その時間にアリバイのない人はたぶんたくさんいると思うから、直接的な証拠もないのに、薛采君が犯人だと断言はできない」

すると、薛采君がここで口を開いた。「さっき先生が、自分が犯人だって言ったのは、私を止めようと思っただけ……なんですか？」

姚漱寒はうなずく。「ひとまず落ちつかせようと思って」

「先生は無実でしょう。呉莞はおくとしても、すくなくとも唐梨を殺した犯人のはずがないんだから」顧千千はそちらへ顔を向けた。「あなたは、自分が生徒会役員だったから温室の鍵を手に入れられたとほのめかしていた。それは本当のことでしょうけれど、でも途中までしか話していませんね。実は、あなたが馮露葵と上海、南京に行っているあいだ、こっそり私は調査をしていて、あなたの過去についてすこし知っているんです」

「どうやら、もう隠していられないようね」

「私も黙っていてあげるつもりだったんですが、隠しつづけていてもなんの意味もないでしょう？」苦笑いを浮かべながら言う。「あなたの推理をもとにすれば、あなたが唐梨を殺した犯人のはずはない。唐梨はあなたの名前を知っているはずなんですから。あのとき学校で知らない人はいなかった。もう退任していて、学校からの迫害まで受けていたとはいえ、あなたの名前を知らない生徒なんてぜったいにいなかった——あのあだ名、先生自身が言ってみてください」

「どのあだ名？」姚漱寒の表情は苦悩と羞恥に覆われている。「〝ルネサンス生徒会長〟？　まさか、こんなに経っているのに私を憶えている人がいるなんて。まして私が建設を提案した温室で見抜かれるとはね。もっと皮肉なのは、私が毎日働いている場所、あの図書室も、そもそも私が増築を提案したものなのよ。馮露葵、まったく驚いているように見えないけど、顧千千からもう聞いていたの？」

「違います。まえに察しはついていただけです。当事者たちに話を聞いたときに、みんなたくさんのヒントを出してくれました。呉筱琴《ごしょうきん》はあのとき〝姚先輩が相手なのに〟と言っていたし、葉紹紈《ようしょうがん》も、あなたについての噂をたくさん聞いたと言っていたでしょう。自分でも口走っていたことがありましたよ、高校時代が人生の頂上だとか、夜間に温室へ出入りしていたとか……先生がずっとその過去に触れない以上は、こちらも確認するわけにはいかなくて」

「あまりにもふがいなかったから。学生のときはあれだけ思いあがっていたのが、数年のあいだにいまのこんな状態にまで落ちぶれたのよ。ほんとうにふがいない。まえにあなたは、私が自分の人生に失望しているから酒を飲むのかと訊いてきて、そのとき私は正面から答えなかったから、いま答えを続けましょうか——もちろんじゃない。でなかったらほかにどんな理由があるの？　あのころのことを思いだすたびに、いまのこの平凡な自分のことが心から耐えられなくて、心から憎らしくて、グラスの中身で気を紛らわすほかになにができるっていうの？」

そう言うと、薛采君に向きなおった。

「でも結局のところは、なにもかも自分のせい。一方では現状に甘んじて、変化を求めないで、望んで生活に呑みこまれて——一方では腹ばかり立てて、毎日かつての追憶にひたって。私はその果てまで見通せるような人生を選びながら、内心ではそれに抵抗している——自分があこがれているのは危険に満ちた生活かもしれないけれど、そんな勇気はなくて。自分のことを大切に守って、自分が外界からなんの傷も受けないようにしているのに、そんな自分を嫌に思ったり、ずっと自分を傷つけたり……あなたもそうなんでしょう？生徒会に入ったことも、男子の部屋で一晩過ごしたことも、はたから見れば大胆で、あなたみたいな性格の人がとてもしなさそうなことでしょう。きっと自分の性格を嫌っているからこそ勇敢にもなるし、自分の性格を嫌っているから自暴自棄になって、大きな間違いを犯しもするの」

「たまたま、自分を変えようと思って生徒会に入って、たまたま自分を変えようと思って……」

「でも、わかってほしいの。勇気も、自分を変えることも〝たまたま〟のはずがないし、一時の衝動でもないの。間違いを犯す勇気があるなら、罪を受けいれる勇気もあるはず。この件が表沙汰になったら、考えるだけでもあなたの暮らしは辛いものになると思うけれど、でもあなたならすべてを受けとめられると信じてる。なにか心を乱されることに襲われたら、図書室に会いに来て。いつも力になれるかはわからないけれど、あなたの愚痴なら聞いてあげられるから」

「ありがとうございます……先生」

「ごめんなさい、また説教を始めてしまって。もともとの話題に戻りましょう」姚漱寒は言いながら、視線をまた馮露葵に向けた。「私たちの探偵ごっこはもうここで終わり、一くぎりにしましょう。私には、呉莞を殺した犯人がわかった」

3

「私たちはごく普通の人間で、ものを考えるときにはよく、当たり前のことだと思って可能性を見逃してしまって、隙なく考えることができないの。呉莞《ごかん》の事件では二つ、避けがたい思考の盲点があった。さっき私が話したのが一つめ、つまり現場は閉鎖状態で、容疑者は数人に絞りこめると思ってしまうこと。馮露葵《ふうろき》の推理はそんな脆弱な、間違っていると言ってもいい基礎の上に建てられていて、最終的な結論も説得力にはとぼしかった。いまから私の言うもう一つの盲点は、そのうえさらに破壊的なものなの――この先入観があったせいで、私たちの推理はまったく反対を向いて、とても簡単で明瞭な真相が見えなくなっていたんだから。

　私たちはみんな、密室状況は被害者自身が作ったものだと考えて、犯人がなにかのトリックを使って密室を作った可能性を考えようとしなかったでしょう。でも、事件現場をよく観察してみればわかることだけど、現場には理解しがたい証拠が残っていたの。仮に呉莞が怪我をした状態で扉の向こうへ逃げて、自分で錠をかけた、そう考えるのなら、現場の状況はいろいろな点で、いま認識しているような姿にはならないはず。

　現場と鑑識の報告を見たとき、わたしはずっとあることを考えていた——呉莞が外へ逃げだして、錠の閂を動かしたとき、どうやって扉を押さえていたんだろうかって。警察は錠の右端から呉莞の右手の指紋を見つけたから、閂をかける動作に使ったのは右手だと確定できる。そしてほかにも、錠をかけるには扉の側の錠と、壁にある金属の受け金具を合わせないと、閂を壁の金具に押しこめないとわかっているけれど、これには呉莞がしっかりと扉を押さえている必要がある。とくに、向こうにいる犯人がいつ扉を開けようとするかわからないんだから、なおさら扉を押さえて犯人を止める必要があるでしょう。ようするに、呉莞が錠をかけるためには、どうにかして扉を押さえておかないといけない。

　となると、いったいどんな方法を使ったのか。あれは外側から見ると蝶番が右側にある扉で、左側が開くようになっている。錠を掛けるのは右から左に向かう動きで、左手でも右手でも簡単に実行できる。扉の取っ手は錠の下にあって、扉を押さえようとしたとき普通の人が真っ先に思いつくのは取っ手を握ることでしょう。でもおかしなことに、外側の取っ手から被害者の指紋は見つからなかったの。しかも、そのとき呉莞の左手には血が付いていて、左手で取っ手を握ったにしても扉を直接押さえたにしてもかならず血の跡が残るのに、あの扉の外側にはなにひとつ血痕がなかった。じゃあ、いったいどうやって扉を押さえたのか。身体の側面で？　もし右肩で押さえたなら、その場合は左手で錠をかけるしかない。そのとき右腕は扉にくっついていて、右手は使いづらいから。となると錠に血の指紋が残るはずだし、警察が錠から検出したのが右手の指紋なのと矛盾する。左肩だったなら？　これもありそうにないわ、だって致命傷があったのは腹の左側で、あのナイフが身体のそばに落ちていたということは、扉の外へ逃げたときにはまだ身体へ刺さっていたんだから、だったら身体の左側面でドアを支えることはありえない。

最後の可能性としては、背中で扉を押さえながら錠をかけたという考え方もある。そうすると錠は右手側にあって、動かすには右手を使うしかないから、現場の状況には合うように見える。でも、呉莞が背中を扉に付けていたら、錠の場所は見えなくて、手探りするしかないでしょう。となると、錠の近くの位置にほかの指紋が付いていて当然。なのに警察の報告書にははっきりと、扉のほかの場所から指紋は見つからなかったと書いてあったの。

呉莞の事件は、唐梨の事件と比較してみると、もっと不自然な場所が見つかるわ。唐梨の事件では、廊下で見つかったのはのこぎり刃のある滴下血痕だったから、自分で扉の外へ逃げだして錠をかけたことはほぼ揺るがなかった。ほかの証拠もこの結論を裏づけてる。あの時は、血の指紋は内側にはなくて、外側の取っ手に付いていたの。右手の指紋ね。唐梨は刺されたあと、傷口が左の脇腹にあったから、ごく自然に右手で傷口を押さえて、そこで血が付いた。左手に血は付かなかったの。ドアを開けるときには自然に、左手で取っ手を握って開けた。外に出ると、扉を押さえるために、自然に右手で外側の取っ手を握り、そこで血の指紋が残りそれから左手で錠をかけた――すべてとても筋が通っているでしょう。

呉莞の事件については、どうにも納得がいかないの。傷は左の腹にあって、呉莞は左手で傷口を押さえ、それから血が付いた左手で取っ手を握ってドアを開けたから、内側の取っ手にも血の指紋が付いた、ここまではなんとか話が通る。でも外に出たあと、唐梨のように右手で取っ手を握ってドアを押さえ、左手で錠をかけなかったのはどうして？

二つの事件を比べてみると、呉莞が自分で外へ逃げだして錠をかけたとは思えないの。反対に私は、なにもかもが仕込まれたものだと疑ってる。でもだれかが仕込んだにしてはあまりに粗雑なのも間違いない。犯人は五年前の事件現場を真似れば、筋が通るように現場を仕立てることができたのに。となるとどうも、犯人は五年前の事件をよく知らない人間で、事件の記録を読んだり私から事件について聞いたりはせずに、間違った情報を聞きかじってきただけに思えてくるでしょう。でもこれも筋が通らないの、犯人は扉の取っ手に血の指紋が付いていたなんて細かいことまで知っていて、ネットや新聞でそういう情報を調べてくるのは難しいのに、場所だけを間違えている——犯人は、血の指紋は扉の外側でなく、内側の取っ手に付いていたと勘違いしていたのよ。

だったら、犯人はどうしてそんな間違った記憶を持つようになったのか。資料から事件を知っただけなら、そんな間違いを犯すはずはない。だから薛采君《せつさいくん》は潔白のはずなの、読んでいたのは資料のコピーなんだから。そこで、私はある可能性に気づいたの。そこから出てくる結論はすぐには信じがたいかもしれないけれど、でもその人物を除いて、ほかの候補は私には考えられなかった……

もし、犯人が事件について理解したのが、資料からでなく、ほかのだれかから聞かされてだったなら。その相手は血の指紋の件について話すとき言葉を使わずに動作で示し、しかも説明のとき鉄のドアが外に開いていて、話している人は廊下に立っていたなら。その状況のときだけ、犯人は指紋のあった位置を勘ちがいするの。それは、指紋が外側の取っ手に付いていたと相手が示したなら——つまり、扉のむこうを指さしたら——犯人の目に入るのは内側の取っ手で、それゆえに血はそこへ付いていたと誤解してしまうの。私の記憶では、それと同じ状況は実際に起きて、そのとき私が事件について話すのを聞いていた相手は、いま私の向かいに座っている。私はその子が、呉莞を殺した犯人だろうと思う」

それを聞いて、一同の視線が姚漱寒《ようそうかん》の向かいに座った人物へ向かう。なかでも顧千千《こせんせん》の反応は激しく、しきりに首を振って、その相手に合図を送っているかのようだった——早く反論して、早くこの誤解を解いて。

「私の推理に賛成してくれる、馮露葵？」

「先生は、どうして私を疑うんですか」

「私はだれもかもを疑うの、でもいまはあなたが犯人だと確信してる」姚漱寒が答えた。「私は、ここ二日になってやっとこの可能性を思いついて、まったく自信はなかったから今日はそもそも話す気はなかったんだけど。でも気が変わった。さっきあなたが推理を披露して、二つの事件の違いをまとめたとき、なぜか〝血の指紋の位置〟という項目を忘れていたでしょう。ということはあなたからすると、五年前の事件でも血の指紋は内側の取っ手に付いていたことになっている。そのときに、私はあなたが犯人だと確信しはじめたの」

「私が犯人だとして、どうして現場を五年前とそっくりに仕立てたんですか？」

「自分に疑いがかからないように……私があなたに推理を聞かせたからね。あなたは、密室状況から導ける結論は二つだけと知った。自殺か、もしくは被害者が犯人を知らないか、どちらの結論もあなたにとっては有利で、いずれにしろ追及を逃れられる。私はほかのだれにもあの推理を聞かせていないから、それもひとつの傍証と言えるでしょうね、あなたが犯人だという疑いを強めてくれた」

「なら、方法は？　先生の言う推理は、私が〝なにかのトリックを仕掛けて密室を作った〟というのを前提にしてますけど、そのトリックというのはなんなんですか。この問題が解決できなかったら、あなたの推理も全部ただの砂上の楼閣、無菌室で守られた、ただの言葉遊びでしかありませんね」

姚漱寒は首を振った。「知らないわ。具体的にどんなトリックを使ったかはわからない。私にできるのは論理と現場の証拠によって推理を進めるだけで、そこからあなたが犯人だという結論が出てきたけれど、具体的にどんなことをしたのかは現場の証拠をもとにしても復元できないでしょう。でも、トリックの種類ならだいたい想像がつく」

「そうですか？」

「だれにでも仕掛けられたトリックは、たしかに私には思いつかない。でも、あなたにだけ仕掛けるのが可能だったトリックだったらいくつか思いつくわ。これも、二つの事件の重要な違い。唐梨の事件では、死体が発見されたとき錠は壊れていなくて、何事もなく閂がかかっていたのがたしかだった。対して呉莞の事件では、私たちが死体を見つけたとき錠はもう折れていたし、しかもあの扉を開けたのはほかでもない、あなたでしょう。あなたはきっと、事前に閂を壊しておいて、扉にもなにか細工をして、あそこを開けたあと、私が死体を調べているそのすきに素早く証拠を回収したの。思いかえしてみれば、私は二つに折れた錠が地面に落ちる音を聞いていないから、あれは初めから地面にあったのかもね」

「なら、それが先生の結論ですか？」

「そうよ、なにか反論できることはある？」

「ありません」そう言うと馮露葵は立ちあがり、庭の中央に歩を進めて、テーブルのただ中に立ち、顧千千のいる方向へ顔を向けた。しかしそのきつく閉じた、涙があふれつづけている目を見るのではなく、その頭上、二、三メートルの高さに目を向けている。馮露葵の視線をたどっても、そこにあるのは壁だけだった。

「この件でいちばん傷を負ったのは、あなたでしょうね。呉莞の死を知らされたときから、自分を責めてた。いまいったいどんな気分でいるのか、私には想像もつかない。私は取りかえしのつかないことをしたの。とても個人的な理由で、周りの人をたくさん傷つけて、一人の女の子の命と未来を奪ったの。でも、私の時間を巻き戻して、あの瞬間に戻ったなら、たぶん同じことを繰りかえすと思う。こんなことを言うのは卑怯かもしれないけど、あのときの私はきっとなにかに取りつかれて、機会を逃したくなかったの。私はひたすらに、ここで呉莞を殺さなかったらきっと一生後悔すると信じてた。いま思うと、そうではないみたい……でも、遅すぎたのかな」

そして薛采君を向く。

「あと、薛采君さん、さっき私が言ったことは、裏に隠れた目的があったの――あれはあなたを死なせるために言ったこと。もしあなたが死んだら、警察はきっと罪の裁きを恐れて自殺したんだろうと思ってくれて、それから私が、さっきの推理をもう一度話してあげれば、罪はすべてあなたが被ることになって、完全犯罪ができあがる。だから私はあなたに、ことの重大さを強調するようにしたの。そもそも、あなたたちのあやまちはたいして厳しい処分を受けるようなものでもないし、あなたも自主退学する必要はない。私はただ、あなたを追いつめたかっただけだけど、残念なことに姚先生が止めてしまった。あとすこしで私の計画は……」

椅子が倒れる音とともに、鄭逢時《ていほうし》が馮露葵に飛びかかり、その襟をつかんで、拳をかかげ、いまにも殴りかからん様子だった。

だれもそれを止めようとしなかったし、視線を向けすらしなかった。

鄭逢時がそこで拳を振るわなかったのは、馮露葵が話を続けたからだった。

「先生は正しいんです、現代では、いったん疑われたら罪を認めるしかありません。私も、なにも抵抗は考えていません。どうせ、あなたが洪刑事に連絡して、警察に正しい方向で捜査をさせれば、きっとすぐに私を示す証拠が見つかるでしょう。最後には認めることになるんです。私の払った努力は、すべて自分が疑われないようにすることだけを目指していたのに、結局はあなたのまえで隙を見せてしまいましたね。でもそれもしょうがない。私はそういう人間なんです、才能はなく、それに……」

馮露葵は言いかけたところで、鄭逢時の拳にさえぎられた。

拳は左の頬を打ち、勢いはやや強く、口の端から血が滲んだ。何秒か放心していたあと、鄭逢時はもう一方の手を放し、襟をつかむのをやめた。馮露葵はそのまま地面に倒れこむ。すぐには立ちあがらず、手を地面に突いて身体を起こした。

「大丈夫、こうなったらあのことは私も学校には報告できないから。顧千千も、姚先生も、秘密は守ってくれる。あなたたちはもう安全なの。私は……」

「いいや」鄭逢時はそれを助け起こしながら言う。「僕たちはあのことを学校に打ちあけますよ。代わりに、先輩には自首してほしいんです」

そのとき、長く沈黙していた顧千千も口を開いた。その声には傷心や苦痛の感情がさまざまに混じっていたが、震えはなく、大変な決心を下したように聞こえた。

「自首しよう。私が警察署まで付いていく」

4

息苦しい沈黙は、二人が校門を出るまで続いた。

馮露葵《ふうろき》は歩いて署へ向かおうと言いだした。それは二人が、厳寒のなかを四十分近く歩くということだった。ただ顧千千《こせんせん》は迷うことなく受け入れた。二人でいられる時間はもういくらも残っていないのだ。

「またすこし、協力してくれないかな。最後の頼みになるけれど」馮露葵は言う。「先に練習しておいて、あとで緊張しすぎて変なことを言わないようにしたいの。申しわけないけど、警察の人の役をやってくれる?」

「どうやればいいかわからないな。警察の人は、だれよりも近しい親友が殺人犯だって知ったらどんな反応をするんだろう。あんまり想像できない」
「大丈夫、私が長々どうでもいいことを言うのを聞いてればいいから。私の告白を聞いて、なにか忘れていたら質問して」
「それだけだったら、私にも務まる……たぶん」
「なら、始めましょう」馮露葵は冷えきった空気を深く吸いこみ、そのせいで二度咳をした。「私が呉莞《ごかん》を殺したのは、ほんとうにとっさの思いつきだったの。たまたま完全犯罪を作りあげる機会が回ってきて、それを逃したくなくて……

あの夜、私が姚《よう》先生をバス停に送っていったとき、あの人は次の日の朝、いっしょに学校に行って雪が全面に積もった庭を見てみようって提案したの——そうしたら私が、唐梨が死んでいた現場についてもっと直感的に理解できると思ったんでしょう。正直に言って、わたしはもう探偵ごっこに飽きていて、五年前の謎を解くことにもなんの希望も持ってなかった。でも断らなかったのは、ある悪戯のアイディアを思いついたからで、推理小説好きな姚先生をびっくりさせられると思ったの。

鄭逢時《ていほうし》はまえに、糸を使って錠をかけることを考えていたけど、残念ながら何回試しても失敗だったでしょう。あれは、閂と受け金具のあいだに糸が通るようなすき間がないからだった。でも私は、発想を変えてみれば密室トリックが実行できると思ったの、この方法は五年前の事件には当てはまらないけど——糸を閂に結ぶんじゃなくて、糸を閂のかわりにするということ。具体的に言えば、まず閂を折ってから地面に落として、それから両側の金具に糸を通して、それを締めて扉を固定して、錠の役目の代わりをさせるの。

　そうして、姚先生へのサプライズのために、先生と別れたあと一度学校に行ったの。そのときはちょうど三年生の自習が終わった時間で、簡単に忍びこむことができた。事務棟に着いたら、まず生徒会室に行ってテグスを取ってきて、あとは物置の鍵も取った。それから一階へ行って、外側の錠をかけたあと、内側に回ってきて、めいっぱい扉にぶつかって錠を壊した。次に、糸を一本金具に通して、両端をガラスの割れ目を通して物置に入れたの。それから屋内に戻って、物置の入口を開けて、糸の片方の端は床にあったダンベルの下を通して、もう一方は上をまたがせて、両端を結ぶと、これでダンベルを使って糸を固定できるし、ダンベルを動かして糸の張りを調整するのも可能になった。糸が張るようにすれば密室も完成。物置には鍵をかけて、テグスと鍵を生徒会室に戻して帰ったの。そのときはまだ雪が降ってたから、私が何回か行き来しても足跡はぜんぜん残らなかった。

　私がその仕掛けを作ったのは、マジックを見せてあげるためだった。なにか一つのものを密室に入れてみせるマジック。もともとの考えでは、次の日の朝、まずなにかものを預かって——たとえば携帯を——姚先生には別のところで待っていてもらって、こちらではダンベルを動かして糸を緩めたあと、ドアを細く開けてものをそこへ入れ、また糸が張るようにしたら姚先生に来てもらうの。なかから軽く押すと、外で錠がかかっているように見えて、それから私が力を入れて押したら、錠を私が壊したみたいに思わせられて、扉が開いた向こうでは預かっていたものと対面するというわけ。先生がそれを拾いにいくときに私は糸を回収する。雪には足跡がついていなくて、先生は扉に外から錠がかかっていたと勘違いしているから、現場は密室状況になっている——それがもともとの計画、ただの悪戯で、人を殺すつもりなんてまったくなかったの。

家に戻ったあと、あなたとすこし話をして、偶然呉莞についての噂が話題になったでしょう。あなたが悩んでいるのを見て、私は話をしに行くことに決めた」

「連絡はどうやって取ったの？　警察は、携帯から通話記録を見つけられなかったって聞いたけど……」

「連絡はしていないの。住んでいる場所を知っていたから」馮露葵は説明する。「私たちは暮らしていた場所は近くて、まえに近所のコンビニの入口でいちど出くわしたの。そのときあっちはひとりだったから、あの男を送っていったところだったんでしょう。帰り道で、呉莞は住んでいるところを指さして、部屋番号も教えてくれた。私を信頼してたみたい……もちろん、私を丸めこもうとしてただけかもしれないけど。呉莞からすれば、私を抱きこめばあなたを孤立させられると思ったのかな。私たちが友達なのは知ってた」

「どうして私に話さなかったの？」

「心配させるのは嫌で。私だっておかしいとは思ったの。呉莞の経済力では、たぶんあの建物の部屋は借りられない。私は、だれかに囲われてるんじゃないかって疑ってた。彼氏と同居してるだけかもしれないってあなたから聞いたときには、かえって安心したくらい。でも、そうだとしても話をする必要があると思った。

同居のことが明るみになったら、下される処分はすごく厳しくなるかもしれなくて、退学を勧告されてもおかしくないから。だからあなたがぐっすり寝たあと、私はこっそり出かけた」

「私が夜中に起きて、ひとりなのに気づくかもしれないとは思わなかった？」

「あなたが飲んだ水に睡眠薬を入れておいたの。あの薬は、私にはもう効き目がないけど、あなたにはよく効いたみたいね。ぐっすり眠ってた」

「そうだね」

「ごめんなさい、こんなひどいことをして」

「大丈夫、私が寝入った隙に乱暴したんじゃなくて、私を置いてほかの女に会いにいっただけでしょ。許すよ」顧千千は冗談を言おうとしたようだったが、二人とも笑いはしなかった。この状況でだれも笑うことはできなかった。「呉莞に会いに行ったのは、彼氏と同居を続けないようにって言おうとしただけなの？」

「それと、向こうの望みを聞いておきたかった。寮に戻りたいと思ってるのかを知りたくて。もしそれを望んでいるなら、私は力を貸して、あなたと和解できるように考えて、杜小園《としょうえん》とも和解させようと思って……」

「でもその相手を殺したんだね」

「結果から言ったら、たしかにそう。そのときにはまだそんなことは考えてなかった」

「いったいどんなきっかけで、殺意が湧いたの」

「殺人の衝動っていうのは、結局のところとても感情的なものなの」馮露葵はしばし黙る。「思いがけない絶望、思いがけない自己否定、思いがけない自己嫌悪、哀しみとも憤怒ともつかない、それはたぶん一種のepiphany——悟ってしまうことなの。五年前の事件の当事者の一人が教えてくれた単語で、いったいどんな意味なのかは私もあまり自信がないけれど。そのときの説明では、〝なにかのきっかけで、自分の人生は終わりを迎えたと気づいてしまうこと〟、この表現も正確とは限らないけれど、でもあのときの私にはたしかにそんな感覚があった。私は自分が生きたことがないこと、しかも永遠にほんとうに生きることはないかもしれないことに気づいた。

ごめんなさい、きっとわけがわからないでしょう？初めから話しましょう。

私が行ったとき、呉莞はまだ寝てなかった。ノックをしたらすぐに出てきて、私をなかに入れてくれた。そのとき呉莞は、死んだときのあの服を着てたの。部屋は寒かったのにエアコンを点けていなくて、彼氏の電気代の負担を増やしたくなかったのかな。私が深夜に訪ねてきたのを見てもそんなに驚いてなかった。考えてみたら、コンビニのまえで会ったときもかなり遅い時間だったから、そもそも私は夜に動くのが好きなんだと思っていたのかも。

はじめ呉莞はごまかそうとして、ここは自分で借りてて、大家が知り合いだから家賃が安いんだって言ってきたの。でも私はすぐに嘘を指摘して、例の噂について聞かせた。もちろん、ベランダに干してあった男物の服でとっくにばれていたけれど。ちょっと迷ったあとで認めてくれた。それから、その男は忙しくて、二人は一線を超えることはなにもしてないって話してきた。そのときは信じなかったけれど、警察の検視で処女だってわかったとはね……嘘はついてなかったみたい。

私はこれからどうするのか訊いた。自分でも迷ってるって答えだった。たとえ寮に戻って、学校にこのまいたとしても、なにも面白いことはないだろうと思ってて、それに人間関係の悩みもある。杜小園は、呉莞の音楽にまったく興味がなかったし、わずらわしいとも思ってた。でも呉莞にとって音楽はなによりも大事だったし、ギターの練習は毎日続けたかった。かといって、退学を選ぶ勇気もない。歌手を目指して、練習、作曲、ステージでの本番と努力を重ねたくても、いまは時期尚早に思える。もし歌手になりたいなら、小さなところで歌ってお金をもらうところから始めることになるでしょう、晏茂林《あんぼうりん》みたいに。でもああいうところで歌うには、満十八歳になってないといけない。呉莞は、成人するまでの何年かをどうやってやりすごせばいいかわからないと言って、学校生活にかなり悩んでた。もっと高い理想を持ってるのに、どうして毎日机に座ってつまらない七、八時間を過ごして、どうして恥ずかしいラジオ体操をやって、どうして愚にもつかない集会に参加しないといけないのか——そう訊かれたけど、私にも答えは出せなかった。

私に言えたのは何年か耐えるように励ますことだけだったけど、でも当人は自信がないと言って。学校に残ったら面倒ごとを起こして、取りかえしのつかない間違いをするんじゃないかって。そう話してたら、急に歌を聞かせてあげると言いだしたの。そこの部屋は防音が良くて、それも晏茂林が住んでいる理由だと。ギターを演奏するために、エアコンを点けて指を暖めようとしてた。室温が何度か上がって、チューニングと、演奏が始まった。歌ったのはとても悲しげな民謡で、メロディはなだらかなのに劇的な引力にあふれて、歌詞はよく聞きとれなかったけど、聞きとれたところはぜんぶ暗鬱な内容だった。言ってたよ、これは新しく作った曲なんだ、この曲を引っさげてレコード会社のオーディションに参加したい、もし成功したら……

私は別の曲を書くように勧めた。だってこの国では、暗いものを好きになる人はめったにいなくて、だれもが奔走しながら疲れていて、歌を聴くのはたんなる娯楽のため——だれもお前の悩みなんか気にしないし、だれも共鳴なんかしてくれない、みんな耳を塞いで逃げだして、もっとそういう人たちを喜ばせられるものに進んでいくだけ。でも呉莞は、これこそが自分の音楽なんだって言いはった。人気の歌手たちのくだらない真似じゃなく、自分自身にしかないものなんだって。

私たちに言い争いはなくて、しばらく空気が重くなっただけだった。そのあと私が頭を冷やして、呉莞の愚痴をしばらく聞いたの。そのときの高慢ともいえる言葉が、私を動かしたのかもしれない。呉莞は、自分はもうたくさんだ、学校で過ごす一日ごとに屈辱を感じるだけだと言って。あれは自分の求める生活じゃない、それに、自分の音楽が汚されるのが嫌だとも言っていた。はじめ私は幼稚だと、どころか駄々をこねてるだけだと思った。でも、なにも間違ってることは言ってなかったの。みんなたんに恥ずかしいから口に出していないだけで、そういう考えを持ってないとは限らない。私は大して世慣れた人間でもないけど、それでも呉莞の純真さは目障りで、ひょっとするとそのときに、私は呉莞に消えてほしいと思ったのかもしれない。

話を聞いているうちに、だんだん向こうの声が聞こえなくなってきた、反対に自分の心のなかの声しか聞こえなくなってきてた――馮露葵、これと比べて、お前の人生は永遠に平坦でつまらなく、永遠に波風が立たず、永遠に夏の午後のように静かで、永遠に空《から》のグラスのようになんの色もなく――お前が逃げたいと思っても、呉莞のように逃げたいと思っても、お前には逃げだす元手もない――呉莞のように自分の音楽を持っていて、作曲や歌の才能があるわけでなく、お前にはなんの才能もない――お前は神に選ばれた存在じゃない、お前はただのひとすくいの泥――お前は暗く光の射さない世界に住んでいて、お前の人生はただ一つの星が煌めくときさえも迎えることはない……

でも呉莞は、私の表情がこわばりはじめてるのに気づかなかった。私とおなじように人にはまったく興味がなくて、結局のところ自分の感じ方しか気にしてない。だんだん、私にとっては呉莞の言葉すべてが〝私を殺して、これが唯一の機会、あなたが平凡さに抗える方法はこれ以外にない〟と聞こえてきた。だからリスクについて考えはじめた。そして驚いたことに、もしこの晩に呉莞を殺したら、おそらくだれにも疑われないことに気づいた。完全犯罪を作りあげるために必要な状況は、いままさに揃ってきている。私は事務棟の裏口に仕掛けをほどこして、密室状況を作れるようにした。それに姚先生とは事件現場を見にいく約束をしていて、うまく死体の発見者になり、ついでに証拠を回収することもできる。呉莞は私の名前を知っているけれど、それ以外にはまったく付き合いがない。この部屋のどこにも触れていないから、だれも私が来たことは知らない。それはつまり警察が私を疑うことはないし、同時に論理を使って自分への容疑を晴らすことができるということでもあった――そしてそのとき、私が窓の外に目をやると、雪が止んでいるのが見えたの。これでもう、私の計画の邪魔をするような外部からの要素はなにもなくなった。これはきっと運命の恩寵だ。ここに至って、私は呉莞を殺すしかない。

ここで私がするべきことは二つあった。一つは呉莞を騙して学校へ連れていくこと、もう一つは凶器を手に入れること。深夜にだれかを学校へ騙して連れていくにはかなり巧妙な理由をでっちあげる必要があるかもしれない、でないと相手はきっと断るだろうから。でも呉莞を前にしていると、状況はだいぶ簡単だった。相手はあまのじゃくでしかも冒険心にあふれていて、ちょうど悩んでいることもあって、釣り針に引っかけるのは難しくなかった。

私は、学校に残るかどうかでいくらか迷っているなら、決めるのを助けるための方法があると言ったの。私がある頼みごとをする。それには一定の危険があって、明るみになったら学校を辞めさせられるかもしれない。でも成功させられたら、私は呉莞に借りがあることになって、寮に戻る手助けをする。頼みごとを聞いてくれるなら、あとは運命が決めてくれるということね。具体的にはどういうことなのか訊いてきたから、テスト問題の盗み見だとほのめかしたら、向こうも悟って、すこしためらったあとに受け入れたの。しかも、自分はもう弱みを握られていて、断ることはできないとも言った。もちろんたんなる冗談だけど、私の考えでは、たぶん心のなかで比較してたんでしょう。ここで手伝わないことを選んだら、私の助力も得られないし、寮へ戻ることも難しくて、学校生活はとても厳しくなり、最終的にはやっぱり退学という結末にもなりかねない。でも手伝ったところで、最悪の結果でもせいぜい退学。だから呉莞が話を受け入れたのは、まったく意外じゃなかった。

それから私は、なにか護身に役立つものはないか、なにせ夜道を歩くわけだからすこし不安だ、と言ったの。向こうはコートのポケットから飛び出しナイフを出して見せてくれた。これで凶器も手に入った。もし相手が自分で凶器を提供してくれなかったら、私は隙をついてキッチンでナイフを探すことになって、リスクが高くなる。飛び出しナイフを見て、さらに決心は固くなった――私は呉莞を殺すしかない。

学校に向かうあいだ、私は車道の上を歩くように意識したの。そうすると次の日の朝、車の量が増えたら、ごく自然に私の足跡は消されるから。校門でもカードは呉莞のだった。カードを読み取らせると記録が残るのを知らなかったみたいだけど、それとも記録なんて気にしてなかったのかな。向こうがカードを読み取らせて、私が扉を開けて入っていったら、あとから呉莞が来て、内側の取っ手を握って扉を閉めた。指紋はそのとき付いたものね。

それから、私は呉莞を事務棟に連れていって、一階の階段口で待っていてもらった。私は生徒会室に物置の鍵を取りにいったあと、物置の入口まで呉莞を連れていくと、そのなかにテスト問題があると嘘をついたの。鍵を開けて入ったら、なかはほこりだらけで、物も乱雑に積みあがってるから、ほんとうにテスト問題がここに置いてあるのかすこし疑ってた。先に部屋から出てもらって、私のほうはダンベルを窓辺に動かして糸をゆるみきった状態にして、これで事務棟の裏口は開けられるようになった。私は裏口を人ひとりが通れるぐらいに開けて、それから呉莞を扉の外まで連れだし、糸を指さして、ナイフを使ってみたいと言ったの。向こうは困惑してて、どうして糸を切るのかを考えてたけど、すぐにわかるからと私は言って。呉莞はわけがわからないままに、ナイフを渡してきた。無理もないでしょう、自分とは因縁もなにもない生徒会長が、自分に殺意を持ってるなんてだれが疑うの？

ナイフを受けとったら、私は躊躇しないですぐにボタンを押して刃を出すと、すかさず呉莞を刺した。いったいなにが起きたのかわかってないみたいで、わたしも説明はしなかった。一歩踏みだして向こうの身体を支えて、呉莞の背中を扉に押しつけながら、もう一方の手で口を塞いで助けを呼ばれないようにして、意識を失うまで手は放さなかった。左手にはめた革の手袋に少し血が付いたから、裏返しにはめて現場の工作を始めたの。向こうの身体を自分に寄りかからせて、扉を開けたら、唐梨が死んでいた現場の状況を考えはじめた。呉莞の左手に血をつけて、扉の内側の取っ手に血の指紋を付けていく——わたしはこの一点で勘違いしたせいで、姚先生に見ぬかれてしまったのね。それから呉莞をすこし外側へ動かして、うつぶせに地面へ寝かせる。それから折れた閂と凶器に呉莞の右手の指紋を付けたら、それを地面に落としておく。指紋を付けるまえに私は、ナイフにもとあった指紋を拭きとったの。彼氏の家で私はそのナイフに触っていたから。扉を閉めて、また物置に入って、ダンベルを動かして糸を張りつめさせたら、現場への工作はおしまいだった。それから物置を施錠して、鍵は生徒会室に戻しておいた。ここまでの過程では一度も雪を踏んでいないから、現場は完璧な密室だった。次の日に私が自分の手で扉を開ければ、なんの隙も残しはしない。

ただ、校門から渡り廊下に行くまでの道のりに私の足跡が残っていたの。でもこれについてはもう対処法を考えてあった。あの晩にあなたが話してくれた〝抜け穴〟が役に立ったのね。自転車置き場を通りぬけて、居室棟の通用口のところまで跳んで、力を入れて扉を開けたら、男子トイレのなかでほうきを見つけて、校門まで引きかえしていき、自分の足跡を掃除した。私はずっと呉莞の左を歩いていたから、どっちが自分の足跡か見分けるのは簡単で。あとは例のボタンを押して正門の横の入口を開けて、閉まりきるまえに門の外の足跡も消しておいた。ほうきをもとの場所に戻したあと、私は学校を出ていった。戻る途中もずっと車道を歩いて。帰ったらあなたはまだ寝ていて、私は血の付いた手袋を切り刻んでトイレに流し、服を着替えて、あなたと並んで横になった。このとき私は、すぐに寝入ってしまったの。

そして、土曜日の朝、私は約束どおり学校へ行って、姚先生といっしょに死体を発見した。あの扉はテグス一本で留まっていただけで、姚先生が軽く押しても糸は切れなかったけれど、私がすこし力をこめたら切れてくれた。先生が死体を調べているあいだ、その後ろで私はこっそり切れた糸を回収して、ポケットに入れていたの。それから、居室棟であなたとトイレに行ったでしょう、あのときに糸はトイレに流した。まえに鄭逢時がテグスで実験をしていたから、警察が扉になにか痕跡を見つけても、疑われることはない」

事件の経過を振りかえりおえて、馮露葵はいちど足を止めた。

自分とは漢白玉《かんはくぎょく》の欄干で隔てられた川の流れに目を向ける。背の低い欄干はおよそ二人の膝ほどの高さだった。川の水そのものは澄んで奥ぶかさをたたえているが、岸辺の愛想のない建物と灰色の空を逆さに映しているせいで、汚らしく、厭わしく見えた。顔を上げて、空にあぐらをかいた暗雲を見た――冬の空を支配する存在を、雪と悲劇を作りだす存在を。今日も雪が降るらしいが、その雪景色をきっと自分は見られない。

ついに馮露葵は泣きだした。

「実行まで、わたしはずっと、呉莞を殺す瞬間は私の一生でも唯一無二の、〝星が煌めくとき〟になると信じてた。でも、私が死体を地面に横たえたとき、ふと上を向いたら、見えたのは真っ暗な夜空で、暗雲に続く暗雲、星の光は一つもなかったの。呉莞を殺しても、私の暮らしはまったく変わらなかった。平凡な一生を送るだけだった。私の反抗に意味なんかなくて、ただ無駄に呉莞の人生を失わせただけだった。いまでは、私自身の人生も」

「いまではわかる?」後ろに立った顧千千が言う。

「普通も……とても貴重なものだって。それに大事にしないと、すぐになくなってしまうものだって。このことに、みんなたくさんの挫折と屈辱を味わってようやく気づくんだよ。いまならもうわかるでしょ?」

「これも一つの epiphany ――それを理解することで、人生はほんとうに終わりを迎える。それからは力を尽くして生きつづけるだけ、悟ってしまったあとの毎日を、肉体も死ぬときまで続けていくの」

「そうだとしても、たくさんの楽しいことや、すばらしいことや、大事なことにだって出会える……」

「たとえば?」

「私は、友達と出会えた」

「いや、あなたはうっかり殺人犯と友達になっただけ」

顧千千は首を振った。「私にその人の苦しみは理解できなくて、止めるのが間にあわなくて、だからその相手を失ったの」

「いまは理解してる?」

「したよ。その、平凡な人生への焦りは……理解できる。そんなことのために人を殺したのには賛成できないけど」

「もしかすると私はただ、呉莞が妬ましかったのかも」

「もしかすると自分を憎みすぎただけかも。でもそれも、自分を大事に思いすぎたからってだけ」

「そう、よく考えてみるとそれがたしかに正しいわ。もうすこし別のものを大事にすることができたなら、ここまで来ることはなかったかもしれない」馮露葵は長いため息をついた。「そういえば、あなたがいちばん大事に思っているのはなに？」

「まったく、わかってるくせに」ゆらめく水面を見つめながら、顧千千はそれだけ返した。


間をおかず、川面から、二人が続けて落ちる音が響く。

数分後、雪が降りだした。

終章

「二人は、両方助かったの？」

私の左に座った姚漱寒《ようそうかん》は首を振った。

「でも、二人の会話を伝えられるということは、すくなくとも一人は生きのこったということでしょう。どっちなの？」

私の質問には答えてくれなかった。「あのとき私も付いていったら、こんなことは起きなかったのに」

「いまさらそんなことを言っても遅い。私にこの話を最後まで聞かせてくれたのは、これが初めてね」私は氷だけが残ったグラスを揺らし、澄んだ、しかしどこか悩ましい音が鳴るに任せた。「四年間で、これが初めて」

「酔ってるのかも」

「いや、やっとこの件に向きあうことができたの。次に会ったときには、二人のうちどっちが生きのこったか教えてくれるかも。むりやり話させはしないから。今日話したくないならそれでいい」

「秋槎《しゅうさ》」この相手のことはよくわかっている。いつも酔いだすと私を名前で呼びはじめるのだ。「私たちはどうやって生きてきた？　あのくらいの歳から……私たちはどうして生きてきたの」

「正直言って、よく憶えてないな。十七歳か……もう十年前のことだから。十年前の私はきっといまの自分を想像できないと思うけど、でも、いまの私にも十年前の自分は思いだせない。むかしの自分の話をしてると、まるで別人のことを話してるみたいで。昔の人は〝徒《いたずら》に年の往《ゆ》くを知り、形の随《したが》うを覚えず〟（僧肇〈物不遷論〉。年の過ぎることだけを知って、身体が時につれて変化するのに気づかない、の意）と言ったけれど、たぶんこんな感覚なんでしょうね」

「あなたも酔ってるみたい。酔ったら引用を始めるんだから」

「そっちみたいに簡単に酔えればいいんだけれど。まえは上海で会うたびに、結局はべろべろに酔ったのを私がホテルまで送ることになったんだから。そうか、あのときもそうだった……」

「あのときね……あなたが馮露葵《ふうろき》と会ったとき？」

私はうなずいたけれど、うつむいてグラスを見おろしている漱寒が気づいたかはわからない。「ホテルのロビーで一回顔を合わせただけでも、無事かすこし気になるな。ほんとうに教える気がないの、二人のうちいったいどっちが助かったのか」

「どっちが助かったとしても、結果は同じでしょう。顧千千《こせんせん》は馮露葵を落としたあと、川に飛びこんだの。馮露葵が助けられたとしても、待っているのは長い刑期。顧千千も同じ、もし助かったとしても、馮露葵を死なせたことの責任を取らないといけない。助かったのがどっちでも、待っている運命は同じなの」

「そうか、たしかにそうみたい」私は答える。「それでずっと、話の結末を教えてくれなかったのね」

　三年前、事件から一年が過ぎたころ、私は人生で初めて完成させた長篇（古代を舞台にした推理小説だ）を台湾の賞に投稿して、次の年の八月に落選の知らせを受けとっていた。落胆していたところに、漱寒が入院したと聞いた。病気は大したことがなく、胃腸の具合が悪くなっただけだった。見舞いに行ったとき、漱寒は初めて私に、身近で起きたこの事件のことを話してくれた。その語りは、犯人の名前を口にした瞬間にぱたりと止まってしまった。そのあとのことを私は訊いたけれど、向こうは窓の外を見つめたまま黙りこむだけ。

　何週か経って、私はこの事件を下敷きに二作目の長篇を書くことに決め、年末までに八万字ほどの初稿を書きあげていた。学校が舞台ということで、どうしてもどこか軽薄で、調子がよくなってしまう。漱寒に見せたら、私は話のトーンを勘違いしていると言われた。それからはいくつかの理由で放置することになり、短篇に取りかかっていた。

日本に住みはじめてまもなく、一作目の長篇を突然出版できる望みが生まれ、私は新作長篇を書こうという気を起こしたのに、いいプロットがないせいでなかなか筆が進まないでいた。

いまでは、呉莞《ごかん》の事件から四年が経ち、唐梨《とうり》の事件となると九年も昔の話で、以前の構想や初稿のことも次第に記憶が薄れてきていたのだけど、折しも漱寒が冬休みを使って私の住むあたりへ旅行に来るというので、またその話になったのだった。私は漱寒を、日本での友人が切り盛りしているマジックバーに連れていった。マスターは客とおしゃべりをする合間にいくつかクロースアップマジックを見せるのだ。マスターは推理小説の愛好家でもあり、私たちが知りあったのは読書会でだった。カウンターの向こうにある棚には、酒瓶にくわえて推理小説や作家のサインが置かれている。店内で流れている音楽もリターン・トゥ・フォーエヴァーの名盤《浪漫の騎士》で、島田荘司の『異邦の騎士』という題名はこのCDを下敷きにしたものだ。

とても小さいバーで、カウンターの前に椅子が並んでいるだけだ。

雪が降っているせいで、店内の客は私たち二人だけだった。

「ラフロイグ、もう一杯」漱寒は高校のときに日本語を独学していて、続かなかったとはいえ、これくらいの日常会話なら問題はない。

「こっちにも、また白州を」

私たちは会話と酒に夢中になっていて、マスターがマジックを披露する機会をほとんど作っていなかった。

言葉は違うとはいえ、今日の私たちが話しているのがやや重い話題なのは向こうも察して、話を遮らないでいてくれる。

「秋槎、あの子の殺人動機が理解できる？　警察はあまり受けいれようとしなくて、洪《こう》刑事は裏になにかきっと事情があったはずだって断言してて……」

「みんな〝現実主義〟の殺人動機を見なれてて、こういう〝感傷主義〟の理由には本物らしさが足りないと思うでしょうね。それに、感情とか、衝動とか、悟りなんてものはどれも個人的で、はたからはわがことと感じられないから」

黒のベストをまとい、波打つ長髪を頭のうしろで束ねているマスターが注文の二杯を出してくれ、私たちは礼を言ったあとグラスを手に取り一口すすった。

「馮露葵にはたしかに、過激すぎるところがあるわ。その子の才能への考えは、突き詰めれば通俗的な見方で、とても悲観的な先天主義。その考えだと、一部の人は生まれつき玉で、そのほかのひとたちは生まれつき石ころ、石ころはどんなに磨いても永久に石ころのまま――馮露葵はそうやって自分のことを考えてた」

「そういう通俗的な考えには反対？」

「正直言って、そんなことはもうどうでもいいの。中学からものを書きはじめて、玉かもしれない人はたくさん見てきた。私よりも物語を作るのがうまくて、言語感覚があって、一度は私よりも評価されてた。そういう人たちには、ちょっとした挫折で諦めた人もいる。甘やかされつづけたせいで、長いこと書いてもなんの進歩もなくて、年齢という輝きを失ったあとはまったく相手にされない人もいる。そういう人たちがものを書いていたときには、私も卑屈になって、才能の乏しさを、価値なんかない石ころでしかないことを恨んだ。でも結果から見れば、私たちはみんな失敗してるの。失敗の形はそれぞれ違うけれど、失敗という点では同じ。だからほんとうに、才能なんてことは気にしすぎないことね。自分が凡人だと気づいたからなんだって。この世界はそもそも不公平なんだって、信じないと——凡人がしょっちゅう勝利を収める世界なんだって」

「なんだか私からすると、馮露葵よりも暗く聞こえるんだけど」

「それは、私がもう二十七歳だから」また酒を飲む。「もう、未来への希望に満ちた歳じゃないの。自分に過大な期待をすることもない。そもそも期待するから、焦るし、悩むの。馮露葵は純真すぎた。人間社会も自然界とおなじように、なにか厳格な規則にのっとって進んでいて、だから正確に自分の一生を見積もれると思いこんだの。才能がないならなにも成し遂げられないことが決まっていると思っていた——ほんとうに純真、羨ましいぐらいに」

「私たちもそれぐらい純真だったことがあるでしょう」

「そうね、信じたくはないし、思いだしたくもないけど、ただ否定はできないな。あのくらいの歳の私たちは、現在に生きてるわけじゃなく、思いだすような過去もなくて、あのころはいつも将来に生きてたの。結局、学校で勉強するのだって将来のために試験でいい成績を取って、いい進路に進むためでしょう。あのときは、私たちみんながまもなく訪れるほんとうの人生のために準備をしていた、だからいつも不安に駆られて、ほんとうの人生は永遠に来ないんじゃないかと恐れてた。それが、私たちぐらいの歳になるとわかるんだ、人生は人生で、ほんとうと偽の違いなんかないんだって……」

「その先は言わないで。毎回飲むたびにやっぱりそういう気のめいる話をするんだから。もう聞きあきた」

私は言う。「じゃあ興味を持ってもらえそうな話題にしようか」「まえに、唐梨を殺した犯人は葉紹紈《ようしょうがん》だって推測を話してたでしょう、実は私もその考えに賛成なんだ。でもみんな、葉紹紈には唐梨を殺す理由がないと考えてた。だけど私は正反対のことを考えてる。私からすれば、殺人動機があるのは葉紹紈だけなの」

「呉莞の事件を経験したら、どんな殺人動機だって受けいれられるって」

「いや、文学性にあふれた理由なんて言わない。そういう理由は馮露葵が一つ考えてくれたから。もし犯人が葉紹紈だとすると、唐梨を殺したのはとても現実的で、しかも利己的な理由からだと思う」

「そう？　転校してきてまもない子が、〝とても現実的でしかも利己的な〟理由で知りもしない先輩を殺すと思う？」

「思う。そんなことをしたのも未来への憂慮のせいで、ただその憂慮はより現実的だったっていうのが違い。ほかの省から転校してきたばっかり、孤立無援で、仲間外れやいじめに遭うのがとても心配だったでしょうね。そのとき、ふと学校でのいじめの見本に気づいた

——陸英《りくえい》と唐梨。葉紹紈は、万全を期した方法で自分を守る必要があった、唐梨の運命が永久に自分には降りそそがないようにね。たぶん学校へ陸英の件を告発することも考えたと思う、でもそんなことをしてもせいぜい唐梨を助けられるだけで、ほんとうに校内のいじめを根絶して自分を守ることはできない。だけど、もし事態を可能なかぎり大ごとにして、陸英のことを唐梨を殺した犯人にさせたら？　それだけの重大事件が起きたら、裏にあったいじめも明るみに出て、殺人事件だっていじめが少しずつエスカレートした結果として見られる——そうなれば、いじめはある種の禁忌となって、自分は永遠に安全でいられるでしょう」

「それは筋の通った理由ね。でもたんなる想像でしかないけど」

「今度、葉紹紈に探りを入れてみるっていうのはどう？」

「やめときましょう。もう探偵ごっこなんてしたくな

いの。こんな歳になって」そう言ってグラスを手にする。その左手の薬指には、まぶしい結婚指輪がはまっていた。「そっちは？　最近なにか考えてるの、これからも書くつもり？」

「とりあえずこの話を完成させて、反響を見ながら先のことを考えようかな」

「まえからてっきり、あなたは自分に才能があると信じてるからこんなに長いあいだ書きつづけて諦めてないんだと思ってた。違ったのね？」

「もちろん違うって。たしかに、ときどき自分に才能があるって誤解することもあるし、自信が無限に膨らんでいくこともあるけれど。だいたい小説を書きはじめたときにね。あの言葉はどんなだったかな？　〝其の翰《ふで》を搦《と》るに方《あた》っては、気は辞《じ》の前に倍すれども、篇《へん》の成るに曁《およ》んでは、心の始《はじめ》を半折《はんせつ》す〟（劉勰『文心彫龍』神思）、ほんとうにそのとおり。書き出しでどんなに雄大な志を抱いてたって、結末まで書いたら失望しきりで、自分がまたアイディアを無駄にして、何カ月かの人生も無駄にしたような気分になって。シジフォスのことは本当にうらやましいの、すくなくとも石を山頂に運び上げるのは、上に向かう工程だから。でも私はいつも山頂から始まって、石ころのようにひたすら転げ落ちていく。運よく、谷底まで転がっていくことはなくて、なんとか失望しつづけていられるけど。もしかして、いつか本当に自分に絶望することがあったら諦めようかな。すくなくとも今はそうじゃないから、小説は書きつづける。そもそも、私はこの日本に来てとても……」

そう言って、私はグラスの酒を飲みほした。

「……きちんとした仕事になんて就けないんだから」

訳者あとがき

本書は、中国の新星出版社から二〇一七年に刊行された長篇、陸秋槎（りく・しゅうさ／ルー・チウチャー）『当且仅当雪是白的』の翻訳です。

中国南部、Z市の高校で、いじめを受けていた一人の女生徒が雪の朝に校内で死体となって発見されます。現場の周りに積もった雪に足跡は一つもなく、警察は自殺として事件を処理しました。

五年後、生徒会寮委員の顧《こ》千千《せんせん》は寮でのトラブルに対処するなかで事件のことを知り、彼女の話を聞いた頭脳明晰な生徒会長の馮《ふう》露《ろ》葵《き》は、生徒会の面々や、高校の卒業生でもある学校図書館司書の姚《よう》漱寒《そうかん》の手を借りて、かつての事件を調べなおそうとします。しかし現場検証や関係者たちへのインタビューを経て、一つの答えを手にしたと思った矢先、五年前の事件を再現したような状況で新たに生徒の死体が発見されてしまいます。

作者の陸秋槎は一九八八年に北京で生まれ、復旦大学古籍研究所在学中にデビューし、現在は日本に生活の拠点を置いています。昨年、早川書房から日本語訳が刊行された第一長篇『元年春之祭《がんねんはるのまつり》』は、現代から二千年以上前、漢代を舞台にした異色の作品でしたが、第二長篇となる今作では、現代中国の地方都市にある高校を舞台に物語が展開していきます。

陸秋槎は、〈新本格ミステリ〉——ここでは、綾辻行人『十角館の殺人』の刊行を一つの画期とする、一九八七年以降の日本ミステリの一傾向のこと——への意識を、『元年春之祭』の作者あとがきをはじめいたるところで語っています。本作において彼は〈新本格〉初期の作品群からの影響があることを表明していて、実際に作品を見ても、学校を舞台に選んだ正面からの青春ミステリであること、ミステリというジャンルや推理という行為への自覚的な言及、証拠や証言からたびたび繰りかえされる事件の検討など、先行する作家や作品たちへの意識をより明瞭に打ち出しているように思えます。奇しくも、本書の中国語版が発表された二〇一七年は『十角館の殺人』が刊行されて三十年が経った節目の年です。版元の新星出版社は、日本のものを含む国外のミステリを多数出版しているため〈新本格〉三十周年を記念する折りこみチラシを作成し、折しも刊行された本書にもそのチラシが挟みこまれて書店に並んだ、という縁もありました。

本書のあとに、陸秋槎は本国でさらに二冊の単行本を刊行しています。『桜草忌』（桜草の喪）は本作の姉妹篇としての性格もある一冊で、本作と同じ高校を舞台にした二作が収録されており、本作の四年後を描く短めの長篇「桜草忌」には姚漱寒が登場し、短篇「天空放晴処」（空の晴れ間）はまだ一年生のころの馮露葵が登場する本作の前日譚となっています。続いて今年刊行された短篇集『文学少女対数学少女』は、作者と同名の女子高生、陸秋槎が登場するシリーズ四作を収めています。

一方日本でも、昨年翻訳刊行された『元年春之祭』が好評を得たのに続いて、『ミステリマガジン』二〇一九年三月号掲載の短篇「１７９７年のザナドゥ」や、アンソロジー『アステリズムに花束を』への書き下ろし作品である「色のない緑」といった翻訳がすでに刊行されるなど注目が集まっており、今後も日本での作品発表の予定があるとのことで目が離せません。

今回の翻訳にあたっては、新星出版社から刊行されたテキストに従っており、作者によるのちの変更も反映させています。

本書の題名は、エピグラフにも掲げられた論理学者・数学者のアルフレッド・タルスキによる文、“The sentence 'Snow is white' is true if and only if snow is white.”から取られています。エピグラフでは出典となった論文の全訳から引用しましたが（原文の構造を再現する試みとして、〝雪は白いとき〟という見慣れない表現が使われています）、このフレーズについては複数の訳があり、訳者の判断で『雪が白いとき、かつそのときに限り』を日本語題として採用しました。また、第一章から第四章までの各章題はドイツの作曲家、ヨハネス・ブラームスの最晩年の作品「四つの厳粛な歌」から取られており、聖書の文言をもとにした歌曲である同作から引用するにあたり、今回は新共同訳聖書を選択しています。

最後に、今回も訳文に関してご意見をいただいた陸秋槎氏、本書刊行にあたりご尽力くださった早川書房の溝口力丸氏、また永野渓子氏、根本佳祐氏に感謝を申し上げます。翻訳にあたっての誤りはすべて訳者の責に帰します。

二〇一九年九月

HAYAKAWA POCKET MYSTERY BOOKS No. 1948

稲《いな》 村《むら》 文《ぶん》 吾《ご》

早稲田大学政治経済学部卒,
中国語文学翻訳家
訳書
『元年春之祭《がんねんはるのまつり》』陸 秋槎
『ぼくは漫画大王』胡傑
『逆向誘拐』文善　他

この本の型は，縦18.4センチ，横10.6センチのポケット・ブック判です．

〔雪《ゆき》が白《しろ》いとき、かつそのときに限《かぎ》り〕

2019年10月10日印刷　　2019年10月15日発行

著　者　陸　秋　槎
訳　者　稲　村　文　吾
発行者　早　川　浩
印刷所　星野精版印刷株式会社
表紙印刷　株式会社文化カラー印刷
製本所　株式会社川島製本所

発行所　株式会社　早　川　書　房
東京都千代田区神田多町2－2
電話　03-3252-3111
振替　00160-3-47799
https://www.hayakawa-online.co.jp

（乱丁・落丁本は小社制作部宛お送り下さい
送料小社負担にてお取りかえいたします）

ISBN978-4-15-001948-8 C0297
Printed and bound in Japan

ハヤカワ・ミステリ〈話題作〉

1923
樹　脂
エーネ・リール
枇谷玲子訳
〈「ガラスの鍵」賞、デンマーク推理作家アカデミー賞受賞〉人里離れた半島で、父が築きあげた歪んだ世界のなか少女は育っていく

1924
冷たい家
JP・ディレイニー
唐木田みゆき訳
ロンドンの住宅街にある奇妙なまでにシンプルな家。新進気鋭の建築家が手がけたこの家に住む女性たちには、なぜか不幸が訪れる！

1925
老いたる詐欺師
ニコラス・サール
真崎義博訳
ネットで知り合い、共同生活をはじめた老紳士と未亡人。だが紳士の正体は未亡人の財産を狙うベテラン詐欺師だった。傑作犯罪小説

1926
ラブラバ〔新訳版〕
エルモア・レナード
田口俊樹訳
〈アメリカ探偵作家クラブ賞最優秀長篇賞受賞〉元捜査官で今は写真家のジョー・ラブラバは、憧れの銀幕の女優と知り合うのだが……

1927
特捜部Q —自撮りする女たち—
ユッシ・エーズラ・オールスン
吉田奈保子訳
王立公園で老女が殺害された。さらには若い女性ばかりを襲うひき逃げ事件が……。次々と起こる事件に関連は？　シリーズ第七弾！

ハヤカワ・ミステリ〈話題作〉

1928 **ジェーン・スティールの告白** リンジー・フェイ 川副智子訳

アメリカ探偵作家クラブ賞最優秀長篇賞ノミネート。19世紀英国を舞台に、大胆不敵で気丈なヒロインの活躍を描く傑作歴史ミステリ

1929 **エヴァンズ家の娘** ヘザー・ヤング 宇佐川晶子訳

〈ストランド・マガジン批評家賞最優秀新人賞受賞作〉その家には一族の悲劇が隠されていた。過去と現在から描かれる物語の結末とは

1930 **そして夜は甦る** 原 尞

〈デビュー30周年記念出版〉伝説のデビュー作がポケミスで登場。書下ろし「著者あとがき」を付記し、装画を山野辺進が手がける特別版

1931 **影の子** デイヴィッド・ヤング 北野寿美枝訳

〈英国推理作家協会賞ヒストリカル・ダガー賞受賞作〉東西ベルリンを隔てる〈壁〉で少女の死体が発見された。歴史ミステリの傑作

1932 **虎の宴《うたげ》** リリー・ライト 真崎義博訳

アステカ皇帝の遺体を覆った美しい宝石のマスクをめぐり、混沌の地で繰り広げられる、大胆かつパワフルに展開する争奪サスペンス

ハヤカワ・ミステリ〈話題作〉

1933
あなたを愛してから
デニス・ルヘイン
加賀山卓朗訳
レイチェルは夫を撃ち殺した……実の父を捜し、真実の愛を求め続ける彼女の旅路の果てに待っていたのは？　巨匠が贈るサスペンス

1934
真夜中の太陽
ジョー・ネスボ
鈴木　恵訳
夜でも太陽が浮かぶ極北の地に一人の男がやってくる。彼には秘めた過去が――『その雪と血を』に続けて放つ、傑作ノワール第二弾

1935
元年春之祭《がんねんはるのまつり》
陸　秋槎
稲村文吾訳
不可能殺人、二度にわたる「読者への挑戦」――気鋭の中国人作家が二千年前の前漢時代の中国を舞台に贈る、本格推理小説の新たな傑作

1936
用心棒
デイヴィッド・ゴードン
青木千鶴訳
暗黒街の顔役たちは、ストリップクラブの凄腕用心棒にテロリスト追跡を命じた！　年末ミステリ三冠『二流小説家』著者の最新長篇

1937
刑事シーハン／紺青の傷痕
オリヴィア・キアナン
北野寿美枝訳
大学講師の首吊り死体が発見された。他殺と見抜いたシーハンだったが事件は不気味な奥深さを……アイルランドに展開する警察小説

ハヤカワ・ミステリ〈話題作〉

1938 ブルーバード、ブルーバード　アッティカ・ロック　高山真由美訳
〈エドガー賞最優秀長篇賞ほか三冠受賞〉テキサスで起きた二件の殺人に黒人のレンジャーが挑む。現代アメリカの暗部をえぐる傑作

1939 拳銃使いの娘　ジョーダン・ハーパー　鈴木　恵訳
〈エドガー賞最優秀新人賞受賞〉11歳の少女はギャング組織に追われる父親とともに旅に出る。人気TVクリエイターのデビュー小説

1940 種の起源　チョン・ユジョン　カン・バンファ訳
家の中で母の死体を見つけた主人公。昨夜の記憶なし。殺したのは自分なのか。「韓国のスティーヴン・キング」によるベストセラー

1941 私のイサベル　エリーサベト・ノウレベック　奥村章子訳
二人の母と、ひとりの娘。二十年の時を越えて三人が出会うとき、恐るべき真実が明らかになる……スウェーデン発・毒親サスペンス

1942 ディオゲネス変奏曲　陳　浩基　稲村文吾訳
〈著者デビュー10周年作品〉華文ミステリの第一人者・陳浩基による自選短篇集。ミステリからSFまで、様々な味わいの17篇を収録

ハヤカワ・ミステリ〈話題作〉

1943
パリ警視庁迷宮捜査班
ソフィー・エナフ
山本知子・川口明百美訳

停職明けの警視正が率いることになったのは曲者だらけの捜査班⁉　フランスの『特捜部Q』と名高い人気警察小説シリーズ、開幕！

1944
死者の国
ジャン＝クリストフ・グランジェ
高野 優監訳・伊禮規与美訳

パリで起こった連続猟奇殺人事件を追う警視が執念の捜査の末辿り着く衝撃の真相とは。フレンチ・サスペンスの巨匠による傑作長篇

1945
カルカッタの殺人
アビール・ムカジー
田村義進訳

一九一九年の英国領インドで起きた惨殺事件に英国人警部とインド人部長刑事が挑む。英国推理作家協会賞ヒストリカル・ダガー受賞

1946
名探偵の密室
クリス・マクジョージ
不二淑子訳

ホテルの一室に閉じ込められた探偵に課せられたのは、周囲の五人の中から三時間以内に殺人犯を見つけること！　英国発新本格登場

1947
サイコセラピスト
アレックス・マイクリーディーズ
坂本あおい訳

夫を殺したのち沈黙した画家の口を開かせるため、担当のセラピストは策を練るが……。ツイストと驚きの連続に圧倒されるミステリ